テキサスの恋 22·23·24

忘れかけた想い

ダイアナ・パーマー

松村和紀子 訳

ハーレクイン SP文庫

GUY
by Diana Palmer

LUKE
by Diana Palmer

CHRISTOPHER
by Diana Palmer

Published by Harlequin Japan,
a Division of K.K. HarperCollins Japan, 2016

目次

ガイ・フェントン

◆主要登場人物

キャンディス・マーシャル……広報担当者。愛称キャンディ。
ガイ・フェントン……カウボーイ。
バレンジャー兄弟……ガイの雇い主。
アニータ……ガイの亡き恋人。
サイ・パークス……牧場主。
マット・コールドウェル……牧場主。

1

ひんやりとした秋の日、飼育場は満杯だった。ここにいる牛のほとんどはレストランやファーストフード会社と売買契約ができていたが、北へ輸送されるまでの最後の数週間、テキサスはジェイコブズビルの、バレンジャー兄弟のところのカウボーイたちは目いっぱい仕事がきつくなる。ガイ・フェントンはこの忙しさにいやけがさしていた。いっそ飛行機で飛び回る暮らしに戻ろうかと思うくらいだったが、踏ん切りがつくところまではいかない。

ガイは黒っぽい髪が汗ではりついた額から帽子を押しあげ、悪態をついた。牛、飼育場、牛肉を食べる人間たち、そして、その人間たちの巨大な胃袋が恨めしかった。彼はハンサムな男ではなかったが、女心をとらえる何かを持っていた。長身で痩《や》せて引き締まった体、年齢三十歳、目はグレーで、過去の悲劇のせいで女性とのつき合いにやや臆病《おくびょう》になっている。ここしばらくは気晴らしに女性と出かけることもなかった。飼育場の仕事に追いまくられていたからだ。食用牛の体重をちょうどよく維持するために飼料や滋養剤を配合するのが彼の仕事だった。体重が増加しすぎてもいけないのだ。この仕事が気に入っている時もあるが、最近はいろんなことがよくなかった。三カ月ほど前にかつての知り合いにばったり出くわし、辛《つら》い記憶がどっと蘇《よみがえ》り、週末ごとに酒に溺《おぼ》れるようになった。おまけにその男が近くに腰を落ち着け、ちょくちょく訪ねてくるようになったのだ。ガイの心の平和を乱しているとはつゆ知らず。

「やけくそだ」彼はぼやいた。「何もかも投げ出してホームレスにでもなるか！」

「コンベアから気をそらすな。あそこにおりていって角のあるやからに予防接種をしないですむだけでも神に感謝しろ」

後ろで声がした。

彼は肩越しに振り返り、ジャスティン・バレンジャーに向かってにやりとした。「まさか、これ以上仕事が増えるんじゃないでしょうね」

ジャスティンはポケットに両手を入れて小さく笑った。「往々にして、こういう時に限って余分な仕事ができるものらしい。来てくれ。話がある」

大ボスが雇い人と話しに出向いてくることはめったにない。これは珍しいことだった。ガイはコンベアで家畜の仕切りに飼料を送りこむ手はずをすませると、しなやかな動作で下におり、この飼育場の二人のオーナーのうちの一人の前に立った。

「話ってなんですか？」彼は愛想よくたずねた。

「週末ごとにトンプソンの店にしけこんでへべれけになるまで飲むのはやめろ」

ボスはしかつめらしい顔で言い、黒い目を光らせた。ガイの高い頬骨のあたりが少し赤らんだ。彼は目をそらし、餌《えさ》を食《は》みながら低くうなっている牛を見やった。「はるかここまで噂《うわさ》が届いているとは知らなかった」

「ジェイコブズビルでは人に内緒で足の爪を切るのも無理だよ」ジャスティンは言った。「きみの人生はしばらく下り坂だったようだが、ここへきて悪い道に迷いこんでいるぞ」彼は低い声で、静かに、気遣わしげに続けた。「きみがこれ以上落ちていくのを見たくない」

ガイはボスを見なかった。顎がこわばった。「悪路がおれの道です。そこを歩くしかない」

「よせ」ジャスティンは厳しく言った。「きみがうちに来てから三年になる。きみの過去を詮索《せんさく》したことはないし、いまもその気はない。しかし、まともな人間があたら人生を無駄にするのを見ていたくないんだ。過去は忘れろ」

二人の男の目がほぼ水平にぶつかった。どちらも背が高かったが、ジャスティンのほうが年長で、かなりタフでもあった。ガイが好んで一戦を交えたい相手ではない。

「無理だ」ガイはそっけなく答えた。「あなたにはわからない」

「ああ、わからない。きみが言う意味は」ジャスティンは黒い目を細くした。「しかし、何があったにせよ、酒を浴びるように飲んで嘆いていても何も変わらないぞ」

ガイは短く息を吸い、平らな地平線を見つめた。黙っていた。怒りをぶちまければ、ジャスティンはおれをくびにするだろう。いかにうんざりしているとはいえ、仕事がなくなるのは困る。「ロブ・ハートフォードがビクトリアに住むようになって、会いに来る。それもしょっちゅう」ガイは重い口を開いた。「彼はそこにいたんです——あれが起こった時に。おかげで何もかもを思い出してしまって。向こうはそんなことはちっとも知らない」

「そう言ったらどうだ。人は他人の心の中を読むことはできないんだから」

ガイはため息をもらした。グレーの目がジャスティンの黒い目を見た。「言ったら気に病むでしょう」

「きみが刑務所に入るはめになったら、彼はいっそう気に病むだろう。一ついい点は、酔って運転しないだけの良識がきみにあることだ」

「唯一のいい点というわけです」ガイはうんざりして言った。「オーケー、ボス。なんとかやってみます」

ジャスティンはガイの視線を追った。「じきに冬がくる。この牛たちを、飼料を買い足さなきゃならなくなる前に送り出してしまわないと。いずれにせよ、あともう少しだ」

「牛を食うのは気がおかしいやからだけだそうですよ」ガイはその場の空気を変えようと

して言った。

ジャスティンはちらりと微笑した。「そう言っているやからがいるな」

ガイは肩をすくめた。「トンプソンの店には近づかないように努力しますよ」

「毎週給料を全部飲んでしまうなんてばかもいいところだ」年上の男はそっけなく言った。

「理由は関係ない。ところで、きみに話があるというのはそのことじゃないんだ」

ガイは顔をしかめた。「じゃ、なんです？」

「明日、デンバーから牛肉産業の宣伝係が来るんだ。彼女は我々がどんな飼育法でやっているか知りたいということで、この近辺の牧場をいくつか見学したがっている。うちも含めてね」

「どうしてです？」ガイは腹立たしくたずねた。

「牧場主組合が――ついこのあいだエバン・トレメインが会長に選ばれたんだが――地域産業のイメージアップをはかろうとしている。この業界全体が病原菌に汚染された肉の問題でこのところ評判がよくないし、なお悪いことに、少数の悪徳牧畜業者のやり口がマスコミの槍玉《やりだま》にあがっている。この地域ではそんなことはないし、そのことをぜひ消費者に知ってもらいたい。それにエバンには、低脂肪ビーフを注文に応じて供給する特別の市場を開拓したいという考えもあるんだ」

「エバンは仕事より奥さんにかまけているってことかな」ガイはぼそりと言った。

「ああ、アンナは彼の事務を引き受けてやっている。二人はべったりだ。仕事の時もね。ところで、その宣伝係は午前中に来ることになっているんだ。トレメイン家はみんな町を出払っている。テッド・リーガンと奥さんはユタ州の会議に行っているし、カルフーンとぼくは、明日はバイヤーにかかりきりになるだろう。我々と同じく牧場のことに、とくに飼育場に関して詳しいカウボーイはきみしかいない。で、きみを彼女のガイド役に選んだ」

「おれを？」ガイは胸の中で悪態をつき、ボスをにらんだ。「ハート家の息子たちはどうなんです？　ハート牧場には四人もいるじゃないですか」

「二人だ」ジャスティンは言った。「キャグはハネムーン。コリガンは奥さんのドリーと、サンアントニオに行っている。サイモンとティラのところに初めての赤ちゃんが生まれたんだよ」彼はくすりと笑った。「とにかく、ハート家で独身のあの二人を彼女につけたいとは思わないな。彼女がビスケットを作れるかどうか知らないが、どう見てもレオとレイは適役じゃない」

ガイは黙ってうなずいた。ハート家の息子たちがそろっておかしなくらいビスケットに目がないことは、このあたりでは有名な話だ。かわいそうに、彼らは自分じゃ料理ができない。

「そういうわけで、きみが選ばれた」

「おれは牧場よりロデオのことに詳しいんですけどね」ガイは言った。

「知っているよ」ジャスティンは年下の男の無表情な顔をじっと見た。「誰かから聞いたよ。きみは自分で飛行機を操縦して競技会から競技会へ飛び回っていたそうだね」

ガイの目が光った。彼は体をぴんとさせた。「飛んでいたことは話したくありません。金輪際」

「ああ。それも聞いている」ジャスティンはそう言い、両手をあげた。「わかった。その話はなしだ。話しておきたかったのは、きみは明日、持ち場を離れることになる。だから必要な仕事は前もって誰かに頼んでおくようにということだ」

「オーケー」ガイはため息をついた。「あなたはだめってことなんですね。カルフーンも」

ジャスティンは肩越しに振り返った。「すまないな。シェルビーとぼくは午前中、小学校に行かなくてはならないんだ。一番上の子が感謝祭の劇に出るんでね」彼はにやっとした。「とうもろこしの穂の役だ」

ガイはひとことも言わなかったが、目は躍り、下唇がむずむずした。

「口を閉じていたほうがいいぞ、フェントン」ジャスティンはいたずらっぽく笑いながら言った。「劇の七面鳥が一羽足りないって話だ。牧場ツアーのガイドじゃなくそっちにきみを推薦できなくて気の毒だったな」

ボスが去ると、ガイはこらえていた笑いを爆発させた。時々、彼はこの仕事もまあいいかなと思う。

仕事が終わると彼は牧場宿舎に戻った。宿舎はがらんとしていて、ビリングズから来ているアルバイトの大学生が一人いるだけだった。若者は簡易ベッドに寝転び、小さい眼鏡をかけてシェイクスピアを読んでいたが、ガイが入っていくと顔をあげた。

「コックが体の調子を悪くしたんで、食事は母屋から届くそうです」大学生のリチャードが告げた。「今夜はぼくとあなただけですよ。ほかの独り者はみんな町のパーティか何かに出かけたから」

「運のいいやつらだ」ガイはぼそりと言い、帽子を脱いで自分のベッドにごろりと横になり、深く息をついた。「おれは牛が大嫌いさ」

リチャードは――彼はカウボーイたちから〝スリム〟と呼ばれるのが気に入っている――くすくす笑った。宿舎でガイと二人きりになるとほっとした気分になる。ほかのカウボーイたちは、たいていが教育のない連中で、勉強を続けようとする自分をからかったりこきおろしたりするので、ひどく居づらいのだ。

「牛はすごく臭いけど、ぼくの授業料になってくれますからね」スリムは言った。

「あと何年あるんだ?」ガイはきいた。

若者は肩をすくめた。「ふつうでいけば二年。でも、ぼくは一学期働いて一学期学校へ行くってふうだから。そうしないと授業料が払えないんです。だから、卒業までにあと四年以上かかってしまうでしょうね」

「奨学金をもらえないのか？」

スリムはかぶりを振った。「ぼくの成績は大きな奨学金がもらえるほどじゃないし、なまじ親に収入があるから学資援助を受ける資格がないんです」

ガイは目を細くした。「何か手があるはずだ。学校の会計課に相談してみたのか？」

「そのことは考えました。でも、ぼくと同類の一人に無駄足を踏むだけだと言われて」

「専攻は？」

スリムはにやっとした。「医学です。だから、学士課程を終えても先が長いんです」

ガイは笑いを返さなかった。「二、三、考えがある。ちょっと考えさせてくれ」

「あなたにはあなたの悩みがあるんでしょう。ぼくの心配までしてくれなくていいですよ、ミスター・フェントン」

「どうしておれに悩みがあると思うんだ？」

スリムは手にしているシェイクスピアの本をぱたんと閉じた。「あなたは週末には決まってぐでんぐでんになってる。気晴らしの酒なら、あんなに飲まないでしょう。あなたみたいにふだんは真面目《まじめ》いっぽうの人ならなおさらです。あなたは仕事を怠けることなんて絶対ないし、雑用も人任せにしたことがないし、仕事に関してはいつも石みたいに頑固ですからね」彼はためらいがちに微笑した。「たぶん、かなりたいへんな問題なんでしょうね」

ガイは遠くを見るような目になった。淡いグレーの目にわびしげな色が浮かぶ。「ああ。かなりね」彼はごろりと体を回して仰向けになり、目の上に帽子をのせた。「スリム、きみがおれの兄貴分だったらいいのにと思うよ」

「どうして？」

「だったら、明日はきみが宣伝係にくっついて回るわけだから。おれじゃなくて」

「ミスター・バレンジャーが話してるのを耳にしました。彼女は美人だと言ってましたよ」

「おれにはそんなこと言わなかった」

「たぶん、びっくりプレゼントのつもりで言わなかったんでしょう」

ガイはうつろな声で笑った。「びっくりプレゼントか。彼女は気絶するんじゃないかな。飼育場のあの強烈にかぐわしいにおいを嗅《か》いだら」

「さあ、どうかな」スリムはページをがさがさいわせて本をめくった。「あーあ、シェイクスピアなんてほんと嫌いだ」

「やぼなことを言う」ガイはつぶやいた。

「あなただって嫌いになりますよ。中世文学が必修科目となったら」

「おれはどっちもやって、どっちも優をとった」

スリムはしばらく無言だった。「あなたは大学に行ったんですか？」

「ああ」

「学位をとった？」

「ああ」

「何を？」

「なんの、だ」ガイは訂正した。

「オーケー、なんの？」

「物理だ」ガイは言った。学位をとったのは航空学で、副専攻は化学だったことは言わなかった。

スリムは小さく口笛を吹いた。「なのに牧場で肉体労働を？」

「これがいいと思ったんだろうな。ある時点では。それに、体を動かすのも物質の運動にはちがいないだろう」彼は軽口めかした。

笑い声が部屋を伝ってきた。「物理の学位のことはそのくらいでごまかしておこうってわけですね」

ガイは帽子の下で微笑した。「たぶん。勉強に戻れよ、坊や。おれには休憩が必要なんだ」

「はい、先輩」

その晩ガイは大学のことを考え、なかなか寝つけなかった。おれもかつてはスリムのようだった。若く、意欲に燃え、あふれるほど夢があった。航空学に夢中だった。アニータがおれの人生に現れるまでは。いや、現れてからもだ。アニータも一緒の夢の中にいた。彼女も飛行機が大好きだったから。彼女は励ましてくれた。おれが引いた図面を見ながら熱っぽく語り合った。失敗した時には慰めてくれて、もう一度やり直してとはっぱをかけた。にっちもさっちもいかなくなっても、彼女はおれが投げ出すのを許さなかった。うまくいった時は、長いこと彼女を放《ほう》っておいても文句一つ言わなかった。彼女はいつもそこにいてくれた。待っていてくれた。黒髪の天使のように。

おれは彼女に指輪をあげた。一緒に飛ぶ直前、それが最後になったあの時に。飛ぶ時、おれは常に慎重のうえにも慎重を期した。だが、あの時だけは、おれの注意はエンジンよりもアニータのほうに注がれていた。小さな故障は、間に合えば調整できたかもしれない。が、間に合わなかった。飛行機は高度を失って森に突っこみ、危機一髪、危うい形で木にひっかかってぶらさがった。二人とも打撲傷くらいのけがで地面におりられたはずだった。しかし、アニータは下になった副操縦席に叩《たた》きつけられ、衝撃で壊れたドアが開いてしまった。ガイは悪夢の中で何度も、彼女がまっさかさまに、十数メートルを、あれよあれよという間に落ちていくのを見た。落下を阻む物は何もなく、落ちていく先には森の固い地面があるばかりだった。アニータの目は恐怖に大きく見開かれ、切り裂くような声で彼の名前を……。

ガイはがばと起き上がった。悪い夢を見て目が覚め、ぐっしょり汗をかいている。息がつまって苦しかった。スリムは穏やかな寝息をたてている。あんなふうに眠れたらと思った。ガイは両手で頭を抱え、小さくうめいた。三年も悲嘆にくれれば充分だろうとジャスティンは言った。だが、ジャスティンにはわからない。誰にも、おれ以外の誰にもわかりはしない。

翌朝、ガイは寝ぼけた頭で飼育場へ行った。洗いざらしのジーンズをはき、白とブルーの格子縞《こうしじま》のフランネルのシャツの上にシープスキンのジャケットを着ると、薄茶色でよれよれの、つばの広い、仕事でしみだらけになった一番古いカウボーイハットをかぶった。ブーツも汚れていた。彼はもうすぐ三十一歳になるのだが、六十過ぎのように老けこんだ気分だった。見かけもそうだろうか?

飼育場の待合室に入っていくと、ジャスティンのオフィスで話し声がしていた。J・D・ラングリーの美人の奥さんのフェイがにっこりして、入ってくるように合図した。彼女はカルフーン・バレンジャーの秘書なのだが、今日はもう一人の秘書が欠勤しているので、その分の仕事もしていた。

ガイは微笑を返し、挨拶《あいさつ》代わりに帽子のつばをちょっと持ちあげ、オフィスに入った。

ジャスティンが腰をあげた。そばにいた小柄な黒髪の女性も立ちあがった。彼女の目は茶色で、とても大きく、ほとんど無防備なほど純真無垢《むく》だった。こんな目をした人間に会ったのは初めてだ。ガイは心の中まで見通されているような気がした。

「ガイ、こちらはキャンディス・マーシャル」ジャスティンは言った。「主に牧畜業の宣伝広報の仕事をしている人だ。キャンディ、彼はガイ・フェントン。うちの飼育場の面倒をみてくれている」

ガイはつばにちょっと手をやったが、帽子は脱がなかった。微笑もしなかった。彼女の目に心臓をえぐられたような衝撃を受けた。アニータもこんな目をしていた。穏やかでやさしいきれいな茶色の目。その目を夢で見てうなされる。彼女が助けを求めて叫びながら――。

「はじめまして、ミスター・フェントン」

キャンディは生真面目に言い、手を差し出した。

ガイはおざなりに握手し、すぐに両手をジーンズのポケットに突っこんだ。

「ガイが近辺の牧場をいくつかご案内します。そのあとで飼育場のほうをゆっくりと」

ジャスティンはそう言いながら書類をとり出し、一枚をガイに、もう一枚をキャンディに手渡した。

「参考のためにフェイに作ってもらったのだが、裏に地図が描《か》いてあります。回る牧場の位置がわかるように。我々は近辺の牧場から生まれた子牛を預かって飼育し、三歳まで育てて雌牛を返す契約を結んでいるんです」彼は説明した。「州外の取り引きもあります。たとえばメサ・ブランコのような合弁会社とも。フェイの夫のJ・D・ラングリーが経営しているんですが。作業内容やコストのこと、なんでもガイにきいてもらえばわかります。彼はうちに来て三年になるが、非常にいい仕事をしてくれている。飼育計画を担当してもらっているんだが、きわめて科学的な頭の必要な仕事でね」

「科学的?」キャンディはあらためてじっとガイを見た。

「彼は大学の副専攻で化学を学んだんです。うちの商売の要《かなめ》は、よい飼料を選び、栄養バランスよく配合し、飼料の量を抑えつつ、いかに効率よく牛を肥やすかです。その差益が儲《もう》けになるわけですからね」

彼女は、うなじのフレンチ・ツイストからほつれたひと筋の長い髪を耳の後ろにかけながら、穏やかな微笑をジャスティンに向けた。「わたしの父も牛を扱っていましたから、そのビジネスについてはいくらか知っています。じつのところ、母はモンタナでかなり大きな牧場を切り回しているんです」

「そうなんですか?」ジャスティンは少なからず驚いて言った。

「母とJ・D・ラングリーとトレメイン家の息子さんたちは、牧場主代表会議で一派を形成しているんです。急進的な一派を」

「説明は無用です」ジャスティンはうめいた。「添加物は使わない。ホルモン、抗生物質、殺虫剤、除草剤もいっさい使用しない。人工的刺激も――」

「J・Dをよくご存じなんですね！」キャンディはくすくす笑った。

ガイは、キャンディがアニータと似ているところを数えあげまいとした。微笑《ほほえ》むとキャンディはとてもかわいい。

「この辺でJ・Dを知らない者はいない」ジャスティンは大げさにため息をつき、左手にはめたロレックスにちらりと目をやった。「さて、ぼくはそろそろ本来の務めに戻りますから、そちらの二人は仕事にとりかかってください」

キャンディはもらったリストにすばやく目を通し、顔をしかめた。「ミスター・バレンジャー、一日でこんなにたくさんの牧場を全部見るなんてとても無理です！」

「もちろん、そうです。一週間くらいはかかるだろうと考えて、この近辺では最高級のモーテルに部屋をとっておきましたよ。勘定は牧場主組合が持ちます。食事代も込みですから、けちらずたっぷり食べてください」ジャスティンは眉を曇らせた。彼女は痩せすぎていて、顔色もよくない。「具合でも悪いんですか？」

彼女は背中をしゃんとのばし、なんでもなさそうににっこりした。「インフルエンザのひどいのにかかって、どうにかやっと治ったというところなんです。なかなかもとの調子に戻らなくて」

「インフルエンザとは、また早々と」

彼女はうなずいた。「ええ。早々と、ということになるんでしょうね」

ジャスティンは何か言いたそうだったが、肩をすくめた。「いずれにしろ、お大事に。ガイ、できたら毎朝ハリーと一緒にチェックして彼に指示してやってくれないか。来週は出荷だからいつもどおりで問題ないだろうが、念のために」

「いいですとも、ボス」ガイはぼそりと言った。「じゃあ、出かけるとしますか、ミス・マーシャル？」

「ええ、そうしましょう」彼女はゆっくりと小型のレンタカーの方に足を向けたが、ガイが反対の方へ行こうとするのに気づいた。「ミスター……」声をかけたが、彼の名前を思い出すのにちょっと手間どった。「フェントン？」

彼は振り向いた。両手はポケットに深く入れたままだ。「こっちです。牧場のトラックで行きます。あんなのでビル・ゲイトリーの牧場へは行き着けませんよ。車軸を折るのがおちだ」

「そう」彼女はレンタカーを見て、次に大きな黒いドアにバレンジャー家のロゴが入った二人乗りのピックアップトラックを見た。「なるほどね」彼女はトラックの方へ、やはりゆっくりと歩いていったが、そばに着くころには少し息が浅くなっていた。ステップにのぼる時、スカートが持ちあがり、すらりとしたきれいな脚がのぞいた。ドアのすぐ上についている把手《とって》につかまって座席によじ登った彼女は息をはずませていた。

「ずいぶん調子が悪そうだ」ガイはつぶやいた。「気管支炎?」

彼女はためらった。答えるまでに、ちょっと長すぎる間があった。

「ええ。インフルエンザをこじらせてしまって」

「じゃあ、ツアー中にあなたが飼料の粉を吸いこまないように注意しましょう」ガイは彼女の後ろでドアをしっかり閉めた。

彼女は座席に腰をおろし、しばらく息の乱れを整えてから、体をひねってシートベルトを締めた。その間ガイ・フェントンは、片方に手袋をした手をハンドルに置き、彼女の青白い顔色や不自然に紅潮した頬を観察していた。彼女は病人に見える。

「もう少し養生すべきだったようね」キャンディは言い、ほつれ髪を耳の後ろにかけた。

「でも、だいじょうぶです」

彼女は微笑を浮かべ、大きな茶色の目にやさしい光をたたえてガイを見た。

ガイはうめきそうになった。さまざまな思い出が胸に押し寄せ、息が苦しくなる。彼はキーを回してエンジンをかけ、ギアを入れた。「つかまっててください」彼は硬い声で言った。「大雨に見舞われたあとなんで道路がひどいんです」

「ぬかるんでるってことね?」

「ぬかるみと、ところによっては道が流されてしまっている」

「秋の洪水ね」彼女が物思わしげに言った。

「エルニーニョのせいだ。西海岸から東海岸まで徹底的に荒らし回ってくれた。テキサスであんなすごい雨を見たのは生まれて初めてだ」

「あなたはここの生まれ？」

「三年前にこっちに」

「じゃ、生粋のテキサス人ではないのね」彼女はうなずいた。

ガイはちらりと彼女を見た。「おれはテキサス生まれじゃないとは言わなかった。ジェイコブズビル生まれじゃないってだけです」

「ごめんなさい」

ガイは道路に目を戻した。彼の顎はこわばっていた。「謝ることはありませんよ」

彼女は、肺の中の空気が足りないかのように、大きく息を吸いこんだ。頭をシートにもたせかけて目をつむり、どこか痛むのか、眉根を寄せた。

ガイはブレーキを踏んでトラックのスピードを落とした。彼女はびくんとしたように目を開いた。

「あなたは病気だ」

「ちがうわ。さっき言ったように、インフルエンザにやられてまだもとの調子じゃないんです。自分の仕事はちゃんとできますから、ミスター・フェントン、どうぞ……ご心配なく」彼女は冷ややかに言い、向こうを向いて窓の外のわびしい景色を見つめた。

ガイは眉をひそめ、幹線道路に通じるでこぼこ道にトラックを進めた。健康のことに触れると彼女は神経質になる。何か隠しているにちがいない。それが何か知りたかった。

スケジュール表の一番目は、ビクトリア街道のビル・ゲイトリーじいさんのところだった。ジェイコブズビルの数ある牧場の中でも見栄えがしないところだ。到着すると、ガイはその点について彼女に釘《くぎ》をさした。

「ビルは時代遅れなんです」彼は行く手の道路に目を据えたまま言った。「育ったのが一九三〇年代で、当時の牧畜はまだ昔ながらのやり方だった。彼は混合飼料という考えに頑としてなじまないんですが、体重の増加率を証明してみせたところ、しぶしぶ折れました」ガイはちらりと彼女を見て苦笑を浮かべた。「だが百パーセント懐柔されたわけじゃない。あなたに突っかかるんじゃないかな」

彼女はちょっと笑った。「女は牛のビジネスに用はないというわけね、きっと。女に宣伝係をやらせるとは牧場主組合は何もわかっちゃいない。それに第一、どうして宣伝なんかしなきゃならんのだ。みんなステーキは好物だろう?」

「いい線だ」ガイは言った。「ビルはその手の議論をまくし立てるでしょう。そのほかのことも。ビルは七十五歳ですが、威勢のいいカウボーイ連中もぐうの音も出なくなるくらい口達者ですよ」ガイはちらりと彼女を見た。「ビルがトム・ミックスを個人的に知っていたとか、ちょっとの間馬のトニーに磨きをかける仕事もしていたというのは、けっこう本当らしい」

「まあ、すごい」

「トム・ミックスが誰か知っているんですか?」

彼女は笑った。「知らない人がいるっていうの? 彼はショーマンであり映画スターだった。彼のサイレント時代のフィルムを何本か、トーキーになってからのも一本持ってるわ」彼女は肩をすくめた。「新しい映画にはたいして興味ないの。ジョン・ウェイン主演のものはべつとしてね」

ガイは難所のカーブを手際よくやりすごし、ギアを入れ替えてじめじめした沢のようなところを下った。「ここがどんなところか、さっき言ったことがわかってきたんじゃないかな?」

彼女は必死にしがみついている。トラックはほとんど垂直な坂を落ちるように下降したあと、体勢を立て直した。

「ええ、よくわかったわ」彼女は息をつめ、同意した。「ミスター・ゲイトリーはどんな車を運転しているの?」

「彼は運転しない。出かけなきゃならない時には馬の背中に乗っかって行きます。生活必需品は配達させるんです」ガイはにやっとした。「町の食料雑貨店が四輪駆動車を持っているからいいが、さもなければビルじいさんは飢えてしまうだろうな」

「でしょうね」

ガイはギアをトップに戻した。「あなたのお母さんはどうして牧場主になったんですか？」

「父がそうだったから」彼女はシンプルに答えた。「父が亡くなり、あとを母が引き継いだんです。最初はたいへんでした。うちにはミスター・ゲイトリーのように、いまだに前世紀を引きずっている牧童たちがいて。でも、母は自分のやりたいようにやる質《たち》ですし、苦もなく人を集めることができる人なんです。みんな母のことがそれは大好きで、母のためならどんなことでもいといません。べつに親分肌でも目から鼻に抜けるというタイプでもないんですよ。ただ、このやり方でいくと決めたらてこでも動かないんです」

「それは珍しい話だ」ガイは言った。「たいていの女性は、権力の座につくと威張り返った将軍みたいになるのにね」

「あなたはそういう人をたくさん知っているの？」

ガイは唇をすぼめて考えた。「映画の中でたくさん見ている」

彼女は頭を横に振り、指摘した。「それはたいてい男性が書いたものよ。映画や、テレビドラマもそうですけれど、そこで見せられる地位の座にある女性像というのは、一部の男性の頭の中にある固定観念よ。わたしの見る限り、だいたい嘘《うそ》ね。わたしの母はぜんぜんそんなふうじゃないわ。母はウィンチェスター銃を撃てるし、馬を駆って牛を集めたり、柵《さく》を造ることもできるの。でも、ヴァレンティノのロングドレスにダイヤモンドをつけた母もぜひ見てやってほしいわ」

「なるほど」

「そうなるまでには長い道のりがあったけれど」彼女は言った。「亡くなった父は気の毒だったわ。母は働きづめに働くことしか知らない人だったから。そんな母はとても気丈だった」氷のように冷たかった。そう言い加えることもできただろうが、彼女は言わなかった。

「きょうだいは？」

彼女はかぶりを振った。「一人っ子なの」彼女はガイの方へ顔を向けた。「あなたは？」

「兄貴がカリフォルニアで所帯を持っている。妹はワシントン州に。彼女も結婚している」

「あなたはずっと独身なの？」

ガイの顔は石のようにこわばった。おんぼろの古びたランチハウスに近づきながら、彼は再び車のギアを入れ替えた。「ああ、ずっと。あそこにいるのがビルだ」

2

ビル・ゲイトリーは、頭髪は白く、足にいくらか不自由をきたしてはいるものの、細い体はしゃんとして、歳《とし》が自分の半分の者たちと変わらないほどきびきびしていた。彼は礼儀正しくキャンディと握手を交わし、彼女の職業を聞いてブラシのような眉をちょっとぴくりとさせたが、余計なことは何も言わなかった。

「おたくの牧場を見せていただけると、ジャスティン・バレンジャーから聞いてきました」キャンディはそう言って微笑《ほほえ》んだ。「おたくが伝統的な飼料の分野ですばらしい成果をあげていることは存じています」

プラグが電源に差しこまれたように、老人の青い目がぱっと明るくなった。「これは驚いた。そうなんだよ、お嬢さん」ビル・ゲイトリーはうれしそうに言った。彼はキャンディの腕をとって家の裏手に導きながら、伝統的な飼い葉を植え育てることの難しさを説明した。「大規模にやるのはまあ無理だろうな。コストがかかりすぎる。だが、うちは非常にうまくいってるし、栽培したのとふつうの牧草を混ぜるというやり方でコストダウンもはかっている。子牛には栽培した飼い葉と牧草を交互に与えて一年育て、それからジャスティンとカルフーンのところへやって、出荷に備えて肥やしてもらうんだが」彼はにんまりした。「これがまた、じつにけっこうな具合に体重が増えてくれる。出荷もバレンジャー兄弟に任せたほうがいいのかもしれんのだが、わしは自分でじかに売るのが好きなんだ。それに一度の出荷が百頭ばかりだから、そんな小さい商いで彼らの手を煩わせるのもなんだし」

「出荷先はどこと決まっているんですか？」キャンディは興味を示して質問した。

「あるハンバーガー・チェーンだ」ビル老人はその名前を告げた。そのチェーン店は最初は地元で細々と商売を立ちあげたのだが、いまではいくつかの大きな都市に支店網を広げている。

彼女は眉をあげた。「とてもいいお話をうかがいました。ハンバーガー・チェーンのほとんどが南アメリカから牛肉を買っていましたが、熱帯雨林がどんどんなくなっていくという報道が流れると、多くのハンバーガーの店で客離れが起こりました。人々は自分たちが食べる牛肉を生産するために南アメリカの牧場主たちが熱帯雨林を伐採していると知ってショックを受けたんです」

ビル老人は笑顔になった。「わしが常々売り文句にしているのはそこなんだ！」彼は大きく手を振った。「おかげでいい具合にいってる。チェーンでは熱帯雨林産のビーフを使っていないハンバーガーというコマーシャルを始めたところだよ。そうしたけりゃ〝有機飼育〟って宣伝してもらってもいい。人工栄養物はいっさい与えていないからね」

キャンディは感嘆のため息をもらした。「ミスター・ゲイトリー、あなたをパッケージにつめて販売できるものならいいのに！　あなたは牧畜業者の鑑《かがみ》です」

ビル老人は若い娘のように頬を赤らめた。あとで彼はガイをかたわらに呼び寄せ、牧畜業界のことを世間に広めてもらうには、あのお嬢さんはまたとなく有能な人材だと言った。

ジェイコブズビルに向かって曲がりくねった道にピックアップトラックを走らせながら、ガイはその話を連れに聞かせた。

ゲイトリー牧場で午後の大部分がとられてしまった。キャンディは、ビル老人が苦労して成果をあげた何種類かの伝統的な飼い葉、西部平原への初期の入植者たちの農地開拓によって広い範囲で絶滅したオールド・バッファローグラスなどの栽培に関する研究記録を見たがった。彼らは熱心に実のあるやりとりをした。

「あなたはなかなかやり手なんだね」ガイは感想を言った。

メモに目を通していた彼女は、ガイの言い方にひっかかったように顔をあげた。「あなたはこういう重要な仕事に会社がいい加減な人間を差し向けると思っていたわけ？」

ガイは片手をあげた。指が長くて、大きくて、力強い手だ。「べつに喧嘩《けんか》をふっかけるつもりじゃない。おれはただ、あなたが非常に仕事ができるってことを言いたかっただけです」

彼女は小さく息をついてシートに背中をもたせかけた。「自分の仕事にプライドを持っているわ。最初から苦労なくできたわけじゃないけれど。この業界には、ミスター・ゲイトリーのように頭が古くてこちこちで、思いつく限りわたしを不愉快な目にあわせて喜ぶ男たちがたくさんいるの」

「どんなふうに？」

「そう、たとえば、雄牛たちが繁殖活動にいそしんでいる囲いのそばをわざと通って案内するとか」彼女は軽口っぽく言った。「あるいは雌牛たちが人工授精されている最中の納屋に連れていったり。一度なんか、雌馬がお産をしている目の前で牛の体重増加率について話を聞かされたわ。その人は怒鳴るみたいに大声を張りあげて話さなくちゃならなかったわけだけれど」

ガイは口笛を鳴らした。「それはまた。この業界の男たちは女性に対していささかの礼儀をわきまえている連中だと思ってたが」

「ええ。彼女たちがキッチンでビスケットをこしらえている限りはね」

「ハート家の息子たちがあたりにいる時には、ビスケットって言っちゃいけない。どんなことがあってもです！」ガイは大げさに言った。「レイとレオはまだ独り者で、コリガンとサイモンとキャグが結婚して本家を出てからこっち、ビスケットを食いにばかみたいに出かけているっていう信じられないような話がいくつもあるんですから！」

彼女はくすくす笑った。「聞いてるわ。その話は、はるばるデンバーの本社にも届いているから。牧場主の会合があると、かならず誰かがハート家の息子たちのその話を持ち出すのよ。とんでもない話がどんどん出てくるの」

「そして、どんどんふくらんでいく」

「すると、レオがある朝ジェイコブズビルのとあるカフェからコックをさらっていって、山ほどのビスケットを作るまで彼女を解放しなかったって話は本当じゃないってこと？」

「ああ、それは……」

「それじゃ、レイがヒューストンのある料理人をただで使ってオーブンのトレイ四枚分のビスケットの生地を丸めさせ、それを焼かないまま冷凍車を借りて牧場へ配達させたというのは？」

「ああ、そうなんだ。彼は……」

「それに、ミセス・バークレーがビクトリアのジョーンズ・ハウス・レストランを辞めると、レイとレオが赤い薔薇《ばら》とトラック何台分もの高価なチョコレートを二週間にわたって彼女に送りつけ、ついに彼女は引退をあきらめて仕事に戻ったという話は？」

「ところが彼女は薔薇でアレルギーを起こす体質だった。それにそのチョコレート攻めで体重がどっさり増えた」ガイはそっけなく言った。

「今後、彼女はハート家の息子たちを見るとアレルギーを起こすかもしれないわね。お気の毒に」キャンディは小さく笑った。「わたしは、そんなとんでもない人にお目にかかったためしがないわ！」

「あなたの故郷のモンタナにも、ひと癖やふた癖ある人間はきっといるはずだ」

彼女はスカートの埃《ほこり》を払った。「でしょうね。昔キッド・カーリーやブッチ・キャシディの仲間で、列車強盗をして刑務所に入っていたというベンじいさんくらいしか思い当たらないけれど」

ガイは彼女を見てにやっとした。「コックを独り占めするより上手だ」

「さあ、どうかしら。ハート家の息子さんの一人は大蛇を飼っているんですってね。奥さんの身が思いやられるわ！」

「白地に黄色い柄の入った珍しい錦蛇《にしきへび》を飼ってましたよ。だが、テスと結婚する時に繁殖業者にやったんです。彼はいまでも時々ハーマンに会いに行ってるが、さすがにテスにあれと同じ屋根の下で暮らしてくれとは言えないんでしょう」

「よかったわね」

「キャグにはいろんな面があるが、いいって言えるところはその中にないな」ガイはちょっと考えた。「奥さんには好かれているんだろうけれど」

「だとしたら、爬虫類《はちゆうるい》が親友でも不思議がないわね」

「少し呼吸が辛《つら》そうですね」ガイは言った。「さっきの家畜囲いの麦藁《むぎわら》がよくなかったんじゃないですか？　風が強かったし」

キャンディは無表情でじっと彼を見た。

「それと自分の呼吸がおかしくなっていることとのあいだの関連性ならわかっているわ」

ガイは肩をすくめた。「薬を使ったらどうです？」

彼女はびくんとしたように身を固くした。「薬って？」

「自分が喘息《ぜんそく》だってことは、当然わかっているはずだ」

キャンディはまだまっすぐ彼に目を向けていた。ガイは見ることができなかったが、その目は動揺していた。少し間があってから、彼女が言った。

「わたし――喘息持ちじゃないわ」

「ちがうって？　そうは思えませんね。あなたは十歩も歩いたら、ひと息入れなくちゃいられない。その若さで、それはただごとじゃない」

彼女は顎をこわばらせ、小さいきれいな手でバッグを絞るようにぎゅっと握りしめた。

「ノーコメントですか？」

「言うことは何もないわ」彼女は答えた。

ガイはもうひと押し追及したかった。だが、その時にはジェイコブズビルの大通りに入っていたし、彼女のモーテルはすぐそこだった。

「わたしのレンタカーは」彼女が言いかけた。

「スリムに拾わせましょう。彼にその車をここまで運転してくるよう言います。キーを貸してください」

彼女は渋りながらキーを渡した。「わたしはちゃんと運転できるわ。どこも悪いところなんてないんですから！」

「あなたじゃなくてもそうしますよ」ガイは困って言った。「長い一日だったし、あなたは疲れているだろうと思うから」

「そう」トラックがモーテルの前に着くと、彼女は少し顔を赤らめて言った。「そういうことなら。じゃ、おねがいします」

ガイはトラックを止め、外に出て反対側のドアに回り、高い座席から降りる彼女に手を貸した。彼女は手を借りるのもいやなように見えた。

ガイはキャンディを見おろして眉をひそめた。

「何をそうぴりぴりしているんです？　ちょっと手を借りるだけなのに神経質すぎないかな」

「トラックから降りるくらい一人でできるわ」彼女は無愛想に言った。

ガイは肩をすくめた。「おれは自分の大おじさんにも手を貸しますけどね。おじは年寄りじゃないが関節炎で、手助けを喜んでくれる」

彼女は顔を真っ赤にした。「わたしを戦闘的なフェミニストみたいに言ってくれるわね！」

最前までの当たりのいい口調はまやかしだった。彼女にぶつけたガイの視線は氷のように冷たく、恐ろしく険しかった。「ああ、あなたはまさにその手のいただけない口だ。おれは男に対して妙につっかかったり頭ごなしにものを言ったりせず、相手をたてながら指図できる女性が好きだ。あなたはドアを開けてもらうのも、体を気遣ってもらうのも嫌いらしい。それならそれでいい。そのことを忘れないようにしっかり頭に入れておきますよ」彼は顎をこわばらせ、ずけずけと続けた。「おれが前に知っていたアニータはあなたの十倍も人間ができていた。彼女は活発で独立心が強かったが、だからって男勝りなところを見せつけるようなことは一度もなかった」

「じゃ、なぜ彼女と結婚しなかったの？」

「彼女は死んだ」ガイは言った。のぞくのが怖くなるような目をしていた。彼はゆっくりと一つ息を吸って背中を向けた。すべてのことがどうでもよくなる。「彼女は死んだ」ももう一度、自分に言い聞かせるようにつぶやき、トラックの方へ引き返した。

「ミスター・フェントン……」彼女はためらいがちに呼んだ。彼を傷つけたことに気づき、そんなことをした自分が少し恥ずかしかった。

ガイは振り返り、トラックの屋根越しに彼女をにらんだ。「朝、モーテルのマネージャーに電話をして、どこで落ち合うかそっちに伝えてもらうようにします。これからは自分で運転していくといいですよ、ミズ・マーシャル」

ガイはトラックに乗りこみ、叩《たた》きつけるようにドアを閉め、もうもうとした砂埃をあとに走り去った。

キャンディは心中を波立たせながら彼を見送った。甘えず、甘やかされず、自分の足でしっかり立つのは大事なことだ。けれど、さっきのはやりすぎだったし、悪かったと思う。あの人は恋人を亡くして胸を痛めている。よほど愛していたにちがいない。その謎《なぞ》のアニータはどうして亡くなったのだろう。それに彼女のことを話す時、ミスター・フェントンはなぜ責め苦にでもあうように顔をひきつらせるのだろう。

キャンディはのろのろとモーテルに入った。一歩一歩がおっくうで、虚弱な自分が、いつでも何かまずいことをしてしまう自分がいまいましかった。フロントに着くとなんとか笑顔を作って部屋の鍵《かぎ》を求めた。

若くて器量のいいフロント係の女性は、お義理の微笑をちらりと浮かべて鍵を渡すと、息をあえがせているみすぼらしい客など見たくもないというように、つんとそっぽを向いた。

キャンディは自分を嘲《あざけ》って笑った。ミスター・フェントンのさり気ない気遣いとはなんというちがいかしら。彼の親切心に対してひどい態度をとった自分に心底うんざりした。

こんなふうになったのは、長いあいだいやというほど哀れまれ、腫《は》れ物《もの》に触るように扱われ、そのくせ愛のかけらも与えてもらわなかったせいなのだ。

部屋に着くと彼女はドアに鍵をかけ、靴も脱がず、ぼろ屑《くず》のようにベッドに倒れこんだ。そして一分後にはぐっすり眠りこんでいた。


銃声で目が覚めた。キャンディは身を起こした。心臓が喉までせりあがり、大きく轟《とどろ》いていた。胸の上に片手がのっていた。体がぶるぶる震えている。また、発砲音が……。

彼女は開けた広い場所にいた。あたりには木一本ない。隠れるところがどこにもない。胸に衝撃を覚え、そこに手をやった。手は鮮血に赤く濡《ぬ》れた。続いて苦痛が、激しい苦痛が襲ってきた。息ができない……。

彼女は地面に身を投げ出し、両手で頭を覆った。彼女は血を見た。どこもかしこも血だらけだ！　人々が悲鳴をあげていた。子供たちが悲鳴をあげていた。ピエロ服の男が、耳をつんざく恐ろしい叫びをあげて膝からくずおれた。彼女のすぐかたわらで父が体を二つに折って倒れた。その目を閉じ、固く閉じ、永遠に閉じ……。

ベッドサイド・テーブルの上でけたたましく鳴る目覚まし時計の音が、眠っている脳に徐々に浸透し、やがて彼女は自分が声をあげて泣いているのに気づいた。目を開ける。彼女は冷たい床に、カーペットの上に、怯《おび》えた子供のように体をちぢめて横たわっていた。

肺に空気を入れて呼吸を楽にしようと、焦って大きく息を吸った。懸命に上半身を起こし、腕を泳がせて手探りで時計を見つけ、ようやく目覚ましのスイッチを切った。ぐっしょり汗をかき、ぶるぶる震えていた。怖かった。あれからずいぶん時が経《た》ったのに、悪夢は続いている。彼女はもう一度大きく身震いし、這《は》うようにしてベッドに戻り、目は開けたまま、胸を激しくあえがせて横になった。

その悪夢とは古いなじみだったが、ここしばらくは見ずにすんでいた。さいわい、この傷について変にしつこく詮索《せんさく》する人はめったにいない。けれどある種の人は、あのことの細部までほじくり出し、あの恐怖を蘇《よみがえ》らせたがる。キャンディは呼吸障害について少しでも触れられるといたたまれなくなるのだが、それはマスコミに対する忌まわしい印象が胸にこびりついているからだった。あのうららかな春の日、罪もないたくさんの人の命が奪われた惨劇のあと、マスコミは生き残った者たちを猟犬のように執拗《しつよう》に追い回したのだった。

彼女は両手に顔を埋《うず》め、この手で脳をぎゅっと搾って、あの記憶を最後の一滴まで搾り出してしまえたらいいのにと思った。母は父の葬儀の直後から冷たくなり、心の扉を閉ざしてしまった。牧場を続けるか売り払うかの選択を迫られた母はビジネスウーマンになった。母は牛が大嫌いだったが、牛が稼ぎ出すお金は好きだった。彼女にとってキャンディは、恐ろしく大きな喪失感を呼び覚ますだけの存在だった。母はこの地上のどんなものにもまして夫を愛していた。娘をどこかで恨んでいた。母と娘のあいだの心の溝は開くばかりで、橋をかけようもなかった。キャンディには仕事が命綱だった。仕事のおかげでモンタナから、針のむしろのような母の家から出ることができたのだ。

牧畜業界の広報にたずさわる仕事は、だいたい気に入っている。母のアイダとはちがい、キャンディは牛が好きだったし、牛に関《かか》わるすべてが好きだった。牧場の暮らしも好きだったが、母は娘の顔を見るのさえ疎み、それを隠そうともしなかった。キャンディは久しく実家に帰っていないが、結局それがどちらにとってもいいことなのだ。

汗に濡れた髪を顔からかきあげ、キャンディは次の日の仕事のことを考えようとした。サイ・パークスという人に会う予定だったが、聞くところによれば、ジェイコブズビルの牧場主の中で一番非友好的だそうだ。使い道に困るほどの金を持っており、よそ者がとにかく大嫌いで、とりつく島もない。だが、扱いにくい男には慣れている。それは頭の隅に入れておく注意事項の一つにすぎなかった。それよりも、ガイ・フェントンにつっけんどんな態度をとったことのほうが心に重くのしかかっていた。彼は何をしたわけでもなく、ただ気遣ってくれただけなのに。過去の出来事を彼に打ち明けるべきかもしれない。そうすれば、たぶんまたやり直せるだろう。彼は悪い人じゃない。ユーモアのセンスもあるし、頭もいい。なぜその頭を使わないのかしら。一生を飼育場の雇い人で終わるような人には見えない。自分でビジネスを起こしてやっていける人だろうに。

彼女は湿った枕《まくら》に頭を預け、顔をしかめた。夜明けまでもう少しの辛抱だ。睡眠薬を持っているが使ったことはない。なんであれ、溺《おぼ》れる恐れのあるものは絶対にいやだった。だから、たばこも吸わないしアルコールも飲まない。恋もしない。ものすごく大きな信頼がなければ、とても恋なんてできない。

枕元の時計を見ると、朝まであと四時間もあった。天井に映るスタンドの光の模様を眺めつづけるか、あるいはもう一度眠る努力をするか。彼女はため息をつき、目をつむった。

約束どおりガイ・フェントンからモーテルに電話があり、キャンディはパークス牧場への行き方と、彼がかならず先に向こうへ行っているという伝言をもらった。あんなふるまいをしたあとで彼と顔を合わせるのがとても気重だった。昨日のことで彼はわたしを最低の女だと思っているだろう。できることならそのダメージを回復したい。

キャンディは木造の大きなランチハウスに向かって車を走らせた。周囲は手入れがよく行き届いており、柵《さく》は白く塗られ、家畜囲いは清潔そうだ。家の向こうの巨大な納屋の両側には、柵に囲まれた牧草地が広がっている。舗装された私道からの眺めはすばらしく目に心地よかった。そこここに花が咲き乱れ、植え込みがあり、木立がある。この地所は代々こうなのだろうか。それとも、ミスター・パークスが花好きなのだろうか。

ミスター・パークスがガイと一緒にポーチに出てきた。にこりともしない。キャンディはすくみあがった。扱いにくい男を扱い慣れているとはいえ、この強敵にはこれまでの経験がなんの役にも立たないことがひと目でわかった。

「サイ・パークス、キャンディス・マーシャルだ」ガイがそっけなく引き合わせた。「ミズ・マーシャルは、牧畜業の新しい動向について全国誌で広く宣伝するために、この地方の牧場主たちにインタビューをしているんです」

「それはけっこうな企画だ」サイはそう言ったが、彼女に向けた微笑は愛想よくはなかった。「動物の権利を守る会かなんかの活動家たちもそこで反対意見を展開するんだろうし、肉食反対者の圧力団体も反論の場を与えろと要求するだろう」

彼の正面攻撃にキャンディは眉をあげた。「わたしたちは新しい方法を広く知らしめようとしているんです。食品をめぐる攻撃合戦を始めようというわけじゃありません」

「戦いはすでに始まっている。きみは昼間テレビを見ないのか?」サイは冷淡に言った。

キャンディはゆっくりと息を吐いた。「そうですね――わたしたちにできるのはせいぜい、ハイウェイの反対側にいる人々に、わたしたちの上を渡っていらっしゃいと、自ら進んで路上に身を投げ出すことくらいでしょうね」

サイの大きな口の端が笑うようにぴくりとしたが、冷たいグリーンの目に友好的な光はまったくなく、面長の日焼けした顔はなめし革のようだったが、なめし革よりもっと固そうだった。身長はガイと同じくらいだが、もっと線が細く、ロデオ・カウボーイのような体つきで、足が大きく、口元は冷酷そうだった。彼は左手をポケットに入れたまま、右手をあげて一番近い放牧地を指した。

「うちの新しい雄牛を見たいならあそこだ」サイは無愛想に言った。彼はゆっくりと、物憂げな動作でポーチの階段をおり、フェンスで囲まれた方へ先に立って歩いていった。

「あれはすでにいくつか賞をとっている」

キャンディは柵の向こうにいる巨大な生き物を見つめた。つややかな赤い毛並みといい、見事な体形といい、息をのむほどすてきな牛だ。

「感想はなしか?」サイがちくりと言った。

彼女は感服して首を振った。「言葉が見つからないんです。なんて美しいんでしょう!」

サイは喉の奥で不穏な音をたてたが、議論の余地のある感想について彼女をやりこめることはしなかった。

「おたくは、害虫駆除のオーソドックスじゃないやり方と言ったらいいか、その話をしたいんじゃないかと思っていたんですが」ガイが口をはさんだ。

つば広の帽子の下でサイの黒い眉がぴくりとした。「殺虫剤が嫌いなんでね」彼はそっけなく言った。「あれは地下水を汚染する。うちでは昆虫を使うんだ」

「昆虫?」そのやり方は聞いたことがあった。キャンディは最近雑誌で読んだ、農地の害虫駆除に益虫を使うという記事を引き合いに出した。

「そう、まさにそのとおりだ」サイは感心したように答えた。「試してみる価値がある。従来使ってきた薬剤に比べて悪いことはないし、効果はびっくりするほどだ。いまは肥料も有機肥料にしている」彼は雄から隔離してずっと向こうの草地に放してある雌牛の群れの方へ顎をしゃくった。「うちの純血牛から出るいろんな副産物をごみにするのは申し訳ない」彼は冗談めかして言った。「それでなくても都会の連中がうちの肉を買うのにいつも袋を使うんだから。うちじゃ、プラスチックを使うのも極力つつしんでる」

キャンディが笑った。その笑い声は軽やかで、音楽のように耳に心地よかった。ガイは我知らずまじまじと彼女を見つめていた。キャンディがこんなふうに笑うのを聞いたのは初めてだったし、そのうえ、ここには町一番の気難しくて愛想の悪い男がおり、その男が彼女をおもしろがっているのだ。

サイはにこりともしなかった。しかし、彼のグリーンの目は笑っていた。「きみはもっと笑うべきだ」彼は言った。

彼女は肩をすくめた。「わたしに限らず、みんなそうね」

サイは彼女の方へちょっと身を屈《かが》めた。「ひと月ほど前に、ある会合できみのお母さんに会った。ずいぶん冷たい人になってしまったんだな」

キャンディはびくんと顔をこわばらせた。「ええ、それはきっと……」

「無理もない」サイは重苦しい声で言い、キャンディの目を探った。「しかし、きみが悪いことをしたわけじゃない」

「よくそう言われます」キャンディは口早に言った。ガイの好奇心の目を痛いほど感じる。

「きみもそう思わなくちゃいけない」

キャンディはうなずき、話題を変えた。「ところで、あの雄牛のことですが」

自慢の牛の話になると、しばらくのあいだサイも愛想がよくなった。日ごろ無口で気難しい男にしては珍しく、あの雄牛や自分の飼育法についてよくしゃべった。さらには、かたわらを静かに歩きながらさまざまな質問をするキャンディをあちこち進んで案内するほどだった。

ガイがそろそろ引きあげようかと思っていると、キャンディに先を越された。彼女はサイ・パークスと握手し、ガイの方に敬遠するような会釈を送ると、レンタカーに乗り、モーテルに帰っていった。

ガイはそんなに急ぐこともなかった。彼はピックアップトラックの泥よけの横で足を止め、サイを振り返った。「彼女に何かあったんですか？」

「本人にきけよ」サイはいつものようにぶっきらぼうに言った。

「彼女のレンタカーにきくほうが、まだ何かわかりそうですよ」

サイは肩をすくめた。「秘密ってわけじゃないんだが。十年くらい前の話だ。おやじさんが彼女をあるファーストフードの店に昼食に連れていった。パパと小さな娘が食べながらおしゃべりをするっていうあれさ。が、ちょうどその日、そこのマネージャーが仕事中に酒を飲んでいたある従業員をくびにしたんだ。そいつは麻薬《ヤク》もやっていたんだが、マネージャーはそのことは知らなかった。で、客たちが注文したものを待ちながらおしゃべりをしていると――その中にキャンディと彼女のおやじさんもいたんだが――くびにされた男がAK47型ライフルを持って入ってきて、いきなり発砲しはじめた」

ガイは大きく息をのんだ。「彼女も撃たれたんですか？」

サイは顔をしかめてうなずいた。「肺を撃たれた。片方をやられ、摘出してなんとか一命をとりとめたんだ。おやじさんのほうは運がなかった。顔に弾を浴びて即死だった。世間の噂《うわさ》じゃ、彼女の母親はそのことでいまだに娘を恨んでいるらしい。外で昼を食べたがったのは彼女だったから」

「つまり、彼女が行きたがらなければ、おやじさんは死ぬことはなかったというわけですね」

「そうだ」サイはキャンディの車が巻きあげる遠くの小さな土埃に目をこらした。「彼女はその話題になるとぴりぴりすると聞いてる。乱射事件のあと、マスコミがあの母娘《おやこ》をしつこく追い回した。いまだに彼女の名前を出して昔の事件のことをほじくりたがる張り切り記者がいる。母親が自分の牧場に入りこんだそういうやからの一人を訴えて裁判に勝ったってこともあったな。母親はマスコミ・アレルギーじゃなさそうだが、キャンディのほうは――」彼は頭を振った。「最近あの母娘はろくに口もきかない仲だと聞いてる。あの子は、ママの目障りになっているなら離れていようと思ったんだろう」

「その母親って、どんな人なんです？」

サイは口をまっすぐに結んだ。「断じて結婚したくないタイプだな。たいていの男は大回りでも彼女を避けて通る。歯に衣《きぬ》を着せるってことをまるでしない。心に浮かんだことをなんでもずけずけ言う。その心というのがナイフの刃みたいに尖《とが》っている。キャンディとはまるきりちがうな」彼はちょっと考えて言い添えた。「あの子は外側はこちこちだが、中身はマシュマロだ」

「どうしてわかるんですか？」ガイは相手をにらんだ。

「苦しんでいる者どうしの直感だ」サイはそう言って、左手をポケットから出した。

その手を見てガイは思わず少し眉をひそめた。ひどい火傷《やけど》のあとがいやでも目についた。皮膚がのっぺりとひきつっていた。

「ぼくのワイオミングの牧場が焼け落ちた話を聞いたことがないのか？　その時ぼくが焼けた家にいて、妻と息子もいたってことも、当然一緒に話に出るはずだが」

ガイは胃が締めつけられるのを感じた。パークス家のほかの二人の家族が犠牲になったことは、きくまでもなく痛いほど明らかだった。

サイは自分の手を見た。顎が固くなり、頬がこわばった。彼はその手をポケットに戻し、空虚な目を年下の男に向けた。「ぼくはいったん外に出たんだが、また家に飛びこんだ。近所の者が三人がかりでぼくを引きずり出し、消防隊が中に入るまで馬乗りになってぼくを押さえつけていた。すでに手遅れだった。その日は嵐《あらし》のせいで家に帰るのが夜遅くなり、ぼくはそのまま書斎で急ぎの事務を片づけていた。ずっと雷鳴が轟いていた。火は家の反対の翼から出て、二人はそっちで眠っていた」彼は目をぎらりとさせて宙をにらんだ。「息子はまだ小さくて……」

彼は言葉を途切れさせて顔をそむけ、大きく息を吸って声の震えを止めた。

「ぼくはワイオミングを出た。思い出が辛すぎたんだ。ここで再出発しようと思った。金の問題はなかった。生まれてこの方、そういう苦労はしたことがないんだ。だが、時間は何も癒《いや》しちゃくれない。ちくしょう！」

ガイはこの男の痛みを我がことのように感じた。よく理解できた。彼は静かに言った。

「ある午後、おれはちょっと空をひと回りしようと婚約者を飛行機に乗せました。連続横転をやって彼女にいいところを見せようと……。ところがエンジンが止まってしまい、森に落下して、飛行機は助手席の側を下にして木にひっかかりました。我に返ると、アニータは座席にしがみつき、足を宙に泳がせてぶらさがっていました」彼の目が暗く陰った。「地面ははるか下で、彼女は必死で叫んでいた。お願い、助けてと。おれは彼女をつかまえようと手をのばし、彼女はおれの手につかまろうとして片手を離しました。が、彼女はおれの手をつかみ損ね――」

ガイは目をつむった。

「夜目を覚ますと彼女の顔が見えるんです。恐怖にひきつった顔が。おれに助けを求める彼女の悲鳴が聞こえるんです」

ガイは目を開き、大きく息をした。

「おれは地獄を知っています。三年そこに住んでいる。抜け出せやしません」

サイは顔をしかめた。「気の毒に」

「あなたも。でも、哀れみ合っても助けになるものじゃないですよね？」ガイは冷たい風のような声で笑った。帽子をとり、髪に手を走らせ、また頭に戻した。「さて、あのお嬢さんを追いかけるとしますか。そしてなんとかやっていきます」

「そうだな」

ガイは片手をあげ、トラックに乗りこんだ。ほかに交わす言葉はなかった。だが、心の傷を分かち合ったことで、ずきずきした痛みがやわらいだ。ほんの少しだが。

3

ガイはキャンディのあとを追ってモーテルへ行った。細長い建物の一番端の部屋の前に彼女の車が止めてあった。彼はその横にピックアップトラックをつけると、車からおりて彼女の部屋のドアをノックした。

キャンディがドアを開けた。顔色が悪く、ひどく疲れているように見える。呼吸も苦しそうだ。

「マット・コールドウェルのところへは明日行きます」ガイはすぐに用件を言った。「もし、それで問題なければ」彼女の体を気遣う気持が顔に出ないように気をつけた。「今日はこれから飼育場でしなきゃならない仕事があるんで。でも、おたくがどうしてもというなら……」

「いいえ、べつにそう焦ることは……」彼女はガイの顔を探るように見て、唐突に言った。「あの人からわたしのことを聞いたんでしょう?」

はぐらかす理由はなかった。「ええ」ガイは表情を変えずに答えた。そして、その話題にはまったく関心がないように続けた。「朝電話をします。牛を見に来る客があって、飼育計画を詳しく知りたがっているから説明しなくちゃならない。彼はJ・D・ラングリーと考えが似ているんだ。飼育場が好きじゃないが、その関係の会社の仕事をしている。朝の始業時に来ることになっているが、もし遅くなったら、マットのところへあなた一人で行ってもらうことになります。その場合は、ここのオフィスにファックスで地図を送っておきますから、出かける前にもらっていってください。マットの牧場まで町から三十分くらい、本道から外れたほんとの田舎道を走ることになります。道路標識もない道をね！」

キャンディは彼が過去のことに何も触れないので意外な気がした。そして少しほっとした。「それでかまわないわ」

ガイはキャンディが苦しそうに息をするのを見ていた。彼女が急に激しく咳《せ》きこんだ。

「喘息《ぜんそく》の検査をしてもらったことは？」

キャンディはティッシュを口に当てた。苦しくて話をするのも辛《つら》い。「ないわ」

「だったらすべきだ」ガイはそっけなく言ったが、目は気遣わしげだった。「喘息は息がぜーぜーするって言われてるが、かならずしもそれだけじゃない。去年おれがデートした女の子は喘息がひどかった。ぜーぜーするだけでなく、咳《せき》が出たんだ。肺が飛び出すんじゃないかと思うくらいね」

キャンディはドアにぐったりと寄りかかった。

「その彼女といまはデートしていないの?」

「初めてのデートで、おれはべつの女の子となれなれしくしてしまった。彼女とあまり共通点がなくてね。でも、恥ずかしいことをしたと思っている。いつもそんなに思いやりがないわけじゃないです」

「彼女はほかの人を見つけたのかしら?」

ガイはちょっと笑った。「彼女は雇い主と結婚しましたよ。この町の医者です。おれはふられたが、思えば彼は最初から彼女にやさしかった。彼女を映画館から一人で帰したって、彼からこっぴどく怒られましたよ」

キャンディは静かに彼の目を見つめた。「あなたが週末ごとに飲んだくれているのはなぜ?」

ガイはどきんとし、腹が立った。「誰がそんなことを?」

「ミスター・ゲイトリーよ。あなたが馬を見に行っているあいだにね。週末はあなたのそばに近寄らないようにと言うので、どうしてかきいたの」

ガイは両手を乱暴にポケットにねじこんだ。冷ややかな顔になる。「フィアンセを飛行機の事故で死なせた。その飛行機はおれが操縦していた。エンジンが故障し、おれはなんとか墜落死をまぬがれようと森の上に落ちるようにしたんだが、ひっかかった木が地上から十二、三メートルあった。彼女のシートベルトが外れ、おれは彼女をつかまえようとしたが、つかまえられないまま彼女は落ちてしまった」記憶が彼の目を深く陰らせた。「おれが酒を飲むのは、ぐでんぐでんになれば落ちていく時の彼女の顔を思い出さなくてすむからだ。助けを求めておれの名前を叫ぶ彼女の声を聞かずにすむからだ」

キャンディは手の中でティッシュをくしゃくしゃにした。「お気の毒に」彼女はそっと言った。「本当に、お気の毒」

「あなたに何があったか知らなかったら、おれは決してこんな話はしなかっただろう。悲惨な話を聞いて喜ぶ者もいる。彼らはそういう話を聞くと元気が出るのかもしれない。おれは酔いつぶれたくなるだけだけれど」

「その気持、わたしにはよくわかるわ。でも、彼女は、あなたがそんなふうに苦しむのを望んでいないんじゃないかしら」

「そうだな」ガイはためらいがちに答えた。「彼女が望むとは思わない」

「それに、あなたが孤独な人生を送ることも」キャンディはきっぱり言って微笑した。

「わたしの父もそういう人だった。いつもほかの人のために何かしようとしていて、わたしや母はプレゼントをもらったことはないけれど、でもとても家族思いで、母よりずっとやさしかった。母は、いまはわたしを嫌っているわ。わたしが父を死に追いやったからよ」彼女は硬い口調になった。「あそこにお昼を食べに行きたがったのはわたしだから」

「どこでも起こりえたんだ」ガイは言った。

キャンディは肩をすくめた。「そうね。でも、あそこで起こった。最近はできるだけ家に寄りつかないようにしているの。たぶん、自分の罪を償うのに疲れちゃったんだわ」彼女はうつろな声で笑った。「わたしは逃げている。あなたも逃げている。でも、あの人たちが生き返るわけじゃないわよね」

最後のところで彼女の声が割れた。

何がガイを突き動かしたのかわからない。しかし、ガイは彼女が泣くのをただ見ていられなくなった。彼はキャンディに腕を回してしっかりと抱き寄せ、大きな固い手でやわらかな髪をそっと撫《な》でた。今日、彼女は髪を結っていなかった。黒い絹のように肩に垂らしている。それは花のにおいがした。

「わたし、慰めなんか……」彼女は拒みかけた。

ガイはキャンディの顔にかかる髪をやさしく後ろに払いのけた。「いや、必要だ。人間なら慰めがほしい」

「わたしもかしら？」彼女は悲しそうに言った。

「ああ。それに、おれもだ」

ガイはキャンディに腕を回し、久しく味わったことのなかった安らぎを感じながら、ぎこちなくすがりつく彼女を抱いてじっと立っていた。腕の中のキャンディの温《ぬく》もりとやわらかさと壊れもののような危うさが気に入った。

しばらくすると彼女はため息をつき、ガイの胸に顔を埋《うず》めた。

「お母さんに抱きしめてもらったことがないのかい？」彼はきいた。

「ないみたい。母は、父に対してはべつだったけれど、愛情あふれるってタイプじゃなかったから。いまも人当たりはよくないわ」

「おれもそうだ。だいたいね」大きく息をすると、胸が彼女に密着した。「きみはすごく固い殻で身をよろっているんだな、ミズ・マーシャル」ガイは彼女のこめかみに口を寄せてささやいた。

「同情なんていらないわ」

「おれもだ。だが、慰めなら受け入れられそうな気がする」

「わたしもそんな気がするわ」キャンディは彼のシャツの胸元で微笑《ほほえ》んだ。

「どうかな、しばらく白旗を掲げて休戦っていうのは？」

キャンディの心臓が飛びあがった。「そういう逃げ腰って臆病《おくびょう》者のすることじゃない？」

「我々のような古つわものどうしのあいだならそうじゃない」

キャンディは彼のやわらかなシャツに手をすべらせた。「もし、あなたが酔っ払うのをやめる努力をするなら、わたしもやたらに突っ張らないように努力してみようと思うの」

ガイはじっとしたままだった。彼女の頭越しに、モーテルの横の大きな樫《かし》の木に目をやった。そしてぼんやりと考えた。あの木はどれくらい長い間あそこにああして生えているんだろう、と。「酒なしでやっていく努力をしようなんて思ったこともない」彼は正直に言った。「飲むのは週末だけだが。でも、変わらなきゃいけないだろうな」

キャンディは彼のシャツの胸にあるパールのボタンをいじった。「あなたは釣りは好きじゃないでしょうね」

「まさか、冗談だろう」

どっちなのかわからない。「好き？　それとも好きじゃないの？」キャンディはきいた。

「去年のバス釣り大会で賞をとった」

彼女はまあというように眉をあげて笑った。「それはわたしという強敵がいなかったからよ。わたし、バス釣りが大好きなの！」

いい友達になれるな。ガイは思った。もう少しでそう口に出しそうになった。「釣り道具は持ってきていないんだろう？」

彼女は顔をしかめた。「飛行機で来なくてはならなかったの。持ってきたいものを全部持ってくるというわけにはいかなかったわ」

「道具はこっちでそろえる。リール、竿《さお》、おもり、浮き、針、すべていくつか持っている。土曜日に湖に行かないか」

「ええ、喜んで！」

彼女はやさしい目でガイを見あげた。どうして彼女を冷たいなんて思ったんだろう。

「明日、一緒にマットのところへ行けるように、誰かに代わりを頼んでみよう。九時ごろでいいかな？　先方にも連絡しておくよ」

「それでいいわ。彼もサイ・パークスのような人かしら？」キャンディはきいた。

ガイは首を横に振った。「マットは気さくだ。本当に腹を立てた時以外にはね。そういう時には人々は彼に近寄らないようにする。彼は女性が好きだ。だいたいのところはね」彼は付け加えた。

「例外があるわけね？」

「たった一人」ガイは微笑した。「じゃ、明日。濃いコーヒーを飲んでみるといいかもしれない。喘息の発作にきくっていうから。きみのそれが喘息だとすればだけれど。よくならなかったらドクター・コルトレーンかドクター・モーリスに電話をするんだ。二人ともいい医者だ」

「オーケー。ありがとう」

ガイはため息をつき、彼女に回している腕をほどいた。「病気の時に助けを求めるのは弱虫でもなんでもない」彼は静かに言った。「そのことを言っておきたかった」

「うちでは病気になるのは許されなかったの。身にしみついたことを忘れるって難しいものよ」

ガイは彼女の青ざめた顔を見つめた。「ずいぶんひどい子供時代だったんだな」

「べつにひどくなかったわ。父が亡くなるまでは」

「そうかな」ガイは疑わしげに言った。

彼女はまた咳きこみ、ティッシュを口に当てた。

ガイは眉を険しくひそめ、心配そうにきいた。

「やはり藁埃《わらぼこり》がよくなかったんじゃないか？　埃がひどいところには入らないようにしたほうがいい。もし、本当に喘息だとしたら危険だ」

「わたしは肺が片方しかないの」キャンディは苦しそうに言った。「それで埃に敏感なのよ」

その説にガイは賛成できなかった。「今夜電話をするよ。きみがだいじょうぶかどうか確かめるためにね。よくなっていなかったら医者を呼ぶか、病院に行くかするんだ」

「そうするわ。あなたが心配することないわ」

「心配する人間もいるんだ」ガイはそっけなく言った。「朝になってもよくなかったら、マットのところへ行くのはきみがよくなるまでのばそう。彼は町に住んでいるが、牧場まで三十分はかかる。万一、向こうで命にかかわるような発作が起きた場合、トラックで町へ運んだんじゃ間に合わない」

「ミスター・コールドウェルは飛行機を一機持っているはずよ」

「二機持ってる。リアジェットと小型セスナを」ガイは言った。「でも彼は我々を牧場監督に引き合わせに行くだけで、そのあとすぐ、自分でリアジェットを操縦してヒューストンの会議に飛んでいくそうだ」

「朝までにはよくなっているわ」キャンディは頑《かたく》なに言った。「絶対に」だが、そう言うそばからまた激しく咳きこんだ。

「さあ、早くコーヒーを飲むんだ。おれの冗談に付き合うだけと思って。いいね？」

キャンディはため息をついた。「オーケー」

「いい子だ」ガイは突然身を屈《かが》め、彼女の唇にそっと口づけした。

キャンディはびくんとして飛びあがりそうになり、震える息をついた。

ガイは不思議そうに彼女の目をのぞきこみ、やさしくきいた。「おれのことが怖いのかい？」

「べつに……そんなこと」

彼女の反応は意外だった。ガイが親密さを示すまで、彼女は自信に満ち、何事にも動じないように見えた。が、男性経験はあまりないらしい。

「きみはキスもしない。そういうことかい？」

「めったに」

「かわいそうに」ガイは彼女の唇に視線を落とした。「きみの唇はキスのためにあるようなのに。やわらかくて温かでとても甘い」

キャンディは無意識に唇に手をやった。「わたしはスポーツが好きじゃないの」

「それとキスとなんの関係があるんだ？」

「わたしが出会う男性はたいてい既婚者よ。そうじゃない人たちは、フットボールや野球を見に連れていきたがるわ。わたしが好きなのは釣りなのに」

「おれもスポーツは好きだ。でも、ロデオと釣りが一番だな」

「わたし、ロデオも好きよ」

「そう？　じゃ、我々にはすでに通じるものがいくつかあるってことだね」ガイは微笑した。頭を屈め、再び彼女の唇に軽く唇を触れた。さっきもそうだったが、かすかに電気が走るような感じがした。彼はキャンディの唇をついばみながらにやっとした。「これは病みつきになりそうだ」

彼女はガイの胸を両手でそっと押した。「わたし、だめだわ……呼吸が苦しくて。ごめんなさい」

ガイは頭を起こして彼女を見つめた。「深く付き合う人がいないのはそのせいなんだな。息が苦しくなって、そのことを言うと、男たちはきみから肘鉄を食らったと思ってしまうんだ」

「どうしてわかるの？」キャンディは驚いた。

「いとも簡単さ。きみにボーイフレンド一人いないのはそのせいだってことはね。器量のせいじゃないのははっきりしてる。肺が片方しかないってことをなぜ言わないんだ？」

キャンディは顔をしかめた。「べつにそれでかまわないわ。彼らはキス以上のものを求めてくるんですもの」

「で、きみは求めない？」

彼女はうなずいた。「父が死んだ時にわたしの内側の何かも死んでしまったの。父は死んだのにわたしは生き残ったという罪の意識が原因だと、事件のあとでセラピーを受けた時に精神分析医が言ったわ。たぶん、いまでもそうなんでしょう」

キャンディは顔をあげてガイを見た。

「でも、罪の意識はべつとしても、男性にそういう何かをまるで感じないの。いままでは……感じたことがなかったの」

キャンディは頰を染めた。ガイはなぜ彼女が赤くなったのかわかった。彼は自分がぐんと大きくなったような気がしてにやっとした。

「弱い電気ショックみたいだろう？」

キャンディははにかんだ微笑を浮かべた。「そんな感じね」

ガイは口をすぼめた。「稲妻みたいなやつを感じてみたくないかい？」

彼女は笑った。「今日はけっこうよ」

「わかった」ガイは彼女の乱れたひと筋の髪を耳の後ろにかけてやった。絹のような感触がすてきだ。「じゃ、また明日の朝会おう」

「楽しみにしているわ」

「おれもだ」

ガイは真顔になった。彼の目の奥で何かがきらりとし、彼女を見つめるうちにその光は強くなっていった。実際、そうだった。無理やり視線を引きはがし、体を離さなくてはならないような気がした。だが、こんなことは一度もなかった。彼は女性が嫌いではなかったし、時には心を惹《ひ》かれることもあった。彼はこの女性がほしいと思った。こんな気持になったのは生まれて初めてだ。

ガイは後ろ髪を引かれながらトラックに戻った。「医者のことを忘れないように」本当に心配しながら言った。「もしも咳が止まらなかったら診てもらうんだ」

「そうするわ」キャンディは微笑み、手を振ってドアを閉めた。

ガイは走り去ったが、懸念がなかったわけではなかった。咳にさいなまれている時の彼女の様子が気に食わなかった。彼女はひどく弱々しい。が、自分ではそれに気づいていない。あるいは、わざと無視している。彼女には面倒をみてやる人間が必要だ。彼はそう思うそばから苦笑した。いまどきはやらない考え方だ。女性たちは世話をやかれるのが好きじゃない。人に頼らず強く生きたがっている。しかし心のどこかで、大事に守ってくれる誰かがほしいとひそかに思っているんじゃないだろうか。支配したり、行動を縛ったり、頭を押さえつける男はごめんだろうが、ただ大事にしてくれる……。

ガイはキャンディを適切な気配りが欠かせない蘭《らん》にたとえてみた。木屑《きくず》を混ぜたふんわりした土に植え、まめに注意深く水をやって育てる。蘭には充分な湿度が必要だ。夜は涼しくしてやらなくちゃいけない。キャンディを鉢に入れて水をやっているところを想像しておかしくなったが、彼が望んでいるのはそういうことだった。やさしく気を配り、二度と彼女が傷つくことがないように守る。だが、そんなのはおれの柄じゃないな。彼は顔をしかめた。おれは一匹狼《おおかみ》が似合ってる。いままで何かを大事に守ろうなんて思ったこともなかった。ましてや女性を。が、彼はキャンディに対してそれ以外のことは考えられなかった。出会ってまだいくらも経《た》っていないのに。

特別なことを考えるのはせっかちすぎる。彼は心に釘《くぎ》をさした。だからといって、彼女を注意深く見守って悪いことはない。ガイは自分の将来の幸福に彼女が非常に深く関《かか》わってきそうな予感がした。

モーテルの部屋にいたキャンディは、息ができなくなるほどの咳きこみに負け、大きなポットに濃いブラックコーヒーをいれた。コーヒーは喘息の発作にいいとガイが請け合ったが、何かの効き目があるとは思わなかった。だが、彼の言うとおりだった。彼女は眉を曇らせた。もし喘息だとすれば、生活に支障をきたす。牧場や藁屑や飼料の埃のあるところで仕事をするのは、たとえきちんとした治療を受けながらでも難しくなるだろう。

キャンディはコーヒーをすすりながら、ガイの気遣いのあれこれを思い返した。もちろん彼女は現代的な女性だ。けれど、誰かにやさしくしてもらうのはうれしかった。母はやさしくなかった。父が亡くなってからは、誰にもあんなふうに心配してもらったことがない。だからガイの心遣いにすっかり感動してしまった。初めは彼をはねつけていたのに、ずいぶん態度がちがわない？　彼女は自分に問いかけ、顔をしかめた。

夜、ベッドに入ろうとしていると電話が鳴った。ガイからで、具合を心配してかけてくれたのだった。だいじょうぶだと告げると、彼は得意先の相手をほかの人に頼んだので、朝そっちへ迎えに行くと言った。電話が切れてから、キャンディはすぐに受話器を戻さず、しばらくのあいだ胸に抱いていた。世話をやいてくれる誰かがいるのは悪くない。悪いどころかとてもすてき。


よく晴れて美しい朝が明けた。キャンディはベージュ色の清楚《せいそ》なパンツスーツを着て、牧場行きに備えてスエードのブーツをはいた。髪は肩に流したままにした。生き生きとした気分で心が躍っていた。こんなことは何年もなかった。人生の眺めが一新した。ガイのおかげだ。

彼女はコールドウェル牧場についていて調べておいたことにもう一度目を通した。牧場はマットが関わっている幾多のことの一つにすぎない。彼はまさに文字どおりの実業家であり、帝国建設者だった。百年前に生まれていたら、テキサスの南東部に有名なキング牧場を拓《ひら》いたリチャード・キングのようになっていただろう。マットは気さくで気持のよい人物だが、敵に対しては容赦がないらしい。彼のような大物にはさまざまな噂《うわさ》はつきもので、その一つに、ある自分勝手な女性に報復して彼女を刑務所送りにしたという話がある。それは常にフェアプレイをする男として知られていた彼に大きな汚点を残し、それについて人々はいろいろ言っていた。彼女はまだ若く、ハンサムな富豪が日ごろ交際している女性たちとまったく同じタイプだった。

ノックの音でキャンディは我に返った。ドアを開けると、ガイがにっこりして立っていた。

「出かけられるかい？」

「ええ！」キャンディは声をはずませて言った。流れははっきりといい方向に向いていた。

マットの広大な牧場は町からおよそ二十五分のところで、まさに草深い田舎にあった。

ガイは標識一つない道にトラックを走らせながら、キャンディにちらりと微笑を送った。

「地図のいいやつでも役に立たないだろうな。マットは隠れ家みたいで気に入っていると言っているが、仕事で来なくちゃならない連中はたいへんだ」

「彼は人間嫌いみたいね」

「いや、その実社交的だ。憂鬱《ゆううつ》に浸っていない時にはね。そういう時、彼はここに来る。牧童たちと一緒に働くんだ。スーツ姿でリアジェットに乗りこむ彼を見て、やっとボスだと気がつく新入りもいるそうだ。彼はごくふつうの男だよ」

「彼はどれくらいお金持ちなの?」

ガイは笑った。「誰にもわからない。彼はこの牧場と、不動産会社のフランチャイズと、飛行機二機と、オーストラリアとメキシコに土地を持っている。四つの会社の重役を務め、二つの大学の理事会に名を連ね、その余暇に牛の売買をしている」彼は頭を振った。「あんなにエネルギッシュな人間はいないな」

「そうやって何かを心から追い払おうとしているんじゃないのかしら?」キャンディはふと心に浮かんだことを口に出した。

「そんなことをきく勇気のある人間はいないな。マットは非常に人当たりがいいが、とても、へたな質問ができる相手じゃない」

一緒にトラックに揺られながら、キャンディの胸の奥を何かがしきりとせっついていた。

「あなたは飛行機に乗っていたと言ったわね。自家用機を持っていたの?」キャンディは用心深くたずねた。

ガイはゆっくりと息を吸いこんだ。そのことは話したくなかった。だが、彼女にこちらのことを知っておいてもらったほうがいいだろう。彼はちらりとキャンディに目を向けた。

「持っていた。いまも空輸貨物の会社を持っている」

彼女は目を丸くした。

「なのに飼育場に雇われて働いているの？」

「会社を持っていることは誰も知らない。おれはどこかに……なんと言ったらいいか……たぶん、隠れたかったんだ」ガイは広い肩をすくめた。「向こうでの思い出が辛かった。余分な時間がほしくなかった。あれば考えこんでしまう。だからできるだけ体を使う仕事についたんだ。もう三年になるが、この仕事が好きだ。空輸貨物会社のほうはマネージャーがうまく切り回してくれている。彼に共同経営者になってもらおうかと考えているところだ」

「会社は儲《もう》かっているの？」

「マット・コールドウェルの比じゃないが、まったく足元にも及ばないというわけでもない」ガイは彼女を見て微笑した。「その気になればけっこういい暮らしができるが、したくないんだ。前は派手にやるのが好きだったが、そのせいでアニータを失うはめになった」ガイは顔をこわばらせ、曲がりくねって続く道を見据えた。「そのころは一日外を回っていた。そしてあの晩は寝ていなかった。どこかのパーティに行って、飲んで騒いでいた。アニータがちょっと空の散歩をしたいと言うんで乗せたんだ。もしちゃんと睡眠をとっていたら、あんな荒っぽい飛び方はしなかったろうし、大事にいたる前にエンジンの具合がおかしいことに気づいたはずだ。そんなことがあって、自分の人生を見つめ直し、つまらないことで時間を浪費していると思った。で、ここへ来たんだ。何をすべきか考えるために」彼は頭を振った。「三年経ったが、いまだに考えが決まらない」

「あなたは何がしたいのかしら？」キャンディはたずねた。

ガイは遠くを見るような目になった。

「身を固めたい。家庭を持ちたい」彼はキャンディの顔に浮かんだ表情を見て笑った。「まさかそんな返事が返ってくるとは思っていなかったんだな？」

「あなたがそういうタイプには見えないからよ」彼女は逃げを打ち、膝の上でバッグをねじった。

「たしかに。つい最近まではそうだった。おれはまだそれほど年寄りじゃないが、以前より先のことを考えるようになったということかな。年老いて独りぼっちで死ぬのはいやだ」

「誰でもそうだわ」

ガイはにやっとした。「きみも？」

キャンディは少し考えてから真面目《まじめ》に答えた。「わたしは結婚とか家庭を持つことについて、自分の身に引きつけて考えたことがないわ」

「肺が一つしかないからか？　気にするようなことじゃないよ」

「夫になる人は、たぶん気にするわ。男性は結婚相手にどこもかしこもちゃんとした女性を求めるはずですもの」

「きみはどこもかしこもちゃんとしている」ガイはきっぱりと言った。「肺が二つあろうとなかろうと、それは問題じゃない」

キャンディは微笑んだ。「ありがとう。だったらうれしいけれど、結婚ってやはりとてもたいへんな一歩を踏み出すことだわ」

「そうでもない。共通点がいくつもあって、いい友達の二人の場合にはね。ジェイコブズビルに来てから、おれはとても幸福な結婚の実例をいくつも見ている。結婚というのは作りあげるものなんだな」ガイはしみじみと言った。

「そうだと言うわね」

道は大きなカーブを描いて奥に続く砂利敷きの私道に突き当たり、そこで終わっていた。二股になったところに〝コールドウェル・ダブルC牧場〟と書かれた巨大な郵便受けが立っていた。

「もうじきだ」ガイは砂利道にトラックを乗り入れた。「マットはたぶん、州内でもっとも見事なサンタ・ガートルーディスを持ってる。純血種で、ということは、食肉用じゃない。精液と三歳未満で子を産んでいない雌牛だけを売って、うなるほどの利益をあげている」

「わたし、サンタ・ガートルーディスが好きよ」

「おやじもそうだった。おやじはキング牧場で働いていたんだ。おれは牛と一緒に大きくなった。牛は昔から大好きだった。ただ飛行機のほうがもっと好きだった。いまおれはその二つのあいだにはさまっている。両親はそう言って笑うんだ」

「お二人ともご健在なの？」

ガイは笑った。「とても元気だよ。おやじはまだ牧場の仕事をしているし、おふくろは不動産業だ！　おれは三カ月に一度は顔を見せに行く」ガイはちらりとキャンディを見た。「前にも言ったが、兄貴がカリフォルニアに、妹がワシントン州にいる。妹には四つになる男の子がいて、彼女の連れ合いは弁護士だ」

「立派なご家族なのね」キャンディは物思わしげに言った。

「きみはおれの家族が気に入ると思う」ガイは言った。「気のいい飾らない連中だから。それにお客が大好きときてる」

「わたしの母は招きもしない人が来ようものならヒステリーを起こすわ。人間嫌いなのね。牛を買いに来る人はべつとして。彼女はかなり金銭欲が強いの」

「きみはちがう」

キャンディは笑った。「気づいてくれてありがとう。ええ、わたしは実業家には絶対になれないわ。もしも大金を持ったら、たぶん、みんな人にあげてしまうでしょうね。見こみのない主義やら運動だののいいかもなの」

「我々はどっちもそうだよ。さあ、着いた」

ガイはぐるりとポーチのついた二階建ての白い大きなランチハウスを指さした。いくつかの椅子やぶらんこが置かれている。家の近くの牧草地の柵《さく》はすべて白く塗られ、その向こうで赤い牛が青々とした草を食《は》んでいる。

「手入れの行き届いた牧草地ね」キャンディはつぶやいてメモをとった。「草のみずみずしさでわかるわ」

「マットはきちんとしていないと気がすまない質《たち》なんだ。ほら、彼だよ」

ガイは正面の階段の方に会釈を送った。そこにはスーツを着て白いカウボーイハットをかぶった、背の高い黒っぽい髪のハンサムな男がいた。彼は二人を出迎えるためにポーチをおりてきた。

4

マット・コールドウェルは、容貌《ようぼう》がすぐれているうえに、性格は活動的でからっとしており、カリスマ性のある人物だった。彼はピックアップトラックからおりるキャンディに気さくに手を貸し、その魅力でたちまち彼女の心をとらえた。

「出かける前に来てくれてよかった」マットはトラックを回ってきてガイに言った。「牧場の案内はパディにさせるよ。ぼくができるといいんだが、ヒューストンの会議にすでに遅刻しているんだ」彼は腕時計に目をやった。「このところ一分と暇なしだ。少しペースを落とすべきかなと思っている」

「それも悪くないでしょう」ガイは笑った。「キャンディ・マーシャル、こちらはマット・コールドウェルです」

「はじめまして」キャンディは微笑《ほほえ》んで握手の手を差し出した。

マットはその手を力強く握った。「宣伝担当者はだんだんきちんとした人になってくるようだね。この前来たのは二十五歳の髭《ひげ》面で、ホルスタインとサンタ・ガートルーディスの区別もできなかった」

「じつは、つい今朝髭を剃《そ》ったばかりなんです」キャンディは臆《おく》せずに言った。

マットは笑った。「けっこう。きみはなかなか衛生観念のある人だ。パディがどこでも見たいところへ案内しますよ。もしぼくと話す必要があったら、明日の朝にはこっちに戻っている。それほど急がなければ、ファックスで質問をくれてもいい。こっちからもファックスで返事を送ろう」

彼は名刺を渡した。〝メイザー・コールドウェル・エンタープライズ〟と鮮やかな黒い打ち出し文字で印刷されている。

「まあ、立派ね」キャンディは言った。

「いやいや」マットは笑い、探るように目をきらりとさせてガイを見た。「もし彼女に牧場を空から見せたいなら、セスナ・コミューター一五〇に燃料を入れて飛べるようにしてある」

二人乗りの小型機のことを考えただけでガイの顔はこわばった。それと同じ機種にアニータを乗せて落ちたのだ。

「おれはもう飛びませんよ」

マットは複雑な思いの視線をガイと交錯させた。「残念だな」

「それに、彼女が見たがっているのは蹄《ひづめ》の上に乗ってる生きた牛です」

「キング牧場から新たにまた一頭、サンタ・ガートルーディスを買ったんだ。パディが見せるはずだが、すばらしい牛だ。さて急がないと」マットは二人と握手を交わした。「じきにパディが来る。さっきまでここに一緒にいたんだが、オフィスに用ができてね。彼が来るまでポーチにかけていてください」

「すてきなポーチですね」キャンディが言った。

マットはうれしそうににやっとした。「ポーチにほれてここを買ったんですよ。暑い夏の晩、ここに座ってラフマニノフを聴くのは最高だ」

マットはメルセデスに乗りこんでエンジンをふかすと、そこからは見えない格納庫と滑走路に向かって走り去った。

ポーチのぶらんこに心地よく腰かけてからキャンディはきいた。

「彼はよくあんなふうにするの？　つまり、あなたに飛行機を使うように勧めるの？」

「顔を合わせるたびにね」ガイはあきらめたように言った。「それにはだんだん慣れてきたが、慣れたところでうれしいわけじゃない」

キャンディはどんなあいづちを打ったらいいかわからなかった。ちょうどその時、パディ・キルグローがポーチに出てきたので助かった。彼は干からびたような小柄な男だった。肌は革のようで、青い目が鋭い。帽子をとると頭は禿《は》げあがり、耳の上の方に色の薄い赤毛の髪がしょぼしょぼとある。彼は二人としっかり握手をした。彼に納屋の方へ導かれ、キャンディは仕事にとりかかった。

　マットは非常に手広く事業を展開しているにもかかわらず、彼の人柄をしのばせる仕事の仕方が見てとれた。彼は雄牛一頭一頭の名前を知っており、少なくとも二頭はよく飼い慣らされていた。撫《な》でてやると鼻面をすり寄せてくる。キャンディはうれしくなった。母にとって牛は殺して肉にするものでしかなかった。キャンディは食肉目的でなく牛を飼っている牧場のほうがずっと好きだった。そういうところではオーナーは家畜をかわいがり、きちんと世話をしている。あのつむじ曲がりのサイ・パークスでさえ、肉牛を生産しているのに、牛が気持よく暮らせるように気を配り、牛を単なる投資の対象として扱うことはしていない。

　しかし納屋は、いくら清潔できれいにしてあるとはいえ、いたるところ麦藁《むぎわら》だらけで、いわば閉ざされた空間だった。納屋に入るか入らないうちにキャンディは咳《せ》きこみだした。しゃがみこんでも咳《せき》は止まらない。

　ガイはパディにコーヒーを一杯頼んだ。小柄な男はそれをとりに走っていった。ガイは彼女を抱きあげて外に連れ出した――藁埃《わらぼこり》が少ないところに。トラックのステップに座らせたが、彼女はまだ咳をしていた。涙が頬を伝っている。その顔は火のように真っ赤だった。

　パディがカップを持って駆けつけた。「冷めているが、いいのかな?」

「冷めていていい。カフェインが必要なんだ」

ガイはカップをキャンディの口元に持っていったが、咳きこみが激しく、むせて飲むことができなかった。ガイは不安で顔がひきつった。ガイはキャンディのそばにしゃがんだ格好でパディを見上げた。

「ひどい喘息《ぜんそく》の発作だと思う」

「彼女は吸入器を持っていないのか？」パディがきく。

ガイは首を振った。「彼女はまだ医者に診断してもらっていないんだ。ちくしょう！」

キャンディが体を二つに折った。今度は咳と一緒にぜーぜーする音がはっきり聞こえた。息を一つ継ぐのも困難なようだ。事態は刻々悪くなっていく。

「ジェイコブズビルまで二十五分はかかる！」ガイは吐き捨てるように言った。「連れていってもきっと手遅れだ！」

「セスナを使え」パディが言った。「このポケットにキーがある。あんたが彼女を乗せて飛びたがるかもしれないとボスが言ったんでね」

ガイの目が凍りついた。最後のフライトの恐怖の記憶が顔に張りついている。「パディ、おれにはできない！」

パディはいかつい手をガイの肩に置いた。「彼女の命がかかっているんだぞ」厳しい声で言った。「きっとできる！　さあ、行け！」

ガイはキャンディに目を戻してうめいた。パディからキーを受けとると、キャンディをトラックに乗せて隣に飛び乗る。そしてエンジンをうならせて滑走路に向かった。パディが荷台に乗ってしがみついている。

ガイは格納庫の前にトラックをつけた。キャンディを座席に残し、パディと二人で小型セスナを駐機場に引き出した。それからキャンディを抱いて助手席に座らせ、シートベルトを締めた。彼女はほとんど意識がなく、息をしようとあがきながら息をぜーぜーさせていた。

「だいじょうぶ、あんたにはできる」パディがきっぱりと言った。「ジェイコブズビルの飛行場に救急車を待機させるように電話をしておくよ。必要なものを準備してくるように言っておく。さあ、行け！」

「ありがとう、パディ」ガイは走ってセスナに乗りこみながら言った。

あれから一度も飛んだことがなかったが、自転車に乗るようなもので、すぐに勘が戻ってきた。エンジンをかけ、操縦装置と計器類とスイッチを目で確認した。飛行機を滑走開始地点までゆっくりと動かし、心の中で神に祈る。

「だいじょうぶだからな」ガイはキャンディに励ましの声をかけた。「飛べばたちまちのうちに病院に着く！」

キャンディは返事をしたくてもできなかった。あえいでもあえいでも空気が吸えず、水の中で溺《おぼ》れているような気がした。小さな飛行機はスピードをあげながら滑走し、いきなり宙に舞いあがった。キャンディは怖くてシートの端を握りしめ、声にならない悲鳴をあげた。

ガイはセスナを旋回させ、機首をジェイコブズビルに向けた。操縦技術を持っていたことを、そのおかげでこうして飛んでいけることを神に感謝した。キャンディの顔がしだいに青ざめ、意識を失っていくのが見てとれた。

「もう少しだ」エンジンの音にかき消されないように声を張りあげた。「もう少しだからな！　頑張れ！　頼む！」

ガイはジェイコブズビルに着くまでキャンディに声をかけ、いたわり、励ましつづけた。彼女のことで頭がいっぱいで、彼女が心配で、飛ぶことへの恐れは出番がなかった。管制塔を呼ぶとただちに着陸許可が与えられ、彼は手際よく地上におりた。機を徐行させて駐機場に入れてエンジンを切る。待機していた救急車がランプを光らせて走ってきて、セスナに横づけに止まった。

数秒後キャンディは酸素マスクをあてがわれて機から運び出され、救急車に乗せられた。その後ろからガイは救急隊員と一緒に乗りこんだ。救急車はサイレンをうならせて病院へ急行する。ガイはキャンディの手を握りながら、出会ったばかりの彼女をどうかおれから奪わないでくれと、胸の中で祈りつづけた。

救急車用の出入口に着くころには、キャンディの顔にかすかながら血の気が戻り、息遣いも以前ほど激しくなくなっていた。数人の看護師が走り出てきた。その後ろから医師が指示を与える。

ガイは脇《わき》に押しやられ、キャンディは車輪つきの担架であわただしく救急治療室に搬送された。

「そこの待合室でおかけになっていてください」看護師の一人が微笑して言った。「心配いりません。彼女はすぐよくなりますよ」

そう言うのは簡単だ。ガイは気をもみながら思った。彼はジーンズのポケットに両手を突っこみ、うろうろと歩き回った。同じように気をもみながら待っているほかの人たちのことは目に入らない。かつてこんなに動揺したことがあったかどうか覚えがなかった。

ガイはキャンディが運びこまれたスイングドアに目をやり、ため息をついた。酸素マスクをつけたあとでは、彼女はいくらかよくなったように見えた。が、立って歩けるようになるまでにはかなり時間がかかるはずだ。ひと晩入院ということになるんじゃないか。そうなるといいと思った。彼女は頑固で、医者の指示におとなしく従わないだろう。

あのドアを突き破って入ろうかと思いはじめた時、医師が出てきてガイを手招きした。

医師はガイを小さく仕切った部屋に連れていき、カーテンを閉めた。「彼女はあなたのフィアンセですか？」

ガイは首を横に振った。「彼女は牧場主組合が宣伝記事を書いてもらうために招いた記者で、おれは牧場の案内役にたまたま抜擢《ばってき》されただけです」

「困ったな！」医師はつぶやいた。

「どうしたんです？　何か悪いことでも？」

医師は顔を曇らせた。「あれはわたしがこの数年間に遭遇した喘息の発作の中でもっとも深刻なケースです。しかし、彼女は信じようとしない。いまネブライザー処置を施しているが、主治医からきちんとした治療を受けなくてはいけません。さもないと、また同じことが起こります。すぐに診てもらうべきだ。だが、彼女は頑として納得しません」

ガイは苦笑を浮かべた。「おれが言ってみましょう。彼女の扱い方がだんだんわかってきましたから。彼女の喘息は、だいぶ前からだったと思われますか？」

「そう思います。ただの咳だと油断していたんでしょう。咳と喘息を結びつけて考えない人が多いんです。気管支がぜーぜーするのが普通のケースですが、咳もれっきとした症状の一つです。とりあえず応急用の吸入器を処方し、薬で予防する必要があると彼女に話しました。薬は彼女の主治医でないと処方できません」

「彼女はデンバーに住んでいるんです」ガイは言った。「定期的に医者にかかっているかどうかわかりません」

「そうすべきです」若い医師はきっぱりと言った。「もう少しで手遅れになるところだった。あと二、三分遅れたら危なかった」

「わかります」ガイは声を落として言った。

「あなたは彼女の命の恩人だ」

「おれはなんの恩も売っていませんよ。ですが、これからは自分の体に気をつけるように、彼女にしっかり言ってやります」

「それを聞いて安心しました」

「彼女に会えますか？」

医師は微笑し、うなずいた。「ええ。ただ、彼女は話はできないでしょう。口を忙しくさせていますから」

「けっこうです。そのほうが耳が働く。彼女に言ってやりたいことが山ほどあるんです」

医師は笑った。彼はガイをさっきより広い部屋に導いた。キャンディはやつれた顔で、大きなマスクをつけ、何かを吸入していた。彼女はガイの方へ目を向けたが、苛立《いらだ》っているように見えた。

「喘息」ガイはそばのスツールに腰をおろすなり言った。「おれの言ったとおりだ」

キャンディは話せなかったが、彼女の目は話せた。その目は能弁だった。

「きみはきちんと喘息の治療を受けなくちゃいけないそうだ」

キャンディはマスクをひっぱった。「いやよ！」

「受けるんだ」ガイは有無を言わさぬ手つきでマスクをもとの位置に戻した。

「自殺行為はたして賢明かな」

彼女は治療台の横をこぶしで打った。

「きみが人生をいま以上に厄介なものにしたくないのはわかる」ガイはキャンディの気持を察して続けた。「だが、このままではきみはひどいことになる。予防する薬をのむべきだ。そうすれば、もうこんな目にあわなくてすむ」

彼女の目に火花が散ったように見えた。キャンディはじりじりするように体を動かし、かぶりを振った。

「牧場に干し草や藁はつきものだ。これからも牧場の周囲に近づくつもりなら、きちんとした治療を受けなくちゃいけない。きみがその気になるようにしてみせる」

いったいどんな軍隊を差し向けるつもり？　キャンディの目がそう言っていた。

ガイは軽い笑い声をたてた。「それはあとのお楽しみだ。呼吸は楽になってきたかい？」

彼女は一瞬考えるようにしてからうなずき、ガイの目を探るように見て片手で飛ぶしぐさをした。マスクをちょっと横にずらす。「ごめんなさい……したくないことをさせてしまって。あなたは……だいじょうぶだった？」

ガイはマスクをもとに戻した。自分がたいへんな思いをしているのに他人を気遣う彼女に胸を打たれた。「ああ、だいじょうぶだ。自分の中の恐れや何かを考えている暇がなかった。きみを救うことで頭がいっぱいだった。飛ぶのは考えていたほど悪くなかった」彼はちらりと微笑した。「むろん無我夢中だったということはあるが」

「ありがとう」彼女はとても小さなかすれ声で言った。

「話しちゃいけない。ちゃんと吸うんだ」

キャンディはため息をついた。「オーケー」

ネブライザーが空になるまでかなりの時間がかかった。気管支拡張剤の吸入が終わるころには、キャンディは疲れきっていた。だが、呼吸はできるようになった。

戻ってきた医師が、内科医の診察を受けてきちんと喘息の治療をするようにという最前の注意を繰り返した。

医師はキャンディに吸入器のサンプルとその処方箋《しょほうせん》、さらにもう一枚の処方箋を渡し、それを指で叩《たた》いた。「これはスペイサーと呼ばれるものです。スペイサーは携帯吸入器よりも薬の入り方がいい。ちゃんと指示に従ってください。即刻治療を受けるんです。あんな状態であなたがまたここに運びこまれるのを見たくありませんからね」

「ありがとうございました」キャンディは言った。

医師は肩をすくめて言った。「それが我々の仕事です」そして眉をひそめる。「あなたは自分が喘息だということを知らなかった。信じられない話だ。かかりつけの医者はいないんですか？」

「クリニックに行くのは病気になった時だけです。定期的に診てもらう医者はいません」

「じゃ、誰か見つけなさい」医師は強い口調で言った。「あなたはいつ爆発するかわからない爆弾を抱えているようなものだ」

医師はガイと握手を交わし、二人を残して部屋を出ていった。

ガイはキャンディが立ちあがる時に手を貸し、腕をとって受付に連れていった。彼女はクレジットカードを出して支払いを頼んだ。

「保険にも入っていないのか？」ガイはきいた。

キャンディは肩をすくめた。「必要になると思ったことがなかったから」

「さっそくなんとかすべきだ」

彼女はかぶりを振った。「今夜はだめ。疲れてしまって何をする気力もないわ。モーテルに帰りたいだけ」

ガイはそれに賛成できなかった。夜、彼女を一人きりにするのが心配だった。「一人でいるのはよくない。看護師を頼んで付き添ってもらおう」

「よして！」キャンディはすごい剣幕で言った。「自分の面倒は自分でみられるわ！」

「頭を冷やせ」ガイはぴしりと言った。「かりかりしていいことはない。発作の引き金になるくらいのものだ」

キャンディは震える息を吸いこんだ。「ごめんなさい。あれは恐ろしかったわ」

「おれも恐ろしかった。あんなに焦ったのは初めてだ」ガイは正直に言い、キャンディの手をとってぎゅっと握りしめた。「二度とごめんだぞ」声がひきつれる。

日差しの中に出て、キャンディはガイを振り返った。気をもんでたずねる。「モーテルまでどうやって行くの？　それにあなたのトラックは――？」

「トラックはパディがなんとかしてくれる。我々はタクシーを呼ぼう」ガイは微笑した。「まずあの飛行機を返す手配をしなくちゃね。それがすんだら、きみの望みのところへ行こう。まっすぐにじゃないが」最後の部分はささやくように言った。

キャンディはタクシーでモーテルに行くものと思っていた。が、ガイが運転手に告げた行き先はモーテルではなかった。医院だ。

「これはいったいどういうこと！」

彼女が金切り声をあげようとガイはびくともしなかった。料金を払い、ドルー・モーリスの医院の待合室に彼女をひったてていった。ドルーと結婚したキティのあとを引き継いだ受付係がにっこり笑って迎えた。

ガイが用件を話すと、座ってお待ちくださいと言われた。が、二分としないうちに二人は診察室に急《せ》き立てられた。

すぐにドルー・モーリスが入ってきた。彼はキャンディの抗議を無視して聴診器を当てた。数秒ですんだ。彼は聴診器を首にかけ、椅子に背中をもたせかけて腕組みをした。

「わたしはあなたの主治医ではないが、主治医が決まるまで診ることにしよう。発作の予防薬を処方します。救急治療室の医者にもらった吸入器とあわせて使いなさい」

「どうしてそれをご存じなんですか？」キャンディはびっくりしてきいた。

「ガイがタクシーを呼ぶ前にわたしに電話をした」ドルーはあっさり言った。「両方の薬を使うこと。もし効かなくなった場合、服用量を増やしてはいけない。その時にはわたしか救急治療室に連絡しなさい。今日あなたは危うく命をとりとめた。警告はきちんと聞くことだ。喘息は治癒できないが、コントロールできる。ああいう発作が起きないように予防しなくてはいけない」

キャンディは潔くあきらめた。「わかりました。おっしゃるようにします」

「以前にこういうことは？」

彼女はうなずいた。「しばしばありました。軽いアレルギーだろうと思っていたんです。呼吸器に問題のある家族はいませんし」

「喘息は遺伝するわけではない。個人的な疾患です。以前より患者が増えているが――とくに子供の患者が――空気の汚染となんらかの関係があると思われます」

「わたしの仕事はどうでしょうか？」キャンディはしょんぼりとたずねた。「この仕事が好きなんですけれど」

「どんな仕事ですか」

「牧場を訪ねて、牛の飼育状況についてインタビューするんです。飼料エレベーター、貯蔵用のサイロ、藁や干し草のつまった納屋――そういうものを避けることはできません」

「ではマスクをつけなさい。そして危ないところへ近づく前に薬を吸入しておくこと」ドルーは言った。「仕事を辞める理由はまったくない。喘息持ちでもオリンピックでメダルを獲得した人は何人もいる。あなたがきちんと闘えば喘息に負けることはありませんよ」

キャンディはにっこりした。「そううかがって、とても勇気がわきました」

「それが医者の務めです。わたしの妻のキティも喘息持ちでね」

「キティは元気ですか？」ガイがきいた。

ドルーは笑った。「身ごもっている」そう告げて頬骨の上を赤らめた。「わたしも彼女もこれ以上ないほど幸福だ」

「おめでとうございます」ガイは言った。「それにキャンディを診てもらって感謝します」

「いやいや」ドルーはそう言いながら、ひそかな詮索《せんさく》の目で二人の顔をこっそり見比べた。

「ドクターはあなたをよくご存じみたいね」

タクシーでモーテルへ向かう途中、キャンディが言った。

「ああ、そうだ。おれは彼の奥さんとデートしたことがある。彼女が彼の奥さんになる前に」ガイは言った。「彼女のことを話しただろう。彼女はぜーぜーするうえに咳が出たって」

「ああ、思い出したわ」キャンディは思い出したことがおもしろくなかった。ガイはフィアンセを亡くして悲しんでいるとはいえ、けっこういろんな人と付き合っていたようだ。

「キティはやさしくてかわいい子だった。とても好きだった」ガイは続けた。「しかし、彼女はドルーに恋をした。おれは彼らがゴールインしたのを喜んでいる。彼は前の奥さんが亡くなったあと悲嘆にくれていた。まわりの誰もが、彼が再婚することはありえないと思っていた。キティは彼の心の隙間《すきま》にすべりこんだんだろうな」

「彼はいい人だわ」

「そのとおり。だが、たいていの医者にたがわず彼も怒りっぽい」ガイはキャンディのバッグに目をやり、運転席の方に身を乗り出して、近くの薬局で止めてくれるように言った。

「処方箋のものを全部そろえなくちゃいけない。そろうのを待って、またタクシーを呼ぼう」

「明日でもかまわないでしょう」

「いや、だめだ」

二人は薬局に寄り、処方箋に書かれていたものをすべて買い求め、それからモーテルに行った。ガイは氷と清涼飲料水が冷蔵庫にあるかどうかたずね、外に買いに出る必要がないことを確認してから、しぶしぶキャンディの部屋を出た。

「ゆっくりやすむんだ」

「でも、マットの牧場をまだ全部見ていないのよ」彼女は顔をしかめた。「どうやって記事を書いたらいいの?」

「マットが言ってただろう。わからないことがあったらなんでも質問してくれ、ファックスで返事をすると。おれが彼に事情を話しておく。きみは質問事項を考えておくといい。質問状がちゃんと届いたかどうか確かめるからだいじょうぶだ」

「ご親切にどうも」キャンディは言った。

ガイは彼女を見て微笑した。守ってやりたい。かばってやりたい。ふいにそんな気持が胸に押し寄せる。「これには習慣性があるのかもしれない」

「なんのこと?」

「きみの世話をやくことさ」ガイは静かに言い、頭を屈《かが》めてキャンディの唇にそっとキスをした。「横になってしばらくやすむこと。あとでまた来て夕食に連れていくよ。もしきみにその元気があったらだが」

キャンディは顔をしかめた。「そうしたいけれど。でも、わたしとても疲れているの、ガイ」

彼女は本当に疲れた様子だった。顔がしぼんで、口と目のまわりにしわができていた。

ガイはしわの一本にそっと指を這《は》わせた。

「じゃ、何か持ってくるのはどうかな？　きみが好きなものは？」

「ポーク・ローメン」彼女は即座に言った。

ガイはにやっとした。「おれもそいつが好物なんだ。それじゃまた六時ごろに」

「オーケー」

ガイは飼育場の仕事をすませ、パディにトラックを持ってきてもらった。パディを乗せて家に送り、それからキャンディが言った夕食を調達した。それを持ってモーテルに行く。二人は黙って食べ、そのあと、有料テレビでアクション映画を選び、一緒にダブルベッドに寝転んだ。

いくらもしないうちに、キャンディは丸めた体をガイにくっつけてぐっすり眠ってしまった。彼はキャンディの体に腕を回しながら、二人がこんなふうに寄り添っている不思議さを思った。彼女はなんてか弱いんだろうと思い、自分の中に生まれ変わったような力がわいてくるのを感じて驚いた。アニータを亡くしてから、女性との付き合いを真剣に考えたことはなかった。だが、キャンディはごく自然に彼の人生の中に入ってきた。そして彼は少しの懸念もなく彼女を受け入れた。

彼はやさしい気持で庇護《ひご》者のように彼女を見おろした。飼育場に帰りたくなかった。ひと晩中彼女と一緒にいたかった。

だが、そんなことをすれば何かが起こるかもしれない。それは危険だった。キャンディはあまりにも早くことが進むのを望まないだろう。いくつも州をはさんだ向こうに住む女性と付き合おうなんて気は確かなのか？　彼は自分の心に問いかけたが、答えは出なかった。

いまわかっていることは、距離がどうであれ、事情がどうであれ、そんなものではびくともしないほど彼女に心を奪われているということだった。ガイは怖くなった。

5

ガイは頭を屈《かが》めると、キャンディの閉じたまぶたにやさしくキスをし、唇でそっと愛撫《あいぶ》した。やがてまぶたが小さく震えて開いた。

彼女は眠たそうな、けれど信頼しきっている目でガイを見あげた。意思とは関係なく這《は》いのぼった腕がガイの首筋に絡みつき、キャンディはゆっくりとやさしく彼の顔を引き寄せ、その固い唇に口づけした。

ガイはうめき、体の向きを変えるとキャンディと並んで横たわった。キスはしだいに激しく濃密になり、彼の長い脚はいつしかキャンディの脚のあいだにすべりこんでいた。

突然、呼吸が苦しくなり、キャンディは怖くなってガイの胸を押した。

ガイは頭を起こした。彼は荒く息をはずませていたが、キャンディがキスを中断した理由はきかなくてもわかった。「ごめん」彼は唇をキャンディの顎へ、首からブラウスの喉元へとすべらせた。もっと奥へ、もっとやわらかなところに触れたくて、ガイは彼女の胸のボタンを外した。

キャンディは両手でおずおずとガイのシャツをつかんでいた。しびれるような快感が体を駆けめぐる。こんなことは初めてだった。彼の唇の感触がすてきだった。レースのストラップが肩からそっと外されても止めなかった。いままで男性が触れたことのないところへ彼の唇が入ってきた時も。

キャンディはたちまち身をゆだね、背をのけぞらせてガイの唇を求めるとブラの前がはだけた。固くなった蕾《つぼみ》を彼の口が覆う。キャンディはその熱く湿った刺激に、うっとりと声をもらした。

ガイは頭を起こし、自分の口が触れたところへ目をやった。彼は胸の先端を指で愛撫し、もう一度心をこめたキスをしてから、ストラップをもとに戻し、ブラウスのボタンをはめた。

彼女の目が問いかける。

ガイは微笑し、やさしくキスをした。「これはいつだってできる」彼はささやいた。「いまのきみは傷ついた小鳥だ。そっと大事にしたい」

キャンディの目頭が熱くなった。こんなやさしさをもらったのは初めてだ。胸がいっぱいになる。

ガイはあふれた涙をキスで拭《ぬぐ》った。「泣くことはないよ」彼はささやいた。「これからはいいことばかりだよ。本当だ。おれがついている限り、もう悪いことは起こらない」

キャンディはガイにしがみつき、彼の肩のくぼみに顔を埋《うず》めていっそう泣いた。

「キャンディ……」ガイは声をつまらせた。彼女を抱きしめ、腕の中でやさしく揺すって慰めた。しばらくして嗚咽《おえつ》が静まると、彼はベッドから腰をあげてキャンディの手をとって立たせ、静かに抱き寄せた。

「ごめんなさい」キャンディは、またすすりあげながら小さい声で言った。「きっと疲れているせいだわ」

「たぶん、二人ともね」ガイは彼女のキュートな鼻の頭に軽くキスをした。「そろそろ飼育場に帰る。行く前に何かしてほしいことがあるかい？」

彼女は首を振った。ためらいがちに微笑《ほほえ》む。「明日、釣りに行くのはどうかしら？」

ガイはにっこりした。「いいとも。きみの具合がよければ」

「薬を使うわ」キャンディはしぶしぶ言った。

「きみはもちろんそうする。そうでなければ行かないぞ」ガイは釘《くぎ》をさした。

彼女は鼻にしわを寄せた。「しらけることを言うわね」

「救急治療室はもうたくさんだ。二度と世話にならないようにすること」

「努力するわ」

「よし」

「命を救ってくださったこと、感謝しています」キャンディは改まって言った。「否応《いやおう》なく飛行機を操縦することになって、恐ろしい記憶を蘇《よみがえ》らせてしまったでしょうね」

それは言いたくなかった。いまはそのことを考えたくない。ガイはあいまいな微笑を浮かべた。

「よく眠るんだ。明日の朝迎えに来る。きみの調子がよかったら行こう。もしまだ元気が出なかったら、ほかに何かすることを考える。それでいいかい？」

「ええ」キャンディは仕方なさそうに微笑んだ。

ガイは飼育場の宿舎に戻ったものの寝つけなかった。アニータの顔がしきりと目の前にちらつく。彼はうめいた。しまいには起きあがって思い出を頭から追い出そうとした。しかし無駄だった。

次の朝、ガイとキャンディは、釣り竿《つざお》に餌《えさ》箱という装備で川に釣りに出かけた。これで魚をとろうなんてすごく原始的ね、とキャンディはつぶやいた。

ガイは黙ってにやっとした。彼は火をおこし、持ってきたフライパンを焚き火《たび》にかけた。彼女に新鮮な川魚の昼食をごちそうするつもりだった。

それはいい考えだった。ただし三時間土手に陣どった結果は、虫や蚊に刺されただけで、魚は一匹もかからなかった。

「こんな旧式な道具のせいよ」キャンディはふくれて言った。「魚はばかにして笑いすぎて底に沈んじゃったんだわ！」

「旧式じゃないさ。魚たちにフェアなチャンスを与えているんだ」

キャンディは川に向かって手を振った。「フェアなチャンス！　誇り高いバスをみみずで釣ろうなんて人がいるかしら？」

ガイはふふんと鼻で笑った。「次のバス釣り大会でわかるさ。誰かの腕前がね！」

キャンディは笑った。言葉を闘わせるのは楽しい。彼と一緒にいると楽しい。この数日のあいだに過去数年分よりたくさん微笑したし笑った。彼は過去の闇《やみ》にとらわれていたわたしを光の中にひっぱり出してくれた。彼女は釣り竿を置き、ため息をついて、のんびりと手足をのばした。

ガイはキャンディを食べてしまいたいような目で眺めた。「釣りが好きな女性は、手が土で汚れるのを気にしないんだな」

「わたしは庭いじりも好きよ」彼女は言った。「家で暮らしていた時は、花を育てたり植えたりしていたわ。いまでは誰もする人がいないけれど」

ガイは唇をすぼめ、ゆるやかに流れる川の水面《みなも》のさざ波を見つめた。彼は花壇に囲まれた小さな家を頭に描いた。二人が住める大きさがあればいい。

キャンディは穏やかでやさしい茶色の目をガイに向けた。「ここに来てとても楽しかったわ。残念ながら明日発《た》たなくてはならないの」

現実がどかんと落ちてきた。ガイは彼女の方に顔を向けた。アニータのような目が彼を見返した。彼は目をしばたたいた。「発たなくちゃいけないって？」

キャンディは寂しそうにうなずいた。「ここでの取材を記事に仕上げてデスクに戻るの。一カ月分くらいの仕事が山積みになっているでしょうね」

「デンバーへ」

「ええ、デンバーへ」キャンディは糸を引きあげて釣り竿を脇《わき》に置いた。「こんなに楽しかったことって記憶にないわ。命を助けてくれてありがとう」

ガイは顔をしかめた。釣り糸にじっと目をやったが、見ていなかった。「もう一週間いることはできないのか？」

「理由をつけられないわ」キャンディはしょんぼりと言った。「わたしは仕事を放《ほう》り出して好きなことをするわけにはいかないわ。母に生活の面倒をみてもらっているんじゃないの。自活していくには働かないと」

ガイはいつにも増して気が沈んだ。彼は釣り糸を引きあげて竿に巻きつけた。「わかるよ。おれも生きるために働いている」首をめぐらしてキャンディを見た。行かないでくれと言いたい。彼女に対して何か感じはじめていることを言いたい。しかし、言葉が見つからなかった。

キャンディはガイの様子を見てどうしたのだろうと思った。彼は立ち上がり、黙って釣り竿をとりあげ、ピックアップトラックの中に入れた。わざとらしく腕時計に目をやる。

「午後、べつの牧場主のグループが飼育場を見に来るんだ。きみにお昼をごちそうしたかったんだが、時間切れになったようだ」

キャンディは微笑んだ。「いいのよ。釣りに来られて楽しかったわ。一匹も釣れなかったとしてもね」

ガイは何か冗談を返したかった。だが心がずっしり沈み、寂しかった。彼は焚き火を消し、フライパンや植物油の瓶を集めてみんなトラックに積んだ。

彼はキャンディをモーテルに送り届けた。そのあいだ、ずっと黙りこくっていた。心ここにあらずといった様子で、よそよそしかった。

キャンディは部屋の前でトラックをおりた。助手席のドアを閉めようとしながらためらう。「あなたはデンバーに来たことがある？」

ガイは頭を振った。「用がないから」

「わたしもジェイコブズビルは今回が初めてよ。また出張を命じられることはないでしょうね」

ガイはキャンディの顔を見つめた。彼女の悲しそうな目を見ると胸がうずいた。またアニータを思い出している。アニータを失った時のたまらない気持を思い出している。彼は自分に腹を立てた。

「楽しかったよ」ガイは無理に微笑した。「きみと知り合えてよかった。あの薬を常に持ち歩くんだぞ」そこはしっかりと言った。

「これからは自分の体に気をつけるようにするわ」キャンディはちょっとためらってから、やさしく言った。「あなたもね」

ガイはキャンディの目に浮かぶ気遣いが恨めしかった。やさしい声が恨めしかった。彼を残してあっという間に去っていく女性を愛したくなかった。

ガイは身を乗り出し、トラックのドアを閉めた。「じゃ、道中気をつけて」手を振り、エンジンをうならせて駐車場を出た。

キャンディは呆然《ぼうぜん》としてガイのあとを目で追った。二人のあいだに何かが芽生えつつあると感じていたのに、彼はまるで逃げるように去っていった。彼女は唇を噛《か》み、自分の部屋に向かった。最近のわたしの直感はあきれるくらい外れてばかりだわ。そう思いながらドアを開けて中に入った。どうやらわたしは男性の気持が読めないらしい。

飼育場に向かってめちゃくちゃにトラックを飛ばしながら、ガイも似たような気持を覚えていた。行かないでほしいと、とうとうキャンディに言えなかった。だが彼女が仕事を後生大事に思っているなら、どうしておれに引きとめられる？　たぶん、おれは早とちりしたんだ。彼女は真剣に付き合う気はなかったんだ。彼は自分に苛立《いらだ》った。考えれば考えるほど腹が立った。

夕方になるころには、はらわたが煮えくり返っていた。宿舎で夕食をとったあと、彼は車を駆って町に行くと、柄の悪いことで知られている酒場に入り、何もかも忘れようと立てつづけに酒をあおった。

ばかなことをしているのはわかっていた。わかっていたので、なおさら飲んだ。いくらもしないうちに目がぼんやりし、殴り合いをしたくてうずうずしはじめた。

サイ・パークスはめったに町に出ないし、たまり場は嫌いだった。だがビールを一杯やりたくなってふらりとその酒場に入ったところでガイを見つけた。ガイがここにしけこんでいる理由に心当たりがあった。この事態をなんとかできるとすれば、それはあの人物しかいない。彼はすぐに踵《きびす》を返してそこを出ると、キャンディが泊まっているモーテルに車を走らせた。

サイ・パークスは火傷《やけど》を負っていないほうの手でノックした。キャンディがドアを開けた。ジーンズにタンクトップ姿で、長い髪を肩のまわりに垂らしていた。彼女は戸口に立っている人物を見て目を丸くした。

「ミスター・パークス! 牧場のことで記事にしてほしいことがほかにもあるの?」キャンディは言った。彼が訪ねてきた理由はそれしか思い当たらなかった。

彼は頭を振った。「車からジャスティン・バレンジャーに電話をして、きみが泊まっているところをきいたんだ」彼の目は光っていたが、気が急《せ》いているせいばかりではなかった。おもしろがっているようにすら見えた。「ガイ・フェントンが酒場で大酒を食らっているんだが、きみに知らせたほうがいいだろうと思ってね。彼は大暴れしそうな雰囲気だった。きみなら彼が留置所にぶちこまれるのを止められるんじゃないだろうか」

「留置所？」キャンディはぎょっとした。

サイ・パークスはうなずいた。「今度、彼が酒場で物を壊したら保安官は見逃さないだろうとみんなが言っている」

「まあ」キャンディはため息をついた。「そこへ乗せていっていただけますか？」

サイ・パークスはまたうなずいた。「そのために来たんだ」

キャンディはためらわなかった。すぐさまサイ・パークスの贅沢《ぜいたく》な車の助手席に乗りこみ、彼が運転席に着かないうちにシートベルトを装着した。「あの人は仕方なく操縦したんです」キャンディは沈んだ声で言った。「わたし、コールドウェル牧場で喘息《ぜんそく》の発作を起こしたんです。で、急遽《きゅうきょ》町に運ぶために、あの人はミスター・コールドウェルの飛行機を借りて操縦したんです。わたしのせいで飛行機事故で亡くなった女性のことを思い出してしまったんでしょうね。かわいそうなガイ」

サイ・パークスはちらとキャンディを見た。「きみはそのせいで彼が酒場にしけこんでいると思っているのか？」

「ほかに理由は考えられません」

彼はひそかに微笑んだ。「ジャスティンの話では、きみはガイに明日発つと言ったそうだね」

「ええ」キャンディは仕方なさそうに言った。「一週間で記事をまとめろと上司に言われていますから、これ以上いられないんです」

サイ・パークスは返事をしなかったが、何か思いをめぐらせている表情で運転していた。彼は酒場の前で車を止め、エンジンを切った。

「一緒に行ったほうがいいかな?」彼はきいた。

キャンディはもう少しで〝ええ〟と言いそうになった。サイ・パークスは強そうに見える。片方の手の具合が悪くても、かかってくる相手は無事ではすまないだろう。でも、用心棒がいなくては入っていけないなんて情けない。

「ありがとうございます。でも、一人でだいじょうぶです」

「なら、ぼくはここで待っていることにしよう」サイ・パークスは言った。「万一の時のために」

キャンディは微笑した。「お願いします」

彼女は車から出て、弱々しい足取りで酒場に入っていった。中はしんとしていた。していて当然の物音がなかった。グラスが触れ合う音も、がやがやとした人声も、にぎやかな音楽も。バンドは演奏をやめていた。客たちは玉突き台のそばに固まっている。すると、宙を切ったキューが不穏な音をたてて折れ、続いてばしっという音が聞こえ、次にどさっと何かが床にぶつかる大きな音がした。

キャンディははっとし、男たちをかきわけて前に出た。ガイが鼻血を出したカウボーイの上に馬乗りになり、すさまじい形相で大きなげんこつを振りあげていた。

彼女は一瞬もためらわず、つかつかとガイに歩み寄り、両手で彼の大きなこぶしをとらえた。

びくんと顔をあげたガイは、幻でも見るように目を丸くした。

「キャンディか?」彼はきしむような声できいた。

彼女はうなずいて微笑した。その微笑は実際の気持よりずっと自信に満ちていた。

「さあ、行きましょう、ガイ」

キャンディはガイのこぶしをひっぱった。こぶしはやがてほどけ、彼女のやわらかな手を握った。キャンディはあっけにとられて見ている人々にはにかんだ笑みを送りながら、さらに彼の手を引いた。しまいにガイはよろけながら彼女にひっぱられていった。

「帽子を忘れてるぞ!」

声と一緒に、ガイのつば広のカウボーイハットが飛んできた。キャンディがそれをとらえた。

二人が入口に向かって歩いていくあいだに、酒場にはしだいにざわめきが戻ってきた。

ポーチに出て夜の空気を深く吸いこむと、ガイはその拍子にひっくり返りそうになった。キャンディが脇の下に手を入れて支える。

「どうして……ここは、きみが来るようなところじゃない」ガイはろれつの回らない舌で言い、腕を絡めた。「こんないかがわしい店に来たら、どんな目にあうかわからないんだぞ！」

「ミスター・パークスが教えてくださったの。あなたがまた暴れて物を壊したら、今度こそ警察沙汰《ざた》になるって」キャンディは率直に言った。「わたしはあなたに助けてもらったわ。だから、今度はわたしがあなたを助ける番よ」

ガイはくすくす笑った。「まさか！　だが、まあきみはおれをつかまえたわけだ。で、おれをどう料理するつもりなんだ？」彼は官能的な口調で言った。

「彼女に分別のかけらでもあれば、その鈍い頭にフライパンを振りおろすだろうさ」サイ・パークスはつぶやいた。彼はキャンディを脇にのけ、ガイを車のところへひったてていき、頭からバックシートに押しこんで叩《たた》きつけるようにドアを閉めた。「まずこの男を飼育場でおろしてから、きみを送っていくことにする。彼のトラックはジャスティンが誰かをとりによこしてくれるだろう」

「あんたはここで何をしてるんだ？」ガイが喧嘩《けんか》腰で言った。「彼女があんたを連れてきたのか？」

「そのとおり」サイは皮肉っぽく言い、車にエンジンをかけて駐車場からハイウェイに出た。「彼女がぼくの車を運転してぼくの家に来て、ぼくを車に押しこみ、有無を言わさずきみのあとを追わせたというわけだ」

とんちんかんな話だ。ガイは目をしばたたいた。

「ごめんなさい。あなたを否応なく飛ぶはめにさせて」キャンディはバックシートの方へ身を乗り出して言った。「今夜あなたが飲んだくれたのはそのせいなのね」

「えっ？　飛ぶのがどうしたって？」ガイは頭がこんがらかり、汗ばんだ髪を額からかきあげた。「ああ、ちがう。そうじゃない」

「それじゃ、どうしてなの？」キャンディはためらいがちにたずねた。

「きみが帰ってしまうからさ」ガイはぼそりと言い、どさりと後ろにもたれて目をつぶった。だからキャンディがうれしそうに見つめているとはつゆ知らなかった。「きみはおれを残して行ってしまいたがってる。おれには気に入りかけている仕事がある。だが、きみにふられたら、続けたって仕方がないな」

サイ・パークスはびっくりしているキャンディをちらりと見ると、おかしそうに目を合わせた。

「もし、彼女がここにいると言ったらどうする？」サイがきいた。「だが、週末の晩いつも深酒をあおっている男じゃどうしようもないだろうな」

「もし彼女がいてくれるなら、週末の晩いつも酔っぱらう理由はなくなる」ガイは眠たそうにぶつぶつ言った。「小さな家を手に入れて、彼女はそこに花壇を作る」彼はあくび混じりにつぶやいた。「彼女みたいな人のためなら男は命も惜しまず働く。彼女はすごく……」

ガイは眠りこんだ。

キャンディは心臓がいまにも体から飛び出すのではないかと思った。「酔っぱらいの戯言《たわごと》よ」彼女はそう決めつけた。

「酒は自白剤だ」サイは言った。「これでわかったはずだ」彼はちらりとキャンディを見た。「それでもなお、きみは町を去るのか？」

「まさか」キャンディは目を丸くした。「あんな告白を聞いたあとで？　いいえ！　わたし、彼が指輪をくれるまで、影のようにぴったり彼にくっついているわ！」

サイ・パークスは文字どおり頭をのけぞらせて笑った。

目を覚ますと、ガイは自分の寝床とはちがう大きなベッドに寝ていた。目を開くと天井があったが、飼育場の宿舎の天井ではなさそうだった。静かな寝息が聞こえた。自分の寝息ではない。

頭をめぐらすと、そこに、自分のかたわらに、シーツ一枚をかけてキャンディ・マーシャルが眠っていた。ピンク色のシルクのネグリジェを着ていたが、それは彼女のきれいな体のほんの一部を覆っているだけで、絹のようにつややかな長い黒髪を白い枕《まくら》の上に広げていた。

視線を下にやると、自分が昨夜のままの格好でいるのがわかった。ブーツだけない。咳払《せきばら》いを一つすると頭が割れそうに痛くなった。

「なんてことだ」彼は事の次第に気づいてうめいた。が、わからない。どうしてここで、キャンディと一緒にベッドに入っているんだ？

彼女が身動きした。目を開いた。黒っぽいベルベットのようなやさしい目だ。その目から笑いと愛がこぼれている。

「我々はこのベッドに一緒に寝て何をしてるんだろう」ガイは当惑して言った。

「大したことはしていないわね」彼女は物憂げに言った。

ガイは小さく笑い、頭を抱えた。

「アスピリンかコーヒーはいかが？」

「おれを撃つってのは？」ガイはべつの案を出した。

彼女はベッドをおり、部屋に備えつけのコーヒーメーカーのところへ行った。優雅でセクシャルな身のこなしだ。彼女はカップを二つ用意し、次にハンドバッグからアスピリンの瓶をとり出した。錠剤を振り出そうとして手を止め、ドクター・モーリスが処方した予防の吸入器を使った。

「いい子だ」ガイはかすれた声で言った。

キャンディは彼の方を見て微笑した。「だって、自分の面倒をきちんとみないと、あなたの面倒をみてあげられないでしょう」彼女はアスピリンとコップに水を汲《く》んでガイのところへ持っていった。「さあ、のんで」そう命じる。「それから、今後もし一度でも土曜日の夜に酒場に入ろうものなら、厚底の鉄のフライパンであなたの頭をぶん殴りますからね！」

「家庭内暴力で逮捕されるぞ」ガイは言った。

「本当にそうなってから言ったらどう」キャンディは挑発した。

ガイは力なく笑ってアスピリンをごくりとのみこんだ。「オーケー。おれと結婚してくれ。これでいいかな？」

「わたしたち、知り合ってからまだ一週間と経《た》たないのよ。わたしのことをもっと知ったら好きじゃなくなるかもしれないわ」

「かもしれない。で、結婚してくれるのか？」

キャンディはにっこりした。「もちろん」

ガイは心底うれしくなって笑った。「じゃ、ここへ来て契約成立とするのはどう？」

彼女は小首を傾《かし》げた。「やめておくわ。あなたはいまみっともないもの。まず二日酔いを治して、それから少しは身ぎれいにすること」

ガイはため息をついた。「そうだな。かなりだらしがない」

彼女はうなずいた。「醸造所みたいに臭いし。ところで、わたしはお酒は飲まないの。これまでも、これからもね」

ガイは片手をあげた。「たったいま改心した。これからはコーヒーか紅茶かミルクだ。誓うよ」

「立派ね。それなら、わたしたち、来週結婚してもいいわね。土曜日の夜がくる前に」キャンディは微笑を向けた。

ガイは目をぱっちり開けた。むさぼるように彼女を見る。「飛んだせいじゃない。全然ちがう」ガイは静かに言った。「きみを失うと思ったからだ。きみがおれから去っていくと思うと、どうにもやりきれなかった。しかし、今度ばかりは酒を飲んでもだめだった。酒場ややけ酒はもううんざりだ。でも、きみが結婚してくれるならやけ酒を飲まなくていい。おれはきみが花を植えられる家を建てる」ガイは彼女の細い体に目を走らせた。「子供もほしい。きみの体に障らなければだが」

キャンディは微笑んだ。「わたしもよ」

「危険かもしれない」

「ドクター・モーリスに相談しましょう。わたしはこれからジェイコブズビルに住むんですもの、彼に主治医になってもらえるわ」

ガイはキャンディを見つめた。心がそっくり目に表れている。「こんなことが起こるなんて夢みたいだ」彼は声に出して言った。「おれは、愛は死んで土の中に埋められたと思っていた。そうじゃなかったんだ」

キャンディは輝くように微笑した。「わたしは愛がどんなものかまったく知りもしなかったわ。いまのいままでね」

ガイは両腕を広げ、キャンディはその中に身を横たえた。かれらは愛のすばらしさを分かち合いながら、長いこと、ただしっかりと抱き合って横たわっていた。

やがてガイは頭をもたげ、自分の腕の中の宝物を眺めた。「考えたんだが……もしきみがそう望むなら、また空輸貨物の会社の経営に復帰してもいい」

「あなたはそうしたいの？」

ガイはしばらく考えてから答えた。「本当のところ、戻りたくない。あれは過去の人生の一部だ。当時はおもしろかったが、悪い思い出がつきまとっているし、それはずっと消えない」彼は何か言いかけるキャンディの口を手でふさいだ。「アニータのことをくよくよ思っているわけじゃないんだ。とはいえ」ガイはしんみりと続けた。「彼女を思い出せば少し恋しくなるし、彼女があんなふうに死ぬはめになったことを悔やんでいる。だが、おれは彼女と一緒に自分のハートを葬りはしなかった。おれはきみがほしいし、きみと一緒に家庭を築きたい」彼はにこっとした。「飼育場の管理の仕事はけっこう気に入っている。きみが地元の牧場主組合の宣伝の仕事にでもつけば、我々のあいだにはうんと共通点ができるだろうな」

キャンディは微笑んだ。「わたしに仕事をくれるかしら？」

「ああ、頭を下げて頼みに来るさ！」ガイは請け合った。「いまは気の毒なハリソン夫人がやってるが、彼女は自分が書く一語一語を呪《のろ》ってる。きみがあとを引き受けると言ったら、ケーキとパイを焼いてくれるよ」

「そうなったらうれしいわ」

「そうすれば、我々は一緒に働ける」ガイは身を屈めてやさしくキスをし、かすれた声でささやいた。「キャンディ、きみのような人と結婚できるなんておれは自分でも信じられないくらい果報者だ。愛してる。ものすごく！」

キャンディは彼を引き寄せた。「わたしもあなたを愛しているわ」

電光石火の恋の成就を、彼らはどちらも不思議に思わなかった。二人は結婚し、ガルベストンでハネムーンを過ごした。浜辺をどこまでも歩き、互いの腕の中に身を横たえ、ありとあらゆる愛し方を試して楽しんだ。

「母がね、ハネムーンから帰ったら訪ねてきてほしいんですって」朝方、ゆっくりと甘い陶酔を分かち合ったあとでキャンディはガイにそう言い、シーツの下で彼に腕を巻きつけた。「わたしたちに幸せになってほしいと言ったわ」

「それはだいじょうぶだ」ガイは彼女の長い髪をやさしく撫《な》でた。「きみは行きたいのか?」

「母と仲直りするチャンスだと思うの。たぶん、わたしの側にも、母と同じくらい責めを負う点があったんだわ。わたしも過去を引きずっていたんですもの。いまはもうちがうけれど」キャンディは目にいっぱいの愛をたたえてガイを見あげた。そしていたずらっぽくにこっとした。「結婚って、楽しいわね」

「これがかい?」ガイはシーツをはねのけ、笑いながら彼女に覆いかぶさった。「いまのはほのめかしだったんだろう?」キスをしながらささやいた。

キャンディは嬉々《きき》として体を寄り添わせ、ガイのたくましい脚にやわらかな脚を絡ませた。

「ええ、大胆なほのめかしよ」

ガイの愛撫に彼女は小さく声をあげた。彼は彼女の開いた唇に口を重ねた。

「どんなご希望にもそいますよ」彼はささやいた。

キャンディは笑い、あえぎをもらし、ガイにしがみついた。ゆっくりとしたリズム。エクスタシーのさざ波の輪が体の隅々まで広がっていく。目をつむって陶酔に身を任せる。

愛というのは――キャンディはまだ考える能力があるうちに思った――言葉で表現できないほどすばらしい歓《よろこ》びを分かち合うことだわ。

窓の外では、朝ぼらけの光の中、波が激しく砂浜で砕け、たくさんのかもめが波間を舞って鳴き騒いでいた。それらの音はキャンディの意識の縁に届いていたはずだが、彼女は天国のすぐ近くに行っていたので、何も聞こえなかった。

嵐《あらし》のような歓喜が引いたあと、キャンディは力尽きたガイを胸に抱きながら、突然甘やかな幸福に彩られた未来を思い、未来に造る花の庭を思い描いた。夢みながら目を閉じ、微笑んだ。

ガイはキャンディの体がゆるむのを感じた。眠っているキャンディの顔を見おろす。彼のその表情を見たらキャンディは涙をこぼすにちがいない。悪夢からここへ来られた、と彼は思った。

キャンディのおかげでおれは立ち直れた。彼女は過去の重荷と悲しみを追い払い、新しい心とそれを満たす喜びをくれた。飲んだくれの日々は終わったのだと、彼ははっきりと実感した。

キャンディはおれを幸せにしてくれる。そして、おれは彼女を幸せにする。

ガイは彼女のそばに体を横たえ、二人の上にシーツを引き上げた。眠りに落ちる前、彼は頭の中で小さな家の――そこでキャンディと人生を分かち合う家の構想を練りはじめた。

ルーク・クレイグ

◆主要登場人物

ベリンダ・ジェソップ……サマーキャンプの主催者。官選弁護人。
ウォード……ベリンダの兄。
マリアン……ウォードの妻。
ルーク・クレイグ……牧場主。
イリージア……ルークの妹。
トム……イリージアの夫。
サイ・パークス……牧場主。
ケルズ……恵まれない少年。

1

牧場主のルーク・クレイグは、このところ次々に降りかかる問題と闘っていた。牛肉価格の下落、いくつかの市場の閉鎖、冬の異常気象、そして秋の収穫が悪かったため、冬のあいだの飼料を購入しなければならなかった。

そしていま、新たに思いもかけなかった問題が持ちあがった。都会の恵まれない子供たちのためのサマーキャンプが彼の牧場と隣接した土地に開設され、彼は勝手に入りこんでくるやからに目をつぶるしかなくなったのだ。そいつらに比べれば、一八三六年のメキシコ軍の侵入のほうがまだ始末がいいくらいだった。

一番厄介なのは、そのキャンプのオーナーである高慢ちきな若い女性で、彼女ときたら短気と頑固を一緒にして固めたようだった。名前はベリンダ・ジェソップだ。彼女の兄のウォードとはちょっと顔見知りだった。牧場主組合の会合で何度か一緒になったことがある。牛より油井に関心を持っているものの、牧畜関係のさまざまな会のメンバーとして名を連ねている。ベリンダは見かけは兄と似ていないが、怒りっぽいところはそっくりだった。容姿は悪くない。黒っぽいブロンドの髪に緑色の目で、性格は外向的。そして、なぜか彼女はルークの神経を逆撫《さかな》でするのだ。

ルークの妹のイリージアはベリンダを好ましく思っていた。イリージアはトム・ウォーカーと結婚したばかりで、そのトムは娘のクリッシーの本当の父親だったわけで、新婚ほやほやの幸福のさなかにいる彼女は、もちろん誰もかれも好きなのだ。ルークのほうは久々の一人暮らしで、話し相手もいず、料理も自分で作るという毎日にうんざりしきっていた。それも手伝って、ベリンダの活動が余計に気に障るのだった。

ピーターソン老人が、ルークの土地と隣り合った川沿いの地所をよそ者に売ったと知ったのもショックだった。青天の霹靂《へきれき》だった。その土地を売るという広告は出なかった。道端に看板さえ立っていなかった。ある日ピーターソン老人がその所有者になり、次に青少年キャンプの用地として開発され、あれよあれよという間に屋根のある休憩所や小さなキャビンが点々と建ち、川に桟橋が造られた。ルークの牧草地はそこに隣接しており、境には電流を通した頑丈なフェンスと南京錠《ナンキン》をつけた鉄のゲートがある。ミス・ジェソップが率いる町の子供たちが泊まりに来た最初の日、南京錠が巧妙に外され、ゲートが開いていた。ルークのところのヘレフォード種の去勢牛がそこら中を――ハイウェイまでもうろついていると、近隣の人々から保安官事務所に苦情の電話が殺到した。

ルークは牧童たちと牛を集め、柵《さく》で囲った牧草地に入れると、南京錠の代わりに船の碇《いかり》用に使われるものの半分の太さの鎖を巻き、ダイヤル錠を八個つけた。

次の朝、副保安官が同じ苦情を言ってきた。おたくの牛がまたうろついている、と。ルークが調べに行くと、ダイヤル錠は八個すべてが壊されて地面に投げ捨てられていた。

牧場の持ち主として、問題解決のために談判に行くのは当然だった。

馬の蹄《ひづめ》の音がした時、ベリンダはオフィスとして使っている大きなキャビンにいて、翌日のレクリエーションの計画を立てているところだった。牛が囲いからさまよい出た話は彼女の耳にも届いていて、早晩ねじこまれるはずだと冷や冷やしていたところだ。

ベリンダは逃げずに厄介事と向き合おうと戸口に出た。すると、もう一つ厄介なことが降ってわいた。その男は引きしまった体つきで、身のこなしはしなやか、デニムの上下に、上等そうなカウボーイハット、職人の手作りの技が見てとれるブーツに、彼女の兄でさえ羨望《せんぼう》のよだれを流しそうな銀の拍車をつけている。

歩み寄ってくるのを見ると、彼は信じられないくらいハンサムだった。豊かな金髪に、陶磁器のような青い目。きりりとした口元、がっしりとした顎、しかし、その細面の顔に張りついている表情は牛乳でも凍りつかせてしまいそうだった。この男がルーク・クレイグであることは言ってもらわなくてもわかった。彼の噂《うわさ》は耳に入っていた。気さくで感じのいい人だと聞いていたが、ベリンダにはそうは見えなかった。

「おたくの損害は弁償します」彼女はいきなり言った。「やったのは誰かわかっていますし、その子には言い聞かせました。きつくね」

ルークは両手を引きしまった腰に当てて彼女を見おろした。かなり距離があった。彼女は小柄だったからだ。「柵から出たのが去勢牛でよかったな、ミス・ジェソップ。種牛だったら、こうしてきみと話すことはなかったろう」彼は低音のよく響く声で、しかし切りつけるように言った。「きみはいまごろ、手癖の悪いがきどもと一緒に刑務所に入っていたはずだ」

「手癖の悪い、ですって！」ベリンダはぎゅっと口を結んだ。「そこで止まって、カウボーイさん」かっとなり、自制心も社交術も吹き飛んだ。「ここに来るのは何一つとして恵まれていない子供たちなのよ。目も当てられないほど貧しくて、親もかまってくれない。虐待されている子、アルコールやドラッグに溺《おぼ》れている子、監獄送りになった子もいるわ。一番年長でもまだ十七歳よ。そういう子たちの生い立ちを想像してみてちょうだい。わたしがこのキャンプを作ったのは、彼らにまともな生活の片鱗《へんりん》でも味わわせたいからよ！汚れきった家や、酒びたりの両親や、毎晩銃声が聞こえる暮らしだけがこの世じゃないってことをわからせたいの」

ルークはあらためて興味深く彼女を眺めたが、内心の思いは少しも顔に出さなかった。

「きみは女手一つで社会を救おうってわけらしいな」

「打ち明けると、わたしはヒューストンで雀《すずめ》の涙ほどの報酬をもらって官選弁護人をしているの」ベリンダは言った。「夏になると少数の子供たちをキャンプに連れていってい たわ。でも今年、どこかに土地を買っていつでも使える施設を作ることにしたの」

彼はうなずいた。「うちの一番大きな牧草地のすぐ隣にだ」

「ここはテキサスよ」彼女は当然のことを言い聞かせるように言った。「おたくはほかに いくらでも土地があるでしょう。わたしは、ここにほんのちっぽけな土地がほしかっただ け。だから、ちゃんとお金を払って買ったのよ」

「うちの牛を勝手に囲いから出す権利を含めて買ったわけじゃない」

ベリンダは大きなため息をついた。「ええ、それはおっしゃるとおりよ」彼女は認めた。

「わたしが強引にケルズを連れてこなかったら、一週間に二度もおたくに迷惑をかけるこ とはなかったでしょう。どうも申し訳ありません」

ルークは彼女に一目置いた。熱っぽく社会改良をぶつ人間なら何人か知っているが、彼 らは口ばかりでまず動かない。「ケルズ？」

「十七歳の少年よ。万引きでつかまった時にわたしが弁護を担当したんです。先月、彼に もう一度更生のチャンスを与えるために、わたしの保護観察下に置いてほしいと判事を説 得しました」ベリンダは眉を曇らせた。「彼はそこらへんにいるスラムの悪がきとはわけ がちがうの。どんな鍵《かぎ》であれ錠前であれ開けてしまう。もし刑務所に入れたら、出所する ころには、間違いなく金庫破りの名人になっているわ」

「その技はプロから習ったんだな。豚箱で」

「そのとおり。社会問題に関心がおありなの？」ベリンダは彼の青い目を探った。

「毎日六時のニュースを見ている」ルークはそっけなく言った。「刑務所の改善には大賛成だ。うちの隣に引っ越してこられるのは困るが」

「みんながそれだわ。不愉快なことになると、すべてそう。地下埋めこみ式の廃棄物処分場の建設には賛成。ただし、うちの隣は困る。ごみ焼却炉にしろ、汚水処理場にしろ、新しい工場にしろ――」

「自分の財産を守ろうとするのは当然だ」ルークはぴしりと言った。「それに、きみがきみの仕事に熱心なように、こっちも暮らしを立てるために額に汗して働いているんだ、ミス・ジェソップ」

ベリンダは微笑した。「わたしも牛のことは少し知っているわ。兄はこのところ石油を掘っていますけど、でもラビーンにある牧場では、いまでも千頭のサンタ・ガートルーディスを飼っているの」

「彼は、もともとはオクラホマの出だろう？」

「ええ。母もそうです。いまでも向こうに親戚《しんせき》がいるわ」ベリンダは言った。その人々とまったく行き来がないことや、家族を捨てて妻のある男と駆《か》け落ちした母のことは黙っていた。

「きみの兄さんを知っている」ルークはつい余計なことを言ってしまった。「時間の都合がつく時には牧場主組合の会合に出かけるんでね。彼は二、三年前に結婚したんじゃなかったかな?」

「ええ。あの女嫌いの兄がね」ベリンダは皮肉っぽくつぶやいた。ルークの向こうに目をやり、彼が乗ってきた黒い斑《ぶち》のある白馬を眺めた。「すてきな雌馬ね」

「四歳馬だ」ルークは微笑した。「アパルーサ種だ。ぼくは馬の繁殖もやっていて、何頭かいる」

「馬に乗ったら子供たちは大喜びでしょうね」

彼の顔が硬くなった。「そうかな? それなら一キロほど行ったところに馬に乗せるところがある。スタンのバーK牧場だ」

「知ってます。乗馬レッスンについてもう彼に相談してみたわ」ベリンダは彼の悔しそうな顔を見てにんまりした。「わたしのほうが一本勝ちだったわね、ミスター・クレイグ」

ルークはあたりのキャビンを見回した。その一つのカーテンが動いた。賭《か》けてもいい、彼女が言っていた少年にちがいない。ケルズだ。そっちをにらみつけると、カーテンが揺れて閉まった。

「すてきなにらみ方ね。どのくらい練習を積んだのかしら?」

「小さいころからだ」ルークは帽子を目の上に引きおろし、彼女をにらんだ。「二度とゲートを開けるな。夜には見張りをつけることにした。警官だ。彼は銃を持っているはずだ」

ベリンダは鋭く息を吸いこんだ。「自分の地所に入ったからって、あなたは子供を撃たせるの?」

「そのつもりはない」彼は冷ややかに言った。「だが、状況が深刻であることをきみに理解してもらおうとしているんだ。テキサスでゲートを開けっぱなしにした者が縛り首になったのは、そう遠い昔のことじゃない」

「レディを侮辱した者もよ」ベリンダは鼻であしらうように言った。

ルークの金色の眉がぴくりとし、唇の端がつりあがって、皮肉たっぷりの微笑が浮かんだ。

ベリンダは赤くなった。両手を脇《わき》で握りしめる。「わかったわ。ケルズによく言っておきます。あなたの突撃隊が待ち伏せしているってことを」

「その突撃隊というのは、子供が六人、孫が十人いる家庭持ちで、昼と夜の交替勤務で命をかけて働いても給料だけじゃやっていけない男だ」

ベリンダは恥を知るたしなみを持っていた。「ごめんなさい」

「きみはずっと法を向こうに回す側に立ってきたんだろう? おそらくきみに必要なのは、きみが弁護する人間にひどい目にあわされた人々の身になって、世の中への視野を広めることだな」

彼女が大きく息を吸いこむ音が、周囲の木々を渡る風のざわめきにもかき消されずに聞こえた。

「的外れの攻撃もいいところだわ！　あなたはわたしの仕事がどんなものか何も――」

ルークはにべもなくさえぎった。「どんなものかよく知っている！　ぼくは法廷に座って、野心家の法廷弁護人が、暴力のせいで二度も流産したおふくろを、毎晩酔っぱらいのろくでなしに殴られるのは、殴られるほうに責任があると責め立てるのをじっと見ていたからな」忌まわしい思い出にひきつった顔で、青い目がぎらぎらしていた。両手は脇で固いこぶしに握られていた。「聞いていればそいつは、犠牲になっているのは家族じゃなく、なんとおやじだとぬかした。だが、あいにくなことに、おふくろと妹を撮った生々しいカラー写真があった。それが陪審員たちに見せられた」苦みを帯びた荒々しい口調の端端に、彼が法制度全体に対して抱いている憎しみがにじんでいた。「そいつは法を逆手に立て板に水と詭弁《きべん》を弄《ろう》したが、おやじは五年の刑を言い渡された。しかし、おふくろを救うには手遅れだった。長年の虐待がおふくろの命をちぢめた。有罪判決が下って間もなく死んだよ」

ベリンダは、出会ったばかりの相手が家族のことをそこまで話したことに驚いた。もっとショックだったのは、彼の告白を聞いて自分が卑劣なことをしているような気持になったことだった。

「胸が痛みます」ベリンダは心から同情して言った。

「胸が痛む？」ルークは冷たい目でベリンダを上から下まで眺め回した。彼はその目を彼女の背後に点在するキャビンに向けた。「ああ、そうか。きみは有罪者を生み出す法制度に胸を痛めているんだな、ミス・ジェソップ。実際、胸を痛めるあまり、きみは犯罪者の予備軍を田舎に連れてきて甘やかし、彼らが悲惨きわまりない状況にいるのは、彼らが悪いんじゃなく社会が悪いんだという考えをいっそう叩《たた》きこもうというわけだ」彼はベリンダをにらみつけた。「悲惨な家庭や虐待について、ぼくはよく知っている。なんなら本を書いてきみに進呈してもいい。だが、ぼくは一度として、こそ泥に入ったことも、車を盗んだことも、砂漠の嵐《あらし》作戦で陸軍予備隊に召集がかかった時はべつとして、人に銃を向けたこともない」

ベリンダは一歩あとずさった。「わたしは犯罪者をかばおうとしているわけじゃありません、ミスター・クレイグ。非行少年が本当の犯罪者にならないように更生の道を開こうとしているんです」

「じゃあ、かわいがってやればいい。遠からず、眠っているあいだに喉をかっ切られるはめになるだろうよ」ルークは身を乗り出し、皮肉っぽく言葉を継いだ。「真剣に受けとらないでくれ。ただ、ぼくの経験によれば、頑固者はこっぴどく懲りないとわからないいんだ」

「あなたって、恐ろしく度量が小さい人ね」

ルークは小ばかにしたように彼女を見おろした。自分があえて冷酷にふるまっているのがわかっていたが、彼女の何かがそうさせるのだ。「きみは愛され、望まれ、甘やかされて育ったんだろう」

ベリンダは青い目ににらまれてもひるまなかった。「わたしの子供時代はどうだっていいわ」

ルークはうつろな笑い声をあげた。「きみの言い方によれば、ぼくはすべての犯罪者の子供時代に責任を負わなくてはならないってわけだな。かわいそうな幼い殺人犯、窃盗犯、レイプ犯。ささやかな愛があれば彼らはよき市民になれた。彼らの犠牲になった被害者は何かのばちが当たったんだ。そういうことだな？」

ベリンダはショックを受けた。「そんなこと、ひとことも言っていないわ！」

「きみたち社会改善家が考えそうなことだ。彼らはぼくのおふくろが好きで殴られていたと言ったくらいだ」

ベリンダは顔をしかめた。「もちろん、それはちがうわ！」

「そうかな？　例の官選弁護人はじつに雄弁に主張していたよ。おふくろが顔がつぶれるほど繰り返し殴られるのを嬉々《きき》として楽しんでいるという理由を十くらいもあげたほどだ」

「それが仕事だからよ」ベリンダは言った。「どんな極悪人でも弁護を受ける権利があるの」

「ああ、もちろんだ」ルークはいやみな口調で言った。「そして官選弁護人には、罪を犯した者を釈放して評判を稼ぐ権利があるってわけだ」

「お父さんは釈放されたの？」

「その官選弁護人が仮釈放を要請してくれたおかげで、刑期より早く出てきた。おやじは目を血走らせて帰ってきて、妹とぼくに鬱憤《うっぷん》の矛先を向けた。結局おやじは独房で心臓発作を起こして死んだ。神にはいまなお正義があるんだろう。法制度はその言葉の意味も忘れてしまったらしいが」ルークは後ろを向いた。「その子がまた錠を壊しても銃で撃つことはしない。逮捕して起訴する」彼はベリンダを振り返った。「いまのぼくは、なす術《すべ》もなく制度に振り回される貧しい田舎の子供じゃない。自分で法の援護を頼める。その費用を払える。牛があと一頭でもいなくなったら、きみは夏のキャンプのあと町に戻っても仕事がないだろう。それだけは警告しておく」

ルークは鞍《くら》にまたがると馬の向きを変え、来た道を戻っていった。その背中は固い板のように反り返っていた。

見送るベリンダの心中では複雑な思いがぶつかり合っていた。こんなことは初めてだ。

ルーク・クレイグは仮借ない人間だ。その彼を敵に回してしまった。ケルズが悪さをする手を抑えておけなかったからだ。用心しなければ。しっかり目を注いでいないと、この手であの子を刑務所に送ることになりかねない。ここに来た目的は、あの子や仲間たちに問題を起こさせないためなのに。

ホットドッグとフライドポテトの夕食をとるあいだも、ベリンダはその問題で心を悩ませながら、黒い縮れ毛と浅黒い肌のひょろりとした若者に目を注いでいた。彼はテーブルに向かい、退屈まぎれに懐中時計をばらばらにして組み立てている。

ケルズは接するのが難しい。彼は自分の素性やがさつさ、加えてルックスにひどくコンプレックスを抱いている。彼には弟や妹が五人いるが、国内のあちこちの親戚のもとに散らばっていた。ケルズは母親とその同棲《どうせい》相手と一緒にこの地方に移ってきたのだが、その男は彼を邪魔にし、母親も息子をかばおうとしない。彼は男に殴られた腹いせにCDプレイヤーを盗んだ。彼が住んでいるあたりには前科のある者がごろごろしている。だがケルズには魔法のような指があり、その態度にもほかの悪がきたちとはどこかちがうところがあった。ベリンダは彼の中の素質を見てとった。彼を信じたのだ。それがわかるのは彼女一人だった。ケルズをこのサマーキャンプに連れてくるにあたっては、彼の母親と衝突し、少年裁判所の制度を向こうに回して闘った。彼は十七歳だ。逮捕されれば刑務所に送られることもありうる。どっぷり悪につからないうちに、なんとか救ってやりたい。

少年は視線を感じて目をあげた。黒い目には敵愾《てきがい》心と一抹の弁解がましさがある。

「もとどおりにできるよ」

ベリンダが懐中時計に目をやると、彼はぼそりと言った。

「そうね」ベリンダは微笑した。「あなたの年ごろであなたみたいに機械いじりの才能がある人って、ほかに知らないわ」

彼は目をそらして肩をすくめたが、ベリンダは少年が褒められて喜んだのがわかった。

「あのカウボーイはおれを逮捕させる気かい？」

「あの人は牧場主よ。あなたが二度も逃がしたのは彼の牛だったの」

「おれは牛を逃がしたことなんかない」ケルズは目を伏せたまま言った。

「あなたは錠前を外してゲートを開けた。だから牛が外に出てしまったのよ」

ケルズは反抗的に頭を反らした。「牛なんて見たの初めてだ」

「あれは去勢牛よ」ベリンダは言った。

少年は目をあげた。興味を覚えたらしい。「去勢牛？　ふつうの牛とどうちがうの？」

「カウは雌牛――子のいる牛よ。ヘイファーは三歳未満のまだ子を産んでいない若い雌牛。ブルは種牛よ。スティアは去勢した牛で、食用として育てられているの。あそこにいたのはスティアよ。牛肉になる牛なの」

ケルズは目を丸くした。「スーパーで売ってる、挽《ひ》き肉《にく》とかになる牛ってこと？」

ベリンダはにっこりした。「そうよ」

彼は懐中時計をいじるのをやめた。「ほかの牛と一緒にしておかないのはどうして？」

「種牛は去勢牛を見ると苛立《いらだ》って気が荒くなるの。雌は子牛を守ろうとして攻撃するわ。それにそのほうが便利なのよ。それぞれ群れにしておくほうが、分けて動かす時に仕事がしやすいの」

少年は身を乗り出した。「分けて動かすって？」

ベリンダは笑った。「ラウンドアップよ。牧場では年に二回、ラウンドアップといって牛を全部駆り集めるのよ。子牛が生まれる春と、もう一回は秋。売るのと売らないのを選別するの。子牛は角を切り落として焼き印を押し、ワクチン注射をする。肉牛にするものは去勢手術をし、名札をつける」

ケルズは夢中になって聞いている。ベリンダはこの少年がこんなに目を輝かせるのを初めて見た。

「牛にはみんな名前があるわけ？」

「それぞれに番号がついているの。ふつうは耳にタグをつけるんだけれど、時には刺青《いれずみ》を入れたり、お尻の下の方に、その牛の生まれた年とかいろいろな個体情報を入れたコンピューターチップを埋めこむこともあるわ。スキャナーで読みとれるようにね」

「いいえ。いまでも牛泥棒が横行しているからよ」

「あの去勢牛にもコンピューターチップが埋めこんであるの？」

「さあ、どうかしら」ベリンダはちょっと唇をすぼめた。「ミスター・クレイグにきいてみる？」

ケルズは顔をしかめた。「彼はおれと口なんかきいてくれないさ。このあたりの人たちがどんなふうかわかってる」

ベリンダは静かに少年を見つめた。「どんな人たちだと思っているの？」

「差別してる」ケルズはつぶやいた。

ベリンダは微笑した。「十九世紀の西部では、カウボーイたちの四分の一は肌の色の濃い人たちだったのよ。そのことを知っていた？」

「そうなの？」

「このあたりの牧場でも、いま現在、アフリカ系やヒスパニック系の人たちがかなり働いているわ。わたしの兄のところでもそうよ。それに、これはあなたも知っているでしょう。第九、第十騎兵隊――いわゆるバッファロー部隊と、五十六、五十七歩兵隊はすべてアフリカ系アメリカ人だったってことを」

「バッファロー部隊が全員黒人だったって？」

「冗談だろ！」

ベリンダはうなずいた。「陸軍のすべての部隊の中で彼らはもっとも再入隊率が高く、もっとも脱走兵が少なかったのよ」

それを聞いているうちに、ケルズの背中がぴんとなった。「歴史の授業じゃ、そんなこと全然教えてくれなかった」

「だんだん変わってきてるの。徐々にだけれど確実にね。アメリカ史は、白人だけでなく、さまざまな人種が国に貢献してきたことを含めた記述を始めているわ」

時計をもてあそびながら、ケルズの口の端が持ちあがり、ぎこちない微笑が浮かんだ。

「あんたはいい人だね、ミス・ジェソップ」

「あなたもよ、ケルズ。ミスター・クレイグのことは心配しないで。だいじょうぶよ」

「それはどうかな」ケルズは声を落として言った。「あの人が、おれたちがここにいるのを気に食わなく思ってるのは見ればわかる」

「そんなことないわ」ベリンダは言った。「彼はまだわかっていないだけ！」

2

家に着いた時ルークはまだかんかんに腹を立てていた。新しい隣人の考え方が一から十まで気に食わなかった。まったく悪いこと続きだ。雨が多すぎたために干し草の収穫の大部分がだめになり、病原菌騒ぎで牛の価格が下がり、そのうえにこれだ。近ごろ牧場主は割が合わない。どうしてもっと割のいい職業――配管業か何かに鞍替《くらが》えしないでいるのか自分でも不思議なくらいだ。三代続いた家業とはいえ、牧場にしがみついているのはどうかしている。

彼は帽子をソファの上に投げ、大きなリクライニングチェアにどっかり座ってテレビのニュースを見た。おりしも少年犯罪の増加と実情に合わない法処罰について特集していた。ルークは鼻で笑った。いつに変わらず聞き飽きた議論ばかりだ。こっちは世間一般よりその実態を知っている。サマーキャンプと牧草地のあいだのゲートに八個のダイヤル錠をつけ、それも役に立たず、警察にいる友人に週に二晩夜警を頼んだのだ。

こじ開けられたのがもう一方の側のゲート――サイ・パークスの土地の方のゲートだっ

たらどうなっていただろう。ルークは悪がきの将来をちらりと思いやった。

ルークはたとえ腹を立てていても、鷹揚《おうよう》なところがあった。しかしサイ・パークスはおそろしく気難しく、配達の少年が彼のところの物をちょっと持ち出しただけで倍も弁償させたそうだ。ルークはサマーキャンプの件をサイに相談することも考えた。数を頼めば強い。だが、やめにした。サイはジェイコブズビルでは新来者であるにもかかわらず、まるで地域社会にとけこもうとしない。噂《うわさ》によれば、ワイオミングの牧場が火事になり、危うく焼け死ぬところだったという。彼はベルデ・クリーク沿いのサンダース老人の土地を買い、純血種のサンタ・ガートルーディスを飼育している。ケルズが逃がしたのが向こうの高価な若い雄牛だったら、サイがどう出るかは言うまでもない。ルークは温情のある男だから、自分の牛を守るために、まずできるだけのことをしようと思い、夜警を雇うことにしたのだ。

ルークのところには、柵《さく》の近くに牧童用の小屋があり、ラウンドアップの時期に男たちが寝泊まりできるように、ストーブ、冷蔵庫、椅子とテーブル、簡易寝台が備えてあった。母屋まで数キロ離れており、賄いのために炊事用ワゴン車を使わないので、だいたいのことはそこで用が足りるようにしてあるのだ。牧童たちが自炊できるようにキッチンもついているし、電話も引いてある。夜警には、闇《やみ》でも見える赤外線装置付きの特殊双眼鏡で見張ってもらう。また錠をこじ開けられるのはごめんだ。これ以上一頭も牛を失いたくなかった。そのためにはどんな手段も辞さない。

次の日の朝、その日の夜は見張りに小屋に泊まりこんでもらうことになっていたが、ルークは馬で去勢牛の放牧場を見に行った。ゲートは閉じていた。が、草地にいるのは去勢牛だけではなかった。肌の色が濃いひょろりとした若者が、一頭の牛のまわりをうろうろしていた。

ルークは、そんなことはめったにしないのだが、馬に拍車をかけ、猛烈に走らせて少年の前に回りこんだ。少年は怯《おび》えた目を見開き、両手をあげてあとずさった。

「そばに来ちゃいやだ！」少年はわめいた。「けられたくないよ！」

ルークは少年の怯えように驚いた。彼は手綱を引いて馬の足を止めると、鞍の上で少し身を乗り出し、すくみあがっている少年をじっと見おろした。

「うちの牧草地で何をしている？」ルークは冷ややかな声できいた。

「み……見てただけだよ」ケルズは口ごもりながら言った。「コンピューターチップが入ってるかどうか」

ルークはまさかそんな答えが返ってくるとは夢にも思っていなかった。あっけにとられ、頭の中がひっかき回された。

彼はベリンダが大声を出しながら走ってくるのに気づかなかった。デザイナーズブランドのジーンズが裂けようとエレガントなブーツに傷がつこうとかまわず、錠のかかったゲートを猛然と乗り越えてくるのに気づかなかった。

「だいじょうぶよ！」ベリンダは叫びながら息を切らして駆け寄り、ケルズを自分の背後にかばった。「この子は牛に悪さをしようとしていたんじゃないわ！」

「スティアだよ」ケルズはちょっと得意そうに訂正した。

ルークは新しい目で少年を眺めた。「牛について知識があるのか？」彼は思わずきいた。

「彼女が教えてくれたんだ」少年は自分の前にいる小柄な女性の方へ顎をしゃくった。

「いろんなちがいをね。スティアとかヘイファーとか。お尻にコンピューターチップを埋めこむとか」

ルークの表情から険しさが消え、好奇心がのぞいた。「彼女が教えてくれた？」

少年はうなずいた。「おれ、チップが見たかったんだ。悪さをする気なんてなかった」

彼はちょっと突っかかるように言った。

ルークは小さく笑った。彼は柵のそばに固まっている去勢牛の方へ突然馬を進め、鞍の前から投げ縄をとりあげた。先を輪にしたロープを宙でぐるぐる回し、長年鍛えた投げ輪の技でいとも簡単に一頭の牛をとらえると、ひらりと鞍からおりてロープを引きしめた。

そしてケルズを手招きした。

「すごい！」ケルズは興奮して叫んだ。「ほんとにすごい！　どうやって覚えたの？　輪をぐるぐる回して牛を……じゃなくて……スティアを簡単につかまえちゃうんだね」

ルークはにっこりした。「たくさんの練習とあざをいくつかこしらえて覚えたのさ」耳の後ろを撫《な》でてやると、去勢牛は気持よさそうに、おとなしくじっとしていた。「来てごらん。怖がることはない。ここに放しているのは落としたのだけだ」

「落としたって？」

「角を切り落としたってことだ」ルークは動物の首に指を這《は》わせて小さなこぶを探った。それを見つけて言う。「ここだ」彼はケルズの黒い手をとってそこに触らせた。「コンピュータチップだ。この種のテクノロジーには長年抵抗してきたんだが、ラウンドアップが格段に楽になるんでついに負けた。一頭の成長記録がすべて一つのチップに入る。出荷する時の選別も、スキャナーで一瞬にして情報がとり出せるんだ」

「去勢牛にもチップを使うとは思わなかったわ」ベリンダが口をはさんだ。

「ああ、ふつうはしない。ここにいるのは実験中の群れなんだ」ルークは少しもったいぶって、体重を一方の足からもう一方へ移しかえた。「牧場主組合が提唱する新しい技術には、いちおう常に目を光らせている。たとえば、精管切除だ」

「それ、なんなの？」ケルズがきく。

「ふつう食用牛にする時には生殖器を全部とってしまう。だが、精管だけの切除だとテストステロン――男性ホルモンの一つで、成長を促進する働きがあると考えられているんだが、それを作る能力が残る。つまり、その方法で去勢したほうが経済効率がいいということだ。雄牛と同じ体重増加率で育つうえに、脂肪の少ない肉がとれる」

「コストがかかりすぎるということはないの?」ベリンダがきいた。

ルークは微笑した。「そんなことはない。時間的には同じくらいかもしれないが。それに、獣医に頼まずに自分たちでやれば、手間暇はかかるとしても費用はかなり安くなる。そういうわけで、いま試験中だ。成長ホルモンを使用せずに太らせることができれば、そこでもコストの節約になる」

「兄の話では、抗生物質とかホルモン剤とか、添加物をいやがる消費者が増えているそうね」ベリンダは賛成の意を示した。

「有機飼育のビーフだけを扱う市場があるし、ぼくが知っている中にも、少なくとも一名、伝統的な牧草で育てた低脂肪ビーフをハンバーガー・チェーンにおろしている男がいる」

ルークは少年がそっと、うっとりしたように去勢牛を撫でているのに気づいた。

「この牛たちを殺すのって辛《つら》くない?」ふいにケルズがきいた。

「辛いさ」ルークは自分でも意外なことに、率直にそう答えた。「動物が好きだから牧場をやっているんだが、そういういやなこともくっついている。牛たちにはみんな個性がある。一頭ずつ全部ちがう。情が移らないように食用牛にはあまり近づかないことにしているんだが、飼い犬みたいにぼくについて回る一トン半もある雄牛がいる。二頭のホルスタインは自分たちを猫だと思っているんだ」

ケルズはくすくす笑った。「まさか！　でもホルスタインって何？」

「乳牛だ……。きみは本当に牛に興味があるのか？」

ケルズは肩をすくめ、去勢牛に目をやった。「いままで牛なんて見たことなかった」少年は恥ずかしそうにちらりとルークを見ると、また目を伏せた。「牛って好きだ。おれ、逃がすつもりなんてなかった。近くで見たかったんだ。彼女にコンピューターチップのことを聞いて……」少年は顔をしかめた。「それってどんなものか、ちょっと見たかったんだ」

ルークは口を引き結んだ。ベリンダは息をひそめるようにじっとしている。

「ホルスタインを見に来るか？」ルークはきいた。

ケルズはびっくりして息をのんだ。「それ、冗談だろう？」

ルークは頭を振った。「牧場主にとって自分の牧場を案内するのは何よりうれしいことなんだ」彼はベリンダの表情を見て大声で笑いだしそうになった。

ケルズはぱっと顔を輝かせた。「じゃ、雄牛も見せてくれるんだね？」

ルークは上機嫌で笑った。「もちろん」

「あんなやつ、あんたは怖くないの？」ケルズは黒い斑《ぶち》のある白馬からあとずさった。

「雌馬だ。彼女はおとなしい」ルークは眉をひそめた。「きみはどうして馬を怖がるん

「こっちに来る前はニューヨーク市に住んでたんだ」ケルズはぼそぼそと言った。「馬に乗った警官に追いつめられたことがある。馬が後ろ足で立って、おれが身をかわさなかったら、間違いなく前足で踏みつぶされてたよ」

ルークは賢明にも、警官を怒らせたのは何をしたからなのかきかなかった。しかし、どんな理由があろうと、少年を蹄《ひづめ》にかけようとするとは言語道断だ。「警察の誰かにそれを話すべきだったな」彼はそっけなく言った。

ケルズは肩をすくめた。「言ったって誰もおれのために何かしようなんて思わないさ。あっちじゃね。三カ月くらい前、おふくろとヒューストンに引っ越してきたんだけど、店からCDプレイヤーを盗んで面倒なことになった。その時、彼女が――」彼はベリンダを指さした。「おれのために骨を折ってくれて、店のオーナーに告訴しないように頼んでくれた。でも結局、院送りになった。まだ十六だったから」

「院？」

「少年院」ベリンダが言った。「このごろ裁判所は少年犯罪に厳しくなっているの。都市部では凶悪な事件が始終起こるから」

「なるほど」ルークは言った。が、納得したわけではない。彼はケルズに目をやった。うっとりと牛に見とれている少年に心を引きつけられた。〝非行少年を甘やかしている〟という偏見は煙のごとく消え去った。相手を知らないと、人は腹立ちまぎれに厳しさを振り回しがちだ。これまで彼は白黒だけで判断していたが、ケルズによって灰色のゾーンがあることを教えられた。

「いつみんなを連れてきていいの？」ベリンダがきいた。

「いつだってかまわない」ルークは言った。「おいおい、どうしてわかったんだ？」

「道路からとうに見えていたわ」ベリンダは心から感謝をこめて微笑《ほほえ》んだ。「ありがとう」

ルークは肩をすくめた。「隣どうしのよしみというだけだ」彼は去勢牛から投げ縄を外し、ロープを巻きとった。その手元をケルズが食い入るように見ている。この少年はのみこみが早いし、手が器用だ。ルークの胸にふいにある考えが浮かんだ。これは一つよく考えてみよう。

ベリンダのキャンプには、九歳から十七歳の少年が六人、ヒューストンのスラム街から来ていた。最年長がケルズで、一番年下がメキシコ人のフリオだった。白人が二人、ケルズともう一人がアフリカ系アメリカ人、残る一人フアニートはアメリカ先住民だったが、どこの部族か言おうとしない。自分のことをいっさい話さないのだ。実際、ほとんど口をきかなかった。その子はおじ夫婦と暮らしているのだが、おじもおばも少年が何をしているか気づかないのか、あるいはまったく関心がないらしい。ほかの子供たちも状況はだいたい同じだった。彼らが少年裁判所や少年院に送られる原因はそこにある。面倒をみるべき大人たちが彼らをほったらかし、彼ら自身も投げやりだった。誰かが彼らのことを気にかけてやり、彼らの自尊心を育て、自分が属する人種やその歴史に誇りを持たせる。ベリンダはそれが何より大事だと考えていた。自分の力で社会を変えられるなどと自惚《うぬぼ》れてはいない。でも、もしかすると、一人の人間を変えることはできるかもしれない。

彼女はそのために購入したおんぼろワゴン車に少年たちを乗せ、ルークの牧場に向かった。見た目はぞっとしない車だがメカのほうは問題なかった。塗装し直すことも考えたが、時間と費用の無駄だろうと思った。

舗装したハイウェイを折れ、長くくねった砂利敷きの私道を進んでその端まで来ると、ルークが待っていてくれた。彼の家は白く塗られ、大きくて立派で、長いポーチが温かく迎えてくれる感じだった。家のまわりには花壇があり、その向こうに納屋と畜舎、さらにその向こうに、柵で仕切られた牧草地が、はるか先の幹線道路のところまで広がっている。

ベリンダは傷だらけのワゴン車からおり、サイドドアを開けて少年たちを外に出して注意を与えた。「絶対にフェンスの中に入っちゃだめよ。いいわね？　雄牛は気が荒くて何をするかわからないわ。本物でもテレビでも、ロデオを見たことがあればわかるはずよ」

「ミスター・クレイグは犬みたいに彼のあとをくっついて歩く雄牛がいるって言ってた」

ケルズが横から言った。

「そうね。でもその雄牛はミスター・クレイグを知っているからよ。そうじゃない？」

ケルズはにやっとした。「そうだね」

ルークはポーチの階段をおりて少年たちに挨拶《あいさつ》の声をかけ、納屋の方に連れていった。「この牧場はぼくで三代目だ。祖父が長角牛から始め、いまぼくはヘレフォード種を飼っている。たいていの牧場主には自分の好きな牛があるんだ。向こうに住んでいるサイ・パークスは――」ルークは後ろを見ると、サマーキャンプの反対隣の土地を指さした。「純血種のサンタ・ガートルーディスだけを飼育している。彼の牛は一頭で百万ドルするんだ」

ケルズは目を丸くしたかと思うと、しょんぼりとなった。「ちぇっ。金持ちじゃないと牛は飼えないってことなんだ」

ルークは微笑した。「そんなことはない。若い雄牛一頭とヘイファーの二、三頭で牧場を始めることができる。それなら、きみが考えるより金はかからない」

ケルズの目に輝きが戻った。少年はルークの背後の、納屋に隣接した牧草地にいるヘレフォード種の雄牛に目をやり、息をのんだ。

「わあ、なんてすごい動物なんだ！」

ルークは大きな声で笑った。みんながこっちを見たので彼は説明した。「ぼくもそうだったんだ。彼くらいの歳《とし》のころ、この地球のどんな生き物より雄牛が一番立派で美しいと思っていた」

「そう、一番だよ」木製の高い柵の下の横木にのぼり、一番上の横木に両腕でつかまりながらケルズが言った。「すごいなあ、この牛！」

「名前はサイロー。赤ん坊の時から育てたんだ。いまでは主な牧畜雑誌すべてに、もっともすぐれた種牛として紹介されている。サイローの子供をほしがる人が多くて要求に追いつけない。順番待ちのリストがあるくらいなんだ」

「バッファローはいないの？」ほかの子がきいた。

ルークは首を横に振った。「何頭か飼っている牧場を一つ二つ知っているが、バッファローを飼うのは危険なんだ。ほんの少しの刺激で興奮して柵を突き破ってしまう」

「イエローストーンにいるよ」ファニートが言った。「おじさんが車で連れていってくれた時、すごく大きい群れを見たんだ」

「おれ、バッファローなんて見たことないや」べつの少年がぼそっとつぶやいた。

ベリンダは少年たちを見回して微笑した。「かつて西部には、どこにでもバッファローの群れがいたのよ。白人が入ってきて皆殺しにするまでは」

「どうして皆殺しにしたの？」それまで黙っていた子の中の一人がきいた。

「欲だ」ルークは言った。「あくなき欲。彼らは金がほしかった。バッファローの毛皮に喜んで金を払う人間たちが東部や海の向こうの国にいた。狩猟隊を草原にガイドする仕事もいい金になった。彼らは銃をぶっ放す楽しみのために何百頭ものバッファローを殺し、死骸《しがい》を野ざらしにしたんだ」

ベリンダは新たな関心を持ってルークをじっと見た。そしてにっこりした。この人とは気が合う。野生のバッファローが殺戮《さつりく》によって絶滅したことを思うと、彼女も胸が締めつけられた。

少年たちが柵の向こうの大きな雄牛のことをがやがや言い合っているのを聞きながら、ルークはベリンダに目をやった。きれいな顔をしていると、彼は思った。その顔にふさわしく心もすてきだ。ルークは彼女が気に入った。思わず微笑をもらすと彼女は頬を染めた。ルークはびっくりした。うれしくなった。

ベリンダは見つめ合った目を意識して引き離した。心の中まで見られてしまいそうだ。昔からボーイフレンドに困ったことはなかったが、誰とも特別な関係にはならなかった。とにかく、ラッセルと出会うまではそうだった。彼は愛を誓い、エンゲージリングをくれた。なのに、あろうことかラッセルはベリンダの親友と駈《か》け落ちしてしまった。四年前のことだ。それ以来ベリンダは男性に目を向けないできたのだった。

「どうかしたのか?」ルークがそっときいた。

ベリンダはどきりとした。「どうかって? べつに……なんでもないわ」

「きみは何か考えていた。何か辛いことだ。どうしたんだ?」

ベリンダはもじもじした。「前に婚約した人がいたの。その彼はわたしの一番仲がよかった友達と駆け落ちしてしまったの」

「そうなのか」ルークはつくづくと彼女を眺めた。「きみがまだ独身なのはそのせいなんだな。そしてもう二度と男はごめんってわけか」

「誰もいないわ」

「こっちもさ」

ベリンダは、ふと顔をそむけたルークの横顔に目を走らせた。「あなたも?」やさしくきいた。

ルークはそっぽを向いたままうなずいた。「ぼくもだ。彼女は本当の愛を約束した。ところがぼくが仕事で町を離れるやいなや、昔のボーイフレンドと近くのモーテルでお楽しみというわけさ」彼は冷ややかな声で笑った。「こんな小さな町でそんなことをすればゴシップにならないはずがない。帰りの飛行機からおりたとたん、二人の人間がぼくに教えてくれたよ」

「それがいまの風潮ね」ベリンダは静かに言った。「忠誠心なんて、もうどうでもよくなってしまったみたい」

ルークは彼女の方に顔を向けた。「ぼくはそれを一番大事に考えている。ぼくは昔気質《かたぎ》な男なんだ。一度約束したことは守る」

「わたしもよ」ベリンダは顔をしかめ、柵の固い木にゆっくりと手をすべらせた。「彼に言わせると、わたしは恐竜ですって。恐ろしく時代遅れってことね」

ルークの片方の眉がゆっくりと持ちあがった。

「結婚前にベッドをともにするのはいやだったの」ベリンダはあっさりと言い、肩をすくめた。「で、彼はいやがらないほかの人を見つけたというわけ。でも、だからって彼を責められないわ。だって、いまどきそんな堅苦しい女は誰もいないでしょう」

「誰もじゃない」ルークは冷ややかに言った。「こういう世の中で操の固い女は非常にまれで、それだけにとても尊い」

「男はどうなの？　貞操を固く守っている男が一人でもいたら教えてほしいわ」ベリンダは言い返した。

「それは難しいだろうな」ルークは認めた。「だが皆無ってわけじゃない。きみの考えに近い男をごく少数だが知っている。だが、男は妊娠することはないからね。女性は子供を産む。貞節が求められるんだ。子供が関《かか》わってくるおそれのある場合には、一人の男を守るべきだと思う」

ベリンダは静かに彼を見上げた。「ここにも恐竜がいたわけね」

「ここに恐竜がいるの？」

大人たちの会話の端を耳にはさんだ小さい少年がきいた。

「ばっかだな」ほかの子が言った。「そんなものいるわけないだろ！」

「恐竜が進化して鳥になったって本に書いてあったぜ」べつの子が口をはさむ。

ファニートが初めて微笑を見せた。「おれのじいちゃんが、あるとき、その気になればわしは鳥に変身できるって言った。すると母さんが、どうりでじいちゃんの食べ方は鳥そっくりだって」

みんながどっと笑った。ばかにして笑ったのではなく、みんな気持よく笑った。

空気がなごんだ。ルークは少年たちに牧場を案内した。気さくで分け隔てのない接し方をする彼に少年たちはじきになついた。ルークは納屋を見せた。そこには白痢にかかった子牛が二頭と、蛇に噛《か》まれた若い雌牛がいて養生中だった。

「どれもずいぶんよくなっている」ルークは食い入るように見ている少年たちに言った。「明日かあさってには牧草地に出せるだろう。ここには子牛が三頭いたんだが、きのう一頭死んでしまった」

「白痢って？」ケルズがきいた。

「ひどい下痢を起こして、食べた物が全部出てしまう病気だ」ルークは答えて言った。「放《ほう》っておけば死んでしまう。この子たちには獣医が薬をやっている。ふつうはそれで助かるんだが、どんなに手を尽くしてもだめなこともある」

「牧場の仕事って、馬に乗れないとだめなんだろうな」またケルズが言った。

「まあ、そうだ。しかし」ルークははっはっと笑いながらつづけた。「ATVを――全地形適応車ってやつを使った男が一人いるな」

「四輪駆動の、大きい芝刈り機みたいなやつのこと？」

「ああ、それだよ。その男だが、うっかり切り株にぶつかり、頭から見事真っ逆さまにラグーンに落ちた。彼は次の日にその車を甥《おい》にくれてやって、また馬に乗ることにしたそうだ」ルークはケルズの物問いたげな目に気づき、少年が質問する前に言った。「ラグーンというのは、家畜の排泄物《はいせつ》をためておくところだよ」

「なら、そんな物くれてやるはずだよ！」ケルズは笑い転げたあとでふうっと息をついた。「習ったらおれも馬に乗れるようになるかな？」

「もちろん」ルークは力強く言った。「きちんと訓練された馬で習えばね。だが、よくない馬も見たことがある。実際、この近所に二十歳馬を飼っている男がいる。その馬は競技場で人を一人殺し、処分されるところを彼が助けたんだ」

「すごくやさしい人なんだね」

ルークはかぶりを振った。「ところが全然そうじゃない。とぐろを巻いて鎌首《かまくび》をもたげ、近づくものがあれば襲いかかろうと狙《ねら》っているがらがら蛇をかわいがっている男だ」彼はにやっとした。「たいていの人は彼に近づかないようにしている」

「さっきのところに戻って、またあの雄牛を見てもいい？」ケルズがきいた。

「いいとも。さあ、行っておいで」

　少年たちはひとかたまりになって外に駆け出していった。ルークとベリンダは子牛を入れた囲いの鉄の柵の前に残された。

　ルークはちらとベリンダを見た。「ところで、いま言った男だが、きみのキャンプのもう一方の側に住んでいる。彼の地所に足を踏み入れないように子供たちに釘《くぎ》をさしておいたほうがいい。ぼくは常識をわきまえているが、彼はちがう」

「よく覚えておくわ」ベリンダは言った。

　ルークは青い目を険しく細め、真正面から彼女の卵形の顔を眺め回した。「きみは自分の仕事が気に入っているのか？」

「子供が好きなの」ベリンダは言った。「とくに、社会的に恵まれない子供たちが」彼女は少年たちの方に首を傾《かし》げた。「あの子たちにほんの少し愛情や関心を注いでも、何も悪いことはないでしょう。彼らはかまってくれる人がほしいの。それで、人の注意を引きたいばかりにとんでもない手段に訴えてしまうのよ」

「ケルズはＣＤプレイヤーを盗んだと言っていたっけね」

　ベリンダはうなずいた。「でも、プレイヤーがほしくてやったんじゃないわ。あの朝、あの子は母親の同棲《どうせい》相手にひどく殴られ、そんな時にもかばってくれなかった母親への仕返しに盗みを働いたの」彼女は肩をすくめた。「こっちへ移ってきたのも、その男が原因よ。その男は母親のほうはほしいけれど、ケルズは邪魔なのよ。実の父親もそうなの」

「まったくひどい話だ」

ベリンダはうなずいた。「その男は拳骨《げんこつ》を振るうのをしつけだと考えているの。地方検事のオフィスで見ていたんだけれど、ケルズの母親はひとことも息子を弁護しようとしなかった。それどころか取調官に、息子は殴られたくてわざと生意気な口をきくなんて言ったわ」

「好きで殴られる人間がどこにいる」

激しい口調に驚いて、ベリンダは彼を見あげた。ルークの顔はこわばり、苦しげにひきつってしわができていた。ベリンダは手をのばしてそのしわを撫でてやわらげたい衝動に駆られた。このあいだ彼が言った父親のことを、暴力のことをよく覚えていた。虐待される母親を目の前にしながら止めることができなかったのは、自分が殴られるより辛かったにちがいない。ベリンダの周囲ではよくある悲惨な話だった。彼女は自分が仕事で関わった、夫の虐待の犠牲になった女性たちに思いをはせた。

恐怖——常識的な第三者には決して理解できない恐怖ゆえにじっと虐待に耐えている女性たちの数はかなりにのぼるだろう。家を出ることで何もかも変わるといくら彼女たちに言い聞かせても、そういう説得が効を奏することはまれで、ついには殴打されて病院に運びこまれるとか、男のほうが負傷するとか、時には子供が殺されるという事態にいたってしまう。

「何をそんなに考えこんでいるんだ？」

唐突にルークがきいた。

ベリンダはしょんぼりと微笑んだ。「現状に甘んじて助けを受け入れようとしない女性たちのことよ。彼女たちが危害を加える男から離れないのはなぜかと考えていたの」

「恐怖さ」ルークは吐き捨てるように言った。「誰もがこう言う。家を出ればすむことだ。それで解決する」彼は苦々しく笑った。「警官が帰ってしまうと、おやじはすぐにおふくろの喉元に肉切り包丁を突きつけ、今度警察を呼んだらイリージアを――ぼくの妹をどんな目にあわせるか、克明に順を追ってねちねち脅した」

「そんな……」ベリンダは息をのんだ。

「おやじは本気で言っていた。どうせ刑務所に入るなら何をやったって同じだとね」

ベリンダは手をのばし、ルークの手の甲にほんの少し触れた。「お気の毒に。あなたはそんな辛い目にあったのね」

ルークは掌《てのひら》を返し、彼女の手をとらえて強く握った。「きみはどうして官選弁護人になったんだ？」

ベリンダは苦みの混じった微笑を浮かべた。「わたしの親友が義理の父親にレイプされたの。その事件を扱った官選弁護人は山ほど仕事を抱えていて、彼女の件で時間をとられたくなかった。それで司法取引をしたのよ。友達は継父が罪を犯したのに刑を受けなかったことにひどくショックを受けたわ。彼女は自分の家に帰ることもできなかった。お母さんに、自分から誘惑したと思いこまれてしまって……」ベリンダは悲しげに頭を振った。「わたしはその時その場で心を決めたの。絶対に弁護人になろうって。で、法律を学んでここにいたったわけ。そんなのは人生の浪費だと、兄がにべもなく言うのを振り切ってね」

ルークは笑った。「きみのお兄さんのことはよく覚えている。ぼくが知っている中で、もっとも血も涙もない実業家だった」

「ええ、そう。でも、結婚してすっかり変わったわ。石のような心を維持することをあきらめたの。兄は、いまではわたしの大ファンよ」

ルークの青い目と彼女の目が出合った。見つめ合ううちに、ルークの口元にゆっくりと微笑が広がった。「だろうね。だが、きみのファンは彼一人じゃない」ルークはぐっと身を屈《かが》め、唇を彼女の唇のすぐそばに近づけた。「ぼくもきみが好きだ。ミス・官選弁護人」

そして彼はベリンダにキスをした。

3

ほんの軽い、からかいのキスのつもりだった。ところが、そうはならなかった。おりていった唇が触れたやわらかな口は、さながら爆薬のようだった。ルークは息をのみ、ほんの少し頭をもたげた。ベリンダの目の中にも同じショックと喜びを認めると、再び唇を合わせた。

今度は、軽いキスでも、やさしいキスでもなかった。ルークはベリンダを持ちあげて自分のたくましい長身の体に押しつけ、息が切れるまでキスをした。彼は息をはずませながら、当惑して見開かれたベリンダの目を物珍しいものでも見るようにのぞきこんだ。

「おろしてちょうだい」ベリンダは小さい声で言った。

「本当にそうしたいのか？」ルークは彼女の顔を探るように見ながらきいた。

「ええ。子供たちが……」

ルークは彼女の足をそっと地面につけ、納屋の戸口を見やった。少年たちの姿は見えなかった。「誰も見ていない」彼女のキスでふくれた唇に人さし指を這《は》わせ、静かに言った。

「これは病みつきになりそうだ。きみはどう？」

ベリンダはごくりと唾《つば》をのみ、さらにもう一度唾をのんだ。頭がぼうっとしていたが、とにかく彼から離れなくてはならないと思った。「わたしは夏の休暇で来ているだけなのよ」ようやく言ったが、自分の声のようには聞こえなかった。

ルークはゆっくりと微笑を広げた。「ヒューストンなんて近いものさ」

ベリンダはなんと答えていいかわからなかった。抑えつけ、心の奥に押しこめて忘れていた感情がどっと胸に押し寄せた。体は、雨と太陽と風の恵みを受け、顔を天に向けていま花開こうとしている薔薇《ばら》の蕾《つぼみ》のようだった。彼はとても魅力的で、わたしの好きなところがいろいろある。でも、あまりにも急すぎる。

「せっかちすぎたかな」ルークはベリンダの困惑しきった目を見て反省した。「深く考えないでくれ。べつに何かの返事を迫っているわけじゃない。だがぼくは関心がある。きみは？」

ベリンダは呼吸を整えながら、彼のシャツの胸元に視線を落とした。「ええ、わたしも」

ルークはにっこりした。胸が躍った。こんな気持は何年ぶりだろう。彼はベリンダの手を握って納屋の戸口に向かった。「来てくれ。ぼくの馬を見てほしいんだ」

ベリンダは黙ってついていった。白昼堂々、場所もかまわず彼があんなことをするとは信じられなかった。頭がくらくらするような熱いキスだった。そのホットで強烈な後味が彼女の胸をかき乱し、彼女を無口にしていた。

ルークは数頭の馬を持っており、すべてアパルーサだった。彼は一頭ずつ名前で呼び、その特徴を説明した。「ぼくはアパルーサに目がないんだ。アパルーサ愛好家クラブに入っていて、インターネットで熱く語り合っている。これは特別な血統の一頭だ」

「どの品種が好きかということについて、みんな一家言持っているわね」ベリンダはにっこりして言った。「でも、あなたがアパルーサを好きなわけはわかるわ。どの馬も本当に美しいもの」

「サイ・パークスはアラビア馬を持っている。中でも雄の一頭は見事だ。メキシコ湾の砂浜のように、まぶしいほど白い。こっちへ来る前はレースに出していたんじゃないかと思う」

「本当に彼はそんなに気難しい人なの？」

「非常に気難しい。子供たちが彼の土地に入らないようによくよく気をつけるんだな。彼は子供には我慢ならないんだ」ルークは言った。その理由には触れなかった。

ベリンダはふうっと息をついた。「警告ありがとう。わたしがキャンプを始めたのは、都会のスラムに住んでいるあの子たちにちがう生き方があることを見せ、彼らが少しでも変わってくれたらと思うからなの。もちろん、可能性という名の落とし穴のことはいつも頭にあるけど……。でも、勇気が出たわ。ケルズが牧場に興味を示したでしょう。たちまち牛に夢中になるような子には見えなかったけれど、あの子は本当に好きなんだわ。ここでのことは、将来を考える時、何かの足がかりになるんじゃないかしら」

「そのことで一つ考えていたんだが」ルークは言った。「きみたちがキャンプに戻る時、あの子に声をかけてみようかと思っていた。ちょっと残ってロープの扱い方を習ってみないかって。それから、もう一つ考えた。学業を終えたあと、もしここに来る気になったら、雇ってもいいと」

ベリンダは驚いて息をのんだ。「あなたはあの子のためにそこまで……？」

「自分のためでもある」ルークは言った。「頭の回転が速くて牧場の仕事が根っから好きなら、そういうカウボーイはどこでも引く手あまたさ。ぼくが仕込んで、見込みがある思えば、雇ってもいい。きちんと学校を卒業したうえでのことだが」

「ケルズは天に昇るほど喜ぶわ」

「よく検討して決めるまで言っちゃいけない」ルークは釘《くぎ》をさした。「夢をふくらませておいて落胆させるようなことにはしたくない」

「決してもらさないわ」ベリンダはルークの顔をしげしげと見た。「あなたは子供たちの扱いがじょうずなのね」

「妹の娘をお守りして学んだんだ」ルークはにやっとした。「映画や公園やカーニバルによく連れていったよ。いまそれは、その子のパパの仕事だ。イリージアが再婚し、姪《めい》がそばにいなくなって寂しい」

ベリンダは馬をしばらく眺めた。「結婚して自分の子供を持ったらいいわ」

「じつは、いまちょうどそう思っていたんだ」

ベリンダは彼の方を見なかった。胸の中で心臓が激しく打っていた。

ルークは彼女の手を引いて馬の放牧場をあとにした。「そろそろ子供たちのところに戻ろう。雄牛の柵《さく》を乗り越えたりしていなけりゃいいが。自分がやんちゃだったころにしでかしたことをよく覚えているんだ」

「お父さんはどうやって生計を立てていたの？」

「おやじの代わりに祖父が養ってくれていた」ルークは答えた。「この牧場は祖父のもので、おやじはしらふの時だけ手伝っていた。祖父がぼくらを守ってくれていたんだ。祖父が死ぬと、すべてがひどいことになった」

「でも、あなたは頑張って牧場を続けた」

「助けてもらったんだ。近所の人たちや、友達、親戚《しんせき》……。ろくでなしのおやじだったが、みんなが何かと手を差しのべてくれた。だから、ぼくはいまもここにいる」ルークはしみじみと言った。「ここに住む者は大きな家族の一員なんだ。ジェイコブズビルはそういうところなんだ。人々はきみがここで何をしているのか知っている。そしてきみのことをそれとなく心配している。ぼくはどこかよその土地に住むなんて考えることもできないよ」

「わかるわ」ベリンダはそっと言った。ルークの手の中にある自分の手が小さく弱々しく感じられた。自分がちっぽけに感じられた。ルークがとても好きだった。好きすぎるくらいに。彼はそびえるばかりに大きい。ベリンダは出会ってまだまもない人にこんなに強い感情を抱くなんてありえるだろうか。けれど、まるで前からそう決まっていたかのように、彼の人生にすんなりと入っていけそうに思えた。

ルークはベリンダを見おろして微笑した。彼女は美人で、怒りっぽくて、少年たちのことを真剣に心配している。彼は自分の子供と一緒にいるベリンダを目に浮かべることができた。自分の子供が危機に瀕《ひん》したら、彼女はまさに母ライオンのように敵に挑むだろう。ルークはイリージアの二人の子供を愛しているが、将来のこと、自分の死後この牧場を継いでくれる我が子のことを考えないわけにはいかない。いつの間にかベリンダをその対象として見ているのも不思議ではなかった。彼女は牧場主の家の出だし、やさしい心を持っている。気楽に遊ぶだけの女友達ならたくさんいるが、この歳《とし》だ、そろそろ身を固めることを考えた付き合いを始めるべきだろう。

午後遅く、少年たちはベリンダに引き連れられて帰っていった。鞍《くら》をつけた馬に乗ってたっぷりと牧場ツアーをしたので、お尻をひりひりさせている。けれど、みんなうれしそうだった。

「明日はあちこち痛くてたいへんだぞ」ルークはベリンダをワゴン車のところまで見送りながら、くすくす笑った。「ふだんまったく使わない筋肉を使ったからね。ケルズはずいぶん慣れた様子で乗っていた。気づいたかい？　あんなに馬に怯《おび》えていた子にしては、短いあいだにずいぶん上達したものだ」

「あなたの彼の扱い方には舌を巻くわ」ベリンダは言った。「じつのところ、わたしはあの子と心が通じなかったの。彼はむっつりして、ろくに口もきかなかったわ。牛の話をしてからようやく心が通じたの。わたしはドアを見つけ、あなたは鍵《かぎ》を見つけた。彼は少し変わった子なの」

「彼は注目されている」ルークはワゴン車の方へ目をやった。乗りこんでいる少年たちは生き生きとした表情でおしゃべりしている。「みんな悪い子じゃない」彼はふいに言い、自分がそう考えていることにびっくりしたようだった。

ベリンダは微笑した。「ええ、みんな悪い子じゃないわ。そして世の中には彼らと同じような子供があふれているの。若者は結婚し、二年もするとそれは間違いだったと気づく。でも、すでに子供がいる。彼らは離婚してべつの人と結婚する。すると子供は家庭の中のアウトサイダーになってしまう。時には邪魔者にさえなる。貧困層では、事態は当然いっそう悲惨になるわ」

彼女は車の方へ頭を傾《かし》げた。

「そういうことについて、ケルズは本を書けるくらい知っているの。ニューヨークにいたころ、彼の周囲の子供たちのほとんどが警察のお尋ね者か、でなければ麻薬《ヤク》を売っていたそうよ。彼はいずれ自分も同じ道をたどると思っていたわ」

彼女はため息をつき、遠くへ目をやった。

「絶望的な貧しさの中にいると、人は惨めな自己像しか描けず、そこからの出口もなく、あきらめてしまうの。それでアルコールやドラッグに救いを求める。ほんのわずかのあいだでも苦渋を忘れたくてね。でもじきにそのとりこになり、やめられなくなり、またハイになりたいばかりになんでもするようになる。そうしなければ惨めな暮らしや惨めな自分を忘れられないから」

ベリンダは頭を振った。

「時々思うんだけれど、組織化された、貨幣優先主義の、タイムレコーダーに縛られた社会の中で生活を組み立てるのが不得手な人々がいるのよ。その人たちも、自分のペースで働くことができるところでならば、幸福で有用な人生を送れるんじゃないかしらって」

「それは新しい論理だ」

ベリンダは首を振った。「ちがうわ。トフラーを引用しただけよ」

ルークの戸惑った顔を見て彼女は微笑《ほほえ》んだ。

「アルビン・トフラー……『未来の衝撃』の著者よ。トフラー氏には未来を見通す目と人間の心の奥を正しく見抜く目があるわ。彼は、一部の人々は社会変化に決してついていけないと言っているけれど、そのとおりだと思うわ」

「その話をもっと聞きたいな」ルークは口をすぼめた。「いつか夕食に出かけるなんて、きみにはたぶん無理だろうね」

「ええ。子供たちについていてくれる人がいないから無理ね」

「それなら、また何か口実を作ってみんなに来てもらうのはどうかな?」

ベリンダは笑った。「あなたのお好きなように。わたしは子供たちを連れて帰らないと。牧場を見学させてくださってありがとう」

「ぼくは楽しかった」

「わたしも」

ベリンダはワゴン車に少年たちと一緒に乗りこんだ。カーブを描く私道を戻りながら、ついバックミラーに目がいった。ルークが前庭に立って見送っている。両手をジーンズのポケットに入れ、つばの広いカウボーイハットが頭を覆っている。彼はこの土地そのもののように見えた。彼の姿を見るだけで、胸の中が何かしら熱くなった。

それからの数日、ベリンダは納屋での出来事を、あんなふうにはめを外したことを、折に触れては後悔した。それで怖《お》じ気《け》づき、また牧場へ行きたがる少年たちにすげない返事をしていた。それが重大な結果を招くとは思ってもみなかった。ケルズはといえば、ロープ投げで牛をとらえてみたくてうずうずしていたが、それがかなわず、退屈を持てあましてむっつりしていた。

日がさんさんと照るある午後、ケルズは仲間のあいだからこっそり抜け出した。それより以前に、彼はキャンプのそばの物置小屋でしなびたロープを見つけ、毎日何時間もルークの技を思い出しながら投げ縄の練習をしていた。だいぶうまくなった彼は、小屋の裏手の樫《かし》の木の下の古い木挽《こび》き台を馬に見立てて投げるのに飽きてきた。本物の去勢牛にロープをかけられるかどうか試したくなった。ミス・ジェソップはほかの子たちにラップトップ型のコンピューターの使い方を教えている。ケルズはコンピューターより牛のほうが好きだった。彼は巻いたロープを手にこっそりと外に出ると、赤毛の牛がたくさんいる牧草地に向かった。

ルークの牛はくねった砂利敷きの道の一方の側にしかいないのだが、ケルズはそれを知らなかった。ルークの牛の大部分がヘレフォード種で、白と赤の斑《ぶち》だということは知っていた。ここにいるのは赤毛のばかりだが、同じ種類でもいろんなのがいるのだろう。去勢牛でないことはたしかだった。体型でわかるし、それに角がある。こっちのほうがロープをかけやすそうだ！　彼はあたりを見回してから有刺鉄線をくぐり抜けた。青々とした牧草地を縁どっているまばらな木立のあいだに入りこみ、なだらかな斜面の草を食《は》んでいる一頭の若い赤い牛の方へ進んでいった。

ルークに教えてもらってから練習に練習を重ねた投げ縄の腕を試す絶好のチャンスだった。一回目は失敗だった。が、牛は逃げず、草を食みながら、妙なやつがいるという顔を向けただけだった。ケルズはロープを巻きとり、もう一度投げた。今度は成功した。輪は角にひっかかることもなく、するりと牛の首に通った。彼はうれしくて笑いながらロープの輪を引きしめにかかった。

彼は慎重にゆっくり若い雄牛を引いて丘を下り、ゲートの方に向かった。その時、怒鳴り声がし、つづいて背筋が凍るような音がした。ライフルを撃つ音みたいだった。

ケルズはぎくりとして立ち止まり、ロープを握ったまま振り返ると、ものすごく大きな白い馬に乗った恐ろしげな男がすぐ向こうの丘の上にいた。ライフルを肩にかまえている。顔は帽子のつばに隠れて見えなかったが、町の不良と何度か小競り合いしたことがある少年には、その男のすごみがすぐにわかった。

ケルズはロープを地面に落とし、急いで両手をあげた。「撃たないで！」彼は叫んだ。「投げ縄の練習をしていただけなんです」

男は答えなかった。いま彼は携帯電話を手にして番号を押している。彼は携帯電話でちょっと話すと、すぐに切った。

「座れ！」太い荒々しい声が言った。

がらがら蛇がいるかもしれない草地に座るのはぞっとしなかった。けれど撃たれたくない。ケルズはしゃがんだ。あれはルークが気をつけろと言っていた牧場主にちがいない。あの時はよく聞いていなかった。しっかり注意を聞いていればよかったと、ケルズは惨めな気持でつくづく思った。

ケルズはどうして昼食を食べに来なかったのかしら。不審に思いながら後片づけにとりかかろうとした時、携帯電話が鳴った。ベリンダは携帯電話を耳に当ててしばらく話を聞くと、がっくり座りこんだ。

「彼らはきみの番号がわからないんでぼくにかけてきた」ルークは苦々しく言った。「こっちの用を片づける時間をちょっともらえれば、きみを拾って一緒に警察署に行ける。彼らのことはきみよりぼくのほうが知っているから」

「起訴しないようミスター・パークスを説得できるチャンスはどのくらいあるかしら?」

ベリンダは半ばあきらめながらたずねた。

「限りなくゼロに近いな」ルークはそっけなく言った。「サイ・パークスが事を好きに運べるなら、ケルズは銃殺だ。彼がこっちの話に耳を貸すとは思えないが、とにかくやってみよう」

「どのくらいでこっちへ来てくれるの?」付き添っていくと言うルークに、ベリンダはひとことの反発もしなかった。

「二十分だ」

実際には、ルークは十五分で行った。こうもりの翼形の革のズボン当てに、泥のこびりついた拍車をつけた古いブーツ、長袖《ながそで》のシャンブレーのシャツという仕事の格好のままだった。つばの広いカウボーイハットを目深にかぶった彼は、ベリンダを大きなピックアップトラックに乗せて町に向かった。

「ここの警察が、正当な理由もなく人を逮捕するほど仕事中毒だなんて思うな」運転しながらルークは言った。「サイは逮捕しろと警察にがんがん言うだろうな。法律の規定ではケルズは不法侵入だが、常識的な頭の持ち主なら、誰も本気であの子を牛泥棒として訴えはしないだろう。ケルズは雄牛をいったいどうするつもりだったんだ？」

「彼は投げ縄げの練習をしていたわ。このあいだあなたが教えたでしょう」ベリンダはしょんぼりと言った。「木挽き台を相手にするのに飽きて、本物で練習したくなったんだと思うわ」

「パークスの土地には決して入るなと注意しておいたのに！」

「柵のどっち側がパークスの土地か彼は知らなかったんだわ。たぶん牛の色にも注意を払わなかったのね。あなたのところのは赤白の斑で、パークスのところのは赤毛だけれど、あなたのところには単色のもいると思ったのかもしれないわ」

「まったく厄介なことになった」ルークは腹立たしげに言った。

「あなたが思う以上に悪いわ。ケルズには前歴があるから、もう家に帰れないかもしれない。ただちに非行青少年短期収容所に送ろうとするんじゃないかしら」

「まったく！」

ベリンダはサイ・パークスに強い怒りを覚えた。ケルズが彼の土地に入りこんだのは悪い。でも、彼は子供で、知らずにしたのだ。パークスはなぜそんなに杓子《しやくし》定規に法律を振り回すのだろう？

ひどく長い道のりに思えたが、ようやくルークは警察署と消防署と市の留置所が一緒に入っている飾り気のない煉瓦《れんが》造りの建物の前でトラックを止めた。

「こっちだ」彼は先に立ち、ベリンダのためにドアを開けた。

建物の内部は冷房がきき、非常にきちんとしていた。ルークは警察と書かれたドアを開け、ベリンダを促して受付カウンターの前に行った。「ケルズという子を請け出すために来たんだ」

「ああ、その件ね」受付係の女性はため息をつき、書類をめくって頭を振った。「ミスター・パークスはかんかんよ」彼女はルークを見た。「彼はまだいるわ。署長に噛《か》みついて困らせている」

ルークの青い目が冷たい鋼のように光った。「いま？　どこにいるんだ？」

受付係はためらった。「ルーク……」

「教えてくれ、サリー」

「署長の部屋よ。あなたが来たことを知らせてこなくちゃ」

「自分で知らせる」

ルークは突進するかのように歩きだし、ベリンダは驚いてそのあとを追った。

それは初めて見るルークの一面だった。彼はノックもそこそこにブレイク署長の部屋にずかずか入っていった。署長は困りきった顔をしており、背の高い、黒髪にグリーンの目をした、引き締まったスリムなもう一人の男が相手をにらみつけていた。

その男サイ・パークスは、入ってきたルークに敵に対するような険悪な顔を向けた。「告訴をとりさげるつもりはない」彼は目をぎらりとさせ、声に脅しをこめて即座に言った。「非行少年のグループにうちの南の牧場の隣でキャンプされるのはごめんだ。牛に手を出すやつがいたら、片っ端から刑務所に放《ほう》りこんでやる！」

いつも聞く台詞《せりふ》だわ。ベリンダは胸の中でつぶやいた。

ルークはひるまなかった。つかつかとサイに歩み寄り、背丈がほぼ同じ相手とまっすぐ目を合わせ、金髪の頭にかぶった帽子を額から押しあげた。「ぼくがケルズに投げ縄の手ほどきをした。あの子はロープ投げに夢中だ。うちの牛で練習していたが、うちのには角がない」

サイは何も言わなかった。だが、聞いていた。

ルークは言葉を継いだ。「彼は都会の子で、CDプレイヤーを盗んでつかまった。プレイヤーがほしくて盗んだんじゃない。継父があの子に暴力を振るっても知らん顔をしている母親に報復したかったんだ」

サイの態度がわずかながらやわらいだ。

脈があるとみたルークは声を強めて続けた。「あの子は十七歳だから、もう少年とは見なされない。おたくが起訴すれば何年かぶちこまれる。前科者の烙印《らくいん》は永久に消えない。彼は刑務所にいるあいだに押しも押されもせぬ悪党になるだろう。そしてぼくは、めったなことでは見つからない非常に有望な若い牧童を失うことになる」

サイは疑わしげに目を細めた。「あの子が牛が好きだっていうのか?」

「ああ、とりつかれている」ルークは答えた。「ベリンダからきき出せるだけきき出し、今度はぼくの脳みそまでほじくろうとしている。馬にもうまく乗れた。初めてなのに生まれた時から乗っていたようだった。牛の種類を覚えてからというもの、寝ても覚めても牛のことばかり言っている」

サイの顎がこわばった。「子供にまわりをうろつかれるのは我慢ならない」

ルークは少しも目をそらさなかった。サイが常に左手をポケットに入れていることは前から気づいていた。その理由も知っていた。この男は同情されるのがいやなのだ。それで根性をねじ曲げ、人を寄りつかせないようにしているのだろう。

「子供たちを忌み嫌ったところで、きみの子供は戻ってこない」ルークは静かに言った。

サイ・パークスの顔がゆがんだ。ルークに殴りかかろうとするように身がまえる。

「やっていいぞ」ルークはびくともせず、穏やかに言った。「そうしたければ、ぼくを殴れ。遠慮はいらない。だが、あの子は放免してくれ。あの子にはおたくの牛に危害を加える気持などこれっぽっちもない。牛が好きでたまらないんだから」

サイは固めたこぶしを脇《わき》に落とした。肩の力を抜き、凝りをほぐすかのようにその肩を動かし、ルークをにらんで氷のような冷たい声で言った。「ぼくの過去には二度と触れるな」それから彼は署長を振り返った。「ぼくが起訴しなければ、きみはあの子を放免するか？」

「厳重注意のうえで」ブレイク署長は同意した。

サイはためらい、ベリンダ・ジェソップの方を見た。彼女は青ざめてものも言わず、見るからに動揺している。「あのサマーキャンプというのはいったいどういう趣旨なんだ？」

彼は冷ややかにきいた。

「都会の子供たちを六人連れてきました。田舎を見せて、こういう生き方もあるのだということを示したかったんです」ベリンダは穏やかに答えた。「牛も牧場も、小さな町も一度も見たことがない子がほとんどです。貧しさの中で育ち、両親からも邪魔にされている子たちです。彼らの周囲にいるのは雀《すずめ》の涙ほどの給料で死ぬまで働きつづける人々か、あるいは麻薬取引で大金を稼ぎ、高級車を乗り回している男たちです。わたしは何かを変えられたらと思ったんです」

ベリンダは後ろで両手を握り、少し誇らしげに胸を反らした。

「ケルズにはとてもよい変化がありました。こんなことになるなんて……。申し訳ありません。あの子にもっと注意を払っているべきでした。彼はこの二日、ロープ投げの練習をしていました。あそこをルークの牧場だと思って雄牛をつかまえてみたんだと思います」

「純血種のサンタ・ガートルーディスとみすぼらしいヘレフォードの区別もつかないとはな」

「おい」ルークがいきり立った。「うちのヘレフォードにけちをつけるのはよしてもらおう！」

二人の男はにらみ合った。

「ケルズはどうなるの？」事がエスカレートしないうちにベリンダは水を差した。

「放してやれ」ぶっきらぼうにサイが言った。

ブレイク署長はちらりと笑みをもらした。「その気になってくれてよかった。牛にロープをかけただけで犯罪になるとは思えないですからね」

「あんたはうちのサンタ・ガートルーディスを見ていないからそう言うのさ」サイは言い返した。

ブレイクは小さく笑っただけで、裏へ行ってケルズを連れてきた。

ケルズは叱《しか》られてしょんぼりし、この世の終わりが来たように打ちひしがれていた。彼はサイ・パークスの姿を見て顔をしかめた。

「おれ、ヒューストンに帰されるんだ。そうなんだよね？」ケルズはベリンダにきいた。目に涙がにじんでいる。

「いや」ルークはサイをにらみつけながらそっけなく言った。「きみはこれからキャンプが終わるまでうちの牧童小屋に来るんだ」

ケルズは横面を張り飛ばされたような顔をした。「それ、冗談だよね」

「ちがう」ルークはきっぱり言った。「牛にロープを投げたいのなら、牛のそばにいなくちゃな。それに、将来の相談もある。きみの将来だ。さて、帰ろう」

ケルズはためらっていたが、サイ・パークスのそばに行き、ふさわしい言葉を探すように唇を噛んだ。「あの――あんなことしてごめんなさい」少年はおずおずと言った。「あそこの牛はミスター・クレイグのところのとはちがうってわかってました。でも、彼はほかの種類も飼っていて、それがあそこにいるのだと思って。おれ、悪さをしようとか、そんなつもりは全然なかった。ただ何か生き物で試してみたかったんです。釘で打ちつけた板にいくらロープを投げても張り合いがないから」

サイは居心地悪そうな顔をし、右手でよくわからないしぐさをした。「わかった。二度とするなよ」

「しません」ケルズは約束した。そしてはにかんだ笑顔で言った。「でも、あそこにいた雄牛はみんなすっごくきれいだったな。あの品種は南テキサスのキング牧場が最初に作ったんでしょう?」

サイはふいをつかれ、ちょっとぽかんとした。「ああ、そのとおりだ」

「だと思った」ケルズは得意そうににっこりした。「今度はサンタ・ガートルーディスとヘレフォードのちがいがちゃんと言えるぞ」

サイはルークと複雑な視線を交わした。

「うちの新しいサンタ・ガートルーディスを見に、この子を連れてこないか」サイはぼそりと言った。「その時は先に電話してくれ」

ルークはむろん、その部屋にいたほかの全員が目を丸くしてサイを見た。

サイはにらみ返した。「みんな耳が聞こえなくなったのか?」彼は苛立《いらだ》たしげに言った。

「さて、ぼくは帰ろう。ここに突っ立って一日おしゃべりをしている暇はないからな。どこかの誰かさんみたいに」彼はベリンダの方に昔風な奇妙なしぐさでちょっと帽子を傾けると、嵐《あらし》のように立ち去っていった。

ドアを開けようとしてサイ・パークスがポケットから出した左手を見て、ケルズは大きく息をのんだ。幸いその声は、すでに部屋を出ていたサイの耳には届かなかった。

「あの人のあの手、どうしたんだ？」ケルズが驚いてきいた。

「ワイオミングにあった牧場が焼けたんだ」ルークが静かに言った。「奥さんと小さい息子が家の中にいた。彼は二人を助け出せなかった。助けようとしなかったんじゃない。その証拠に、彼はあんな火傷《やけど》を負った」

「そうなのか。それで彼は子供が嫌いなんだね」ケルズはしんみりと言った。「無理もない。亡くした息子を思い出すもの。そうだよね、ミス・ジェソップ？」

「ええ、そうね。お気の毒に」ベリンダはケルズにやさしく腕を回した。「さあ、そろそろ帰りましょう。お昼のあとほかの子供たちを放りっぱなしですからね」

「迷惑かけてすいません」ケルズが言った。

ルークは少年ににっこりした。「ちっとも迷惑じゃないさ」それから署長を見て微笑した。「ありがとう、チェット」

チェット・ブレイクは肩をすくめた。「礼を言われるようなことじゃない。あなた方が来た時、告訴をやめるようパークスを説得していたんだ。残念ながらうまくいかなかった。彼の決心は揺るがなくてね」

「彼は頑固な男だ」ルークは言った。「だが、最後には正しいことをした」

「ああ、そうだな。まだ芯《しん》まで凍りついてはいないということだろう」ブレイクは答えた。

三人は口数少なく、けれど打ち解けた雰囲気でベリンダのキャンプに戻った。

キャビンの前でトラックを止めると、少年たちがどっとポーチに出てきてベリンダを出迎えた。

「ケルズを一緒に連れていく」ルークはベリンダに言った。「彼はぼくが引き受けた。きみは明日あさってにも様子を見に来るといい」

「冗談だと思ってたけど、本気だったんだね！」ケルズがうれしそうに叫んだ。

「もちろん」ルークは言った。「ケルズ、きみはカウボーイの素質がある。最高の働き手になれるようにきみを仕込んでみようと思う。で、学業を終えて、その時もなおきみの気持が変わらなかったら、カウボーイとして雇ってもいい」

ケルズは口もきけなかった。膝の上の両手をじっと見つめ、顔をそむける。まばたきして目の中の光るものを押しもどした。そして声をつまらせて言った。「ありがとう、ミスター・クレイグ」

「ルークでいい」彼は言った。「きみを歓迎するよ」

「いってらっしゃい」ベリンダが言った。

ケルズはルークの隣の座席に乗りこみ、ドアを閉めると、窓から身を乗り出して仲間の少年たちに手を振った。「おれ、カウボーイ修業に行ってくるよ！　じゃあ、またね！」

みんなが手を振った。ベリンダも少年たちと一緒にポーチで手を振り、にこにことトラックを見送った。

「ケルズは刑務所に入るの？」ファニートがきく。

「いいえ、そうじゃないの。ミスター・パークスは告訴しないでくれたのよ」ベリンダはそう言いながら心からほっとしていた。「明日かあさって、ケルズがどうしているか、クレイグ牧場に見に行きましょう。でも、いまは――」彼女は散らかった小さなキッチンとダイニングテーブルに目をやってうめいた。「お皿洗いと家のお掃除のレッスンよ」

キャビンの外までもれるほど、大きなうめき声がいくつもあがった。

4

それから二日間、ベリンダはキャンプの少年たちを泳ぎに連れていったり、釣りに連れていったりして忙しく過ごした。子供たちは釈放された囚人のようだった。自然に囲まれていくらでも楽しく過ごせる。自由を縛る日課表も、規則もない。彼らにとって、それは休暇以上のものだった。別世界への入口だった。いくらかでも運があれば、帰りたくないもとの家に戻ったのちも、まともに頑張る目標として、希望として、この経験が子供たちの心にとどまってくれるかもしれない。

ケルズが警察沙汰《ざた》を起こしてから二日後、全員でワゴン車に乗りこみ、最年長の仲間の様子を見にルークの牧場に出かけた。

最初、彼が誰かわからないくらいだった。ケルズは新しいブーツをはき、ジーンズの上に革のズボン当てをつけ、長袖《ながそで》シャツに牧童らしい帽子をかぶっていた。彼は家畜囲いの柵《さく》の上から、こぼれんばかりの笑顔を向けた。白い歯をきらきらさせている。

「ヘーイ!」彼は大きな声で呼びかけ、地面に飛びおりて仲間を迎えた。「ミス・ジェソップ、おれ、朝のうちずっと馬に乗ってたんだ。ミスター・クレイグは去勢牛の群れを分けたり、ロープを投げてつかまえるのもおれにやらせてくれたよ！　あれはクォーター・ホースだ」囲いの中の馬の方へ顎をしゃくって、得意そうに仲間に教えた。「強くて足が速い。バンディって名前で、カッティング・ホースなんだ。牛を群れから分けるために調教された馬さ。人間は鞍《くら》の上に座っているだけで、仕事はこの馬が全部やってくれるんだ。彼はすごく賢い！」

「バンディは自分でもそう思っているよ。間違いなくね」ルークがやってきてそばから口をはさみ、ケルズを指さした。「うちの新しい牧童をどう思う？　なかなかさまになっているだろう？」

「ええ、とても」ベリンダはにっこりした。「その格好のところをぜひ写真に撮らなくちゃ」

「もう撮ったよ。今朝」ルークはにんまりして答えた。「ヒューストンに帰ってからみんなに見せる、いい写真ができるぞ」

「おれ、一生懸命働くよ、ミス・ジェソップ」ケルズが真顔で言った。「生まれて初めて頑張る気になった。目標ができたから、学校もそんなにいやじゃなくなるだろうな」

「ケルズ、一つ内緒の話を教えよう」ルークが言った。「じつは、ぼくも学校の勉強はきつかった。だが、ちゃんと卒業した。だから、きみにもやれる」

「おれ、本当の名前はエドなんだ」ケルズがぽつりともらした。「いままで誰にも言ったことなかったけど」

ルークは微笑した。「そう呼んでほしいのか？」

ケルズはためらった。「エディじゃどうかな？　エディ・マーフィーが好きなんだ、おれ」

「エディ・マーフィーはぼくも好きだ」ルークはにやっとした。「彼が出ている映画は一本も見逃したことがない」

「そりゃ相当なもんだね！」ケルズはいたく感心した。

「じつは、わたし、一度実際に彼を見かけたことがあるのよ」ベリンダが口をはさんだ。「メキシコのカンクンで、休暇旅行の時に。スクリーンで見るのと同じように本物もかっこよかったわ」

「話しかけてみた？」ケルズがきく。

ベリンダは首を横に振った。「恥ずかしくてとてもそんな」

ルークは額から帽子を押しあげ、しげしげと彼女を眺めた。「恥ずかしくて？」

ベリンダはつんとした目を向けた。「ええ、恥ずかしくて！　わたしだって時にはシャイになるわ」

彼は彼女の唇に視線を集中した。「いまは？」

ベリンダは赤くなった。「このあいだあなたが言っていたホルスタインを見せていただけない？」

「いいとも」ルークは即座に言った。「ケルズ、男の子たちを牧場に連れていって、なぜうちでは乳牛用としてホルスタインを飼っているか説明してやってくれないかな」

若者はにっこりした。「喜んで、ミスター・クレイグ！　さあ、ついてこい。もうどこだって行き方はわかってるんだ！」

　少年たちはすっかり感心した面持ちでケルズのあとに従った。

「わたしも行っちゃいけないのかしら？」ベリンダはきいた。

「きみにはべつのプランが用意してあるんだ、ミス・ジェソップ」ルークは彼女の手をとり、白い家の方へ連れていった。

「プランって？」ベリンダは訝《いぶか》しんだ。

ルークは足を止め、秘密めいた微笑を浮かべた。「なんだと思う？」

ルークは身を屈《かが》め、ベリンダの唇すれすれのところに口を寄せた。彼が話すと、清潔なミントの香りの息がベリンダの唇をくすぐった。

「ぼくはこんなことを考えているかもしれない。リビングルームのソファはゆったりしてやわらかいとか」彼はささやいた。「誰か二人にちょうどぴったりの大きさだとか」

ベリンダは息が苦しくなった。心臓が胸から飛び出しそうにどきどきしだした。

「あるいは」彼は頭を起こして続けた。「もっと純真な考えを抱いているかもしれない。一緒に来て確かめてみないか？」

そんなことはいけないと自分に言い聞かせながらも、ベリンダは手を引かれるままにルークについていった。

ルークは彼女の腕をとってポーチの階段をのぼり、家の中に導いた。家の中は風が通って涼しかった。家具は明るい色で、そこここに落ち着いた配色の敷物が置かれている。窓には飾らない白いカーテンがかかり、広々としたキッチンは白と黄色で統一されていた。

「すてき」ベリンダはあたりを見回し、思わず感想をもらした。

「きみ、料理はできるかい？」

「ごく何品か」彼女は答えた。「デザートはからきしだめなの。でも、ロールパンやビスケットなら」

「ぼくもそのくらいは。その気になれば」ルークはキッチンテーブルの前に腰をおろし、べつの椅子の上に脚をあげて組んだ。「コーヒーは？」

「一番得意よ」ベリンダは微笑した。

「じゃ、お手並み拝見といこう」

ルークはコーヒーとフィルターとドリップ式のコーヒーメーカーをしまってあるキャビネットを指さし、ゆったり座って彼女の動きを眺めた。

「よかったら、そこにチョコレート・パウンドケーキがある」ルークは弾力性のある、ばかでかい容器を指し示した。「昨日妹が持ってきたんだ。何か頼み事があると、妹はいつも物でぼくを釣ろうとする」彼は笑った。

「どんな頼みだったの？」

「ベビーシッターだ。小さい息子と娘を預かることになったよ。妹とトムは一泊旅行でニューヨークのメトロポリタン劇場のオペラを見に行くんだ」

「あなたって本当に子供好きなのね」

「歳《とし》をとるほどそうなる。ふと気づけば、自分の子供がほしいと切実に思ったりしている。ぼくが死んだあと、この牧場を継いでくれる者が誰かいないとね」

「もしあなたの子供たちが牧場の仕事が好きじゃなかったら？」

ルークは顔をしかめた。「ぞっとするな」

「動物が嫌いな人間っているわ。実際に二、三人知っているけれど」

「ぼくも知ってる。少数だがね」

「でも、可能性がなきにしもあらずよ。その場合、あなたの王位継承計画はどうなるのかしら？」

「煙と消えるだろうな」

ルークは帽子を脱ぎ、椅子のそばの床に落としてじっとベリンダを見つめた。しだいに落ち着かなくなってきた。静寂が張りつめ、コーヒーの落ちる音がだんだん大きくなってくる。

「ここにおいで」

ベリンダは困惑しながら、突っ立ってルークを見つめていた。

彼の青い目は底光りしていた。彼の表情にはベリンダの膝をがくがくさせるものがあった。まるで催眠術をかけられているようだ。

「おいでと言ったんだよ」ルークはそっと繰り返した。彼の声は官能的なささやきのようだ。

ベリンダは彼の方へ歩いていった。感情が命じるままに一歩一歩。愚かなことだと、頭ではわかっていた。本当のところ彼について何も知らない。それなのにずるずると誘惑の淵《ふち》に……。

ルークは腕を差しのべ、彼女を自分の膝の上に引き寄せた。ベリンダが胸中に渦巻く戸惑いを口に出す暇もなく、ルークは彼女の頭を胸に押しつけ、まるで命のありったけをかけるようなキスをした。

抵抗不可能だった。彼は強くて、やさしくて、ベリンダの中の女の部分は一から十まで彼を受け入れていた。ごく短いあいだに、二人の人間がこれほど親密になれるものだとは知らなかった。

ルークの腕がこわばった。彼は唐突に体を離し、立ちあがった。恐ろしく硬い顔をしていた。彼はベリンダの腕をぎゅっとつかみ、当惑を浮かべている緑色の目を見つめた。

「コーヒータイムは終了だ」彼はかすれた声で言った。「子供たちのところへ行こう」

「ええ」

帽子をすくいあげて頭にのせるルークの動作は無駄がなかった。ベリンダはあとについて外に出た。彼は二人のあいだに少し距離をとりながら先を歩いていく。ベリンダは心穏やかでなくなった。彼に調子を合わせてなれなれしくしすぎてしまったのだろうか。彼をひっぱたくとか、身をもがくとかすべきだったのだろうか。とにかく何かがまずかったんだわ。

ルークが網戸を開けた。ベリンダが通り抜けようとすると、彼の長い腕がのびて行く手を阻んだ。

「さっきのはとてもよかった」彼はかすれた声で言った。「だが、焦るのはよそう。きみもそうだろうが、ぼくも一夜だけの情事は望みじゃない」

「まあ」彼と一緒にいるうちに、片言しか言えなくなってしまったみたいだ。ベリンダは彼の顔を見ず、腕に視線を落としていた。

ルークは彼女の顔を仰向けた。「もし、きみを追い払いたいなら、率直にそう言う」頭を屈めてそっと唇を触れ合わせた。「エキゾチックなデザートを丸のみにする法はない。

時間をかけて、できるだけゆっくり味わわなくちゃね」彼はベリンダの下唇をやさしく嚙んでから頭を起こした。「きみのサマーキャンプが終わってから、ぼくがヒューストンに出かけるというのはどうかな？　演劇やバレエを見に行こう。きみが好きならロデオだっていい。ぼくの娯楽の守備範囲はかなり広くて、なんでも好きだ」

「わたしもそうなの」ベリンダはささやくように言った。「オペラも好きだし」

「それも追加だ」ルークはにっこりした。「いつかトムやイリージアと一緒にニューヨークのメトロポリタン劇場に行くのもいいな」

「メトロポリタン劇場には一度しか行ったことがないの。あそこはすてきね」

「一度行ったら忘れられない。オペラそのものもいいが、舞台装置や特殊効果や何もかもが楽しめる」

ベリンダは恥ずかしげに、彼のシャツの模様を指先でなぞった。「あなたとどこかへ出かけられたらいいわね」

「ということは、デートだ」ルークは彼女の頭越しに、遠くにいる少年たちに目をやった。彼らは講義でも聞いているように固まって立っていた。きっとそんなところだろう。ケルズは覚えが速く、たった二日で多くのことを学んだ。「あの連中を引き連れてじゃ、映画に行くのも楽じゃないな」彼は笑った。「ポップコーンをがさがさむさぼり食うだろうからな」

「ええ、きっと」ベリンダはルークの腕の、筋肉が一番盛り上がっているところに指を触れた。たくましい感触がすてきだ。こうして彼のそばにいるのがうれしかった。「あなたは子供たちに親切だわ。とくにケルズには」

「あの子はひどい仕打ちを受けてきた。ほかの子たちもそうだと思うが、ケルズにはとくにその影が見える。だが、いい話がある。牧童たちは宿舎に来た彼をすぐに受け入れたよ。中の一人はぼくにこう言った。こっちが教えこもうとするんじゃなく、向こうからきいてくれるんでうれしいってね。ケルズにいろいろ質問されると、牧童たちは偉くなったようで気分がいいんだ」ルークは口をすぼめた。「あの子は人に好かれる才能が自分にあることを知っているだろうか。あの人嫌いのサイ・パークスでさえそうだった」

「ケルズは自分の長所を開拓しているところね。でも、もしあなたという人がいなかったら、こんなに見る見る変わることはなかったでしょう。感謝しています」

ルークは肩をすくめた。「前にも言ったが、彼の熱意はいずれぼくに返ってくる。ケルズは心底牛に惚《ほ》れこんでいるんだ」

ベリンダは彼の顔を眺めた。「あなたもね」

ルークはにやっとした。「子供のころ、カウボーイになるのが何より夢だった。うちの牧童の中に昔ロデオのスターだった男がいて、ぼくは何時間も彼のそばに座って、むさぼるように話を聞いていたものだ」

「うちの隣の牧場にもいたわ。ウォードもわたしもその人のことが大好きだった。彼と母がおかしなことになるまでは」

ルークは眉をひそめた。「えっ？」

ベリンダはため息をついた。「たぶん、あなたにも知っておいてもらったほうがいいわね。母は男なら誰でもかまわなかったの。ついにその中の一人と駈《か》け落ちし、わたしたちは彼女の汚名をかぶって暮らさなくてはならなかった。ラビーンはジェイコブズビルと同じ小さな町よ。だから、そこで噂《うわさ》の種になるのがどういうことか想像できるでしょう？わたしより兄のウォードのほうが傷が大きかったわ」

「世の中には悲しい思いをしている子供がいっぱいいるんだな」ルークはつぶやいた。

「そのとおりよ」

「そのせいで、きみはお兄さんの牧場を避けているのかい？」

ベリンダはくすっと笑った。「ちがうの。兄のところの家政婦――いえ、いまは義理のおばとなったリリアンが余計な世話をやくからよ。彼女はあきれた口実をつけて、マリアンという姪《めい》を連れてうちに住みこんだの。で、ウォードはマリアンに恋をした。兄は愛なんて無用だと思っていたから、自分が彼女なしでは生きられないことを認めるまでがそれはそれはたいへんだったの。マリアンは兄をすっかり変えたわ。彼女と結婚してから、兄は前のような冷たくて容赦ない人じゃなくなった。というわけで、大成功をおさめたリリアンは、今度はわたしに目標を定めたわけ。わたしは彼女の男性の好みが好きじゃないのよ。それで、なるべく実家に近寄らないようにしているの」

「彼女はどんな相手を投げてよこすんだ？」

「図体《ずうたい》の大きい、どら声の機械修理屋とか、家の半径一キロ以内にやってくる配達人とか」

ルークはあきれて眉をつりあげた。「きみはそれほどもてないわけじゃないだろうに」

「ありがとう」ベリンダは言った。「彼女に手紙を書いてそう言ってやってくださらない？」

ルークはにっこりした。「もう少し時間をくれないか。その問題を解決してあげるよ。もっとも自然なやり方でね」

それはどういう意味かしら？　けれどベリンダは突っこんでたずねるほど大胆ではなかった。彼女はルークの横をすり抜けて外に出た。

それから数日間、ルークは足しげくキャンプを訪れた。ケルズを連れていくこともあったし、一人の時もあった。彼は少年たちに摩擦熱で火をおこす方法や罠《わな》のかけ方、自然の中にあるもので生きのびる術《すべ》を教えた。

「時代遅れの技術だという人もいる」ルークは言った。「しかし、もし突然石油がなくなって、エレクトロニクスや電気で動くものがすべて止まってしまったらどうする？　冷凍食品は腐ってしまう。コンピューターは作動しない。電話も通じない。車で遠くへ行くこともできないだろう。家の暖房も冷房もきかなくなる。それに、自然の中でその恵みをもらって生きるという大昔から伝えられてきた知恵を守っていこうとしなかったら、やがて、それを知っているのは人間だけになってしまうという日がくるかもしれない。開発業者が掘り返していったあとにどれだけの自然が残っているか考えてごらん」

アメリカ先住民の少年ファニートは、ルークが焚《た》き火《び》のために集めた小枝の束に手をやって、自分から話しだした。「おれの大おじさんもよくそう言うよ。おじさんは罠が作れるし、水がないところで水を見つけられるんだ。どのサボテンが食べられて、どのサボテンから水がとれるか知ってる。煙を出さないで火をおこす方法も知ってる。大おじさんのおじいちゃんは族長のジェロニモと一緒に馬を走らせたこともあるんだ」

ほかの少年たちは感銘を受けた。

「だけど、もしそういうことができたとしたって、都会でなんの役に立つのさ？」べつの子がきいた。「ヒューストンで何を罠にかけるわけ？」

「かわい子ちゃん」一年かさの子がにやっとした。

「いまのはいい質問だ」ルークは都会でそんなことが役立つかときいた子の方に向かってうなずいた。「大規模なエネルギー危機が起こったら、一番打撃を受けるのは都市に住んている人々だろう。西部一帯を襲った大停電の時のことを思い出してごらん」

「大停電のこと、映画にもなったよね。あれ、怖かったなあ」ほかの子が言った。

「そうね。でも、死んだ恐竜はまだたくさん埋まっているんじゃないかしら。発見されないだけで。だから、そういう危機がすぐそこに迫っているわけじゃないと思うわ」ベリンダは思いをめぐらしながら言った。

　すると、死んだ恐竜とエネルギーがどう関係があるのかという当然の質問が出た。ベリンダは数分かけて、石油がどのように掘られて製品になっていくか、その過程を話して聞かせた。ルークはじっと耳を傾けていた。

　やがて就寝時間になって少年たちは中に入った。牧場に引きあげることにしたルークは、見送りについてきたベリンダとトラックの陰で足を止めた。

「さっきの講義はよかったよ」彼は言った。

「ありがとう」ベリンダはびっくりした。「生意気な口をきくと言われることがよくあるわ」

　ルークは彼女の手をとり、自分の胸に当てて静かに言った。「ぼくはきみの子供たちへの接し方が好きだ。見下した調子で話したり、どんな質問にもばかにしたような答え方は決してしない」

「そうならないように心がけているの」ベリンダは言った。「自分が学校でそうされてきて、それが気に入らなかったから」

「ぼくもそうだったな」ルークは親指の腹で彼女の短く切りそろえられた清潔な爪を撫《な》でた。「きみの手はすてきだ」

「あなたのも」ベリンダはルークの力強い手が好きだった。彼と手が触れ合う時、胸がときめく感じが好きだった。彼女は夜の闇《やみ》を透かして、背後のキャビンからもれる弱々しい明かりで彼の顔をうかがおうとした。

彼が小さく笑った。「人生はつくづく不思議なものだな。頭のおかしい誰かが、うちの地所のすぐ隣で非行少年のサマーキャンプを開くと知った時にはぼくはかんかんになった」

「思い出すわね」ベリンダも笑った。

「それがあらゆる点で驚きの一日になった。とくにケルズは」ルークは頭を振った。「一転してケルズはすばらしい人材になったんだからね。それに、先祖がジェロニモと一緒に馬を走らせたというファニートという子もかわいい。どの子もみんな、ぼくが想像していたのとはちがって、心を引きつけるものを持っている」

「一人一人個性があって、唯一無二の存在なの。でも、いくつ成功をおさめても拭《ぬぐ》えない失敗を三つしたわ」ベリンダはしょんぼりと言った。「官選弁護人の事務所で働きはじめた当初は、子供が非行に走るのはすべて家庭環境のせいだと思っていたの。それは間違いだったわ。両親に愛されているのに問題を起こす子がたくさんいる。心底子供のことを思っている義理の親もいる。でも、物を盗んだり、嘘《うそ》をついたり、人を傷つけたりするのが悪いということがどうしてもわからない子供たちが現にいるのよ。わたしが引き受けた事件で、わたしを押し倒してレイプしようとした子がいたわ」

彼が体をこわばらせるのがわかった。

「で、きみはどうした？」

「あら、わたしは護身術の達人よ」ベリンダはその時の恐怖を、さもなんでもなさそうに言った。「一度強盗に入られた時には、その男をこてんぱんにやっつけてやったの。それはいい勉強になったわ。こちらがどんなに手を尽くして立ち直らせようとしても、心を入れ替えることができない子がいる。法を犯すことに快感を覚える人間が常に何パーセントか存在するってことね」

「きみが襲われる危険性があるというのは気に入らないな」ルークは言った。

ベリンダは微笑した。「うれしいわ。でも、わたしも前ほどお人好《ひとよ》しじゃなくなったわ。依頼人と話す時はかならずドアを開けておくし、いい秘書がいて、彼女は必要な時はいつもそばにいてくれるの」彼女はため息をついた。「でも、時には自分がまったく無力だと感じるわ。ケルズの件で警察に行った時もそうだった。あなたがミスター・パークスを説得してくださったからいいようなものの、でなかったら、わたしにはどうすることもできなかったでしょう」

「サイはそれほどひどいやつじゃない」ルークは言った。「ただ、彼に立ち向かう姿勢じゃなくちゃいけない。彼はびくついている相手には容赦しないタイプなんだ」

「あなたはびくつかなかったわね」

ルークは肩をすくめた。「ひどい子供時代だったからね。もっとも手ごわい敵は恐怖だと、早くに覚えた。いったんそこを通過すると、もうたいして怖いものはなくなった」

「そうね」彼の腕が背に回される。それには魔法のような効能があった。ベリンダは彼の胸に頬を寄せて目を閉じ、夜の物音と、温かい、たくましい体が与えてくれる安心感に身をゆだねた。「ここにいられるのはあと一週間だけだわ」

ルークがびくんとしたのがわかった。背中をそっと撫でていた彼の両手が止まる。

「一週間？」

「ええ。わたしの休暇はじきに終わり。山と仕事が待っているわ」

「そんなにすぐだとは思わなかった」

ベリンダは目を開き、遠くの地平線のほのかな残照を眺めた。夕闇の中でこおろぎがしきりに鳴いている。「毎日がとても楽しかったから、それを損なうようなことを言いたくなかったの」

ルークが強く抱きしめた。

「ぼくも毎日が楽しい。それに、前にも言ったが、ヒューストンはそんなに遠くじゃない」

「ええ、そうね」

二人ともそれが真実ではないのを知っていた。とても遠いし、ルークは牧場の仕事を放《ほう》り出すことはできない。長距離恋愛は難しい。けれど、それしかないのは明白だった。

「こっちへ来て、ジェイコブズビルで仕事をするというのは無理なんだろうな」

すぐに返事が出なかった。「それもいいかもしれないけれど」ベリンダは口ごもった。その考えはなぜか強い不安をもたらした。彼は、ただ引っ越してきたらと言っているのではないのだ。そのことが怖くなった。彼はわたしを含めた将来を考えている。ベリンダの頭には、両親の結婚の無残な経緯が悪夢のようにこびりついていた。兄はマリアンとともにその悪夢を乗り越えたが、ベリンダは引きずったままだった。誰かと人生をともにしようという気持にはまだとうていなれなかった。

「ここにも少年裁判所の仕事はある」ルークは続けた。「巡回裁判方式だから、ヒューストンのように常に仕事に追いまくられることはないだろうし、かといって、暇を持てあますこともないはずだ。優秀な弁護士を必要としている子供は田舎にもたくさんいるからね」

「ええ、そういう子供たちはどこにでもいるわ」ベリンダはぎこちなく言った。「でも、わたしはヒューストンにもうすっかり根をおろしているし、仕事もそこにあるの。新しい町で、とくに小さな町で、また一から始めるのには不安があるわ」

ルークはしばらくじっとしていた。やがて彼はベリンダに回していた腕をほどき、後ろにさがった。「きみは仕事がそれほど重要なのか？」

さっきまでとはちがう、冷ややかなものがあった。けれど、ベリンダはここで引きさがるつもりはなかった。自立した人生を求めてずっと闘ってきたのだ。「ええ……そうね。いい手応《てごた》えを感じはじめたところだし」

「きみのその仕事は、結婚という将来よりも大事ってことなのか？」

ベリンダはそんな先のことまで考えたくなかった。「いまのところ結婚については何も頭にないわ。もし考えたとしても、ずっと先のこととしてだわ。わたしはまだ縛られたくないし」

ルークは口を引き結び、推し量るようにベリンダを見つめた。「ということは、きみは情事なら乗り気ということか？」

眉間《みけん》に石つぶてを食らったような気がした。その気持を言い表す言葉も見つからない。「そんな……そんなもの望んでいないわ。そういうことに割く時間もないわ。三人でもこなしきれないほどの仕事を一人で片づける毎日ですもの」

ルークはさらに後ろにさがり、トラックのボンネットにもたれて彼女を眺めた。「一つわかっていることがある。仕事より人を大切にしたほうがいい」彼は冷ややかに言った。

「ぼくは家庭より仕事を優先させようなんて絶対に思わない」

「兄は何より仕事優先だったわ」

「きみはきみだ。それに、結婚してお兄さんはすっかり人が変わったと言ったじゃないか」

「ええ。でもわたしは、どんな仕事であれ、いましていることに全力を注げと教えられて育ったの。兄もわたしも小さい時から、父に職業倫理をしっかり叩《たた》きこまれたの」

「自分を変えてみようとは思わないのか？」

ベリンダは顔をしかめた。話はとんでもない方へ進んでいく。何を信じていいかわからなくなった。ルークの人柄に引かれたのに、その彼がいま、仕事などさっさと辞めておとなしく家に引きこもれと言わんばかりだ。それはできない。絶対に。重要な仕事をしているという自負がある。仕事は生きがいであり、神聖なものですらあった。人生の使命を皿洗いや家の雑用の犠牲にはできない。

「わたしは幸福な家庭を築くようにはできていないみたい」ベリンダはうつろな笑い声をたてた。

「鍋《なべ》や皿や汚れたおむつはごめんこうむる。きみは家庭も子供もいらないってことなんだな？」

そこまで念を押されると困るけれど、ルークは皮肉を言っているのだととらえ、ベリンダは少し考えてから返事をした。「そうかもしれないわ。わたしには大事に思える仕事があり、それは誰でもができることじゃない。わたしは仕事が好きだし、社会に貢献していると思うとうれしいわ」

ルークは顔をそむけ、無言で地平線を見つめた。これは予想していなかった。彼は恋に落ち、彼女も同じだと思っていた。だがどうやら彼女には結婚の意思はなく、恋愛関係も望まないと言う。とすれば、残るのは友達でいることだが、友情だけでは彼は満足できそうになかった。

「ぼくはたいした主義は掲げていない」ルークはやがて言った。「ぼくは牛を飼ってる。好きだからやっている。この暮らしが気に入っているんだ。だが、いつか自然のなりゆきとして、家庭を持ちたいと思うようになるだろうと思っていた。子供もほしいし。ぼくはいい父親になるつもりだ。自分の子供時代に恵まれなかったものを全部与えたい。両親の愛やしっかり守られているという安心感を」彼は肩をすくめた。「いまの世の中では古くさい夢かもしれない。だが、ぼくは何よりそれを望む」

ルークは顎を上に向けて天を仰いだ。風が頬にひんやりと当たる。彼はため息をつき、首をめぐらしてベリンダを見た。

「きみや子供たちがそばにいるのが楽しかった。荒れ模様の開幕だったがね」彼は微笑した。「もし来年もキャンプをするなら、また子供たちを連れてくるといい。牧場を案内してどんな仕事をしているか全部見せるよ」

　彼は愛想よく言ったが、ベリンダは一つのドアが突然ばたんと閉じられたような気がした。彼は友達で、夏にはよき隣人となる。けれど、ただそれだけのこと。一緒にオペラに行くことも、週末に彼がヒューストンに訪ねてくることもない。何も言わなくてもわかった。大きな声でそう言われたも同然のように、ベリンダにははっきりとわかった。

「心に留めておくわ。感謝します」ベリンダは低い声で穏やかに言った。

　ルークは肩をすくめた。「それが友達というものだろう？　さて、ぼくはそろそろ帰ろう。一つ頼みがあるんだが、向こうに戻ったらケルズに目を配ってやってくれないか。彼はいい若者だ。あと戻りさせたくない」

「そんなことがないようにするわ」ベリンダは約束した。

　ルークはうなずいた。「じゃ、これで」

「さようなら」

　ベリンダは彼が運転席に座り、エンジンをかけ、気さくに手を振って走り去るのを見送った。一つドアが閉まっただけではなかった。もしかすると叶《かな》ったかもしれない、とてもすてきな何かの終わりだった。その何かを、わたしはすげない言葉で粉々にしてしまった。なぜあんな心にもないことを言ってしまったのだろう。まるで強制でもされるみたいに。

ベリンダは両腕で自分の胸を抱きしめながら自問した。そして結論づけた。わたしは怖いのだと。危ない船に乗るのが怖い、結婚して父と母のように惨めな結果になるのが怖い。自分は不実な人間ではないし、ルークもそうだと思う。けれど、結婚の悲惨さを身近に見ていた。だから怖かったのだ。

仕事は足元がしっかりしている。安全で居心地がいい。将来がだいたい見通せるし、そこへの道筋もわかっている。結婚は迷路だ。見せかけの曲がり角があったり、いきなり袋小路だったり、いたるところに危険がある。そもそもルークのことだって何も知らないも同然だった。外側から見た彼と本当の中身がちがっていたら?

ベリンダは踵《きびす》を返し、キャビンに入った。臆測《おくそく》をめぐらしたところで無益だ。胸の中ががらんとして寂しかったが、そういう寂しさや孤独には慣れている。わたしにはルークと最後の一歩を踏み出す勇気がなかった。ルークはいい人だ。ルークには彼にふさわしい、ほしいものを素直に求める人がきっと現れるだろう。

5

ベリンダは自立の立場を頑固に譲らなかったが、もし心のどこかで、ルークが彼女の気持を変えようともうひと押ししてくるだろうと思っていたとしたなら、それは期待外れだった。彼は少年たちと話しに始終やってきたし、ケルズをカウボーイに仕込むことにもますます熱心だった。彼をベリンダに会わせに連れてきたし、前と変わらず屈託なく、親切だった。けれど、彼はある一線からは絶対にはみ出さなかった。

「もう荷造りはすんだろうな」ベリンダの休暇があさってには終わるという日のこと、ルークは言った。彼はベリンダのいるキャビンの玄関ポーチの柱に背中をもたせかけて立っていた。「帰りたくてうずうずしてるってところかな?」

「そんなことないわ」ベリンダはうっかりしたことを言わないように気をつけた。「キャンプは教育的成果があったし、とても楽しかった。でも、仕事が待っているし、永遠に休暇を続けるわけにはいかないわ」

「続いたらたいして楽しくないだろう」ルークは言い、ジーンズにニットシャツを身につけたベリンダのほっそりとした姿に視線を走らせた。そして唐突にきいた。「きみはいくつなんだ?」

ベリンダはびっくりして目をしばたたいた。「二十七歳よ」

ルークは目を険しく細めた。「歳《とし》をとればとるほど、きみは独立自尊の念を捨てるのが難しくなる。やがては自分の殻に閉じこもり、出てこられなくなるぞ」

ベリンダは彼をにらんだ。「わたしの殻だからかまわないわ」

「人生の華の時代を仕事でつぶしてしまうのは惜しいじゃないか。いくら重要な仕事だとしても。結婚とキャリアを両立させ、子育てさえこなしている女性はたくさんいる。それは不可能じゃない。パートナーに妥協精神があれば、それほど難しいことじゃない」

「妥協なんていらないわ」ベリンダは緑色の目をきらりとさせ、頑固に言った。「言ったでしょう。わたしはいまのままで幸福なの」

「猫を飼うのか?」

ベリンダは眉をひそめた。「どうしてわたしが猫を飼うわけ?」

「伴侶《はんりよ》にさ」ルークはわざと大げさに言った。「きみだって、ずっとたった一人で暮らしてはいけないだろう。そりゃ、寂しい」

「わたしは猫なんて大嫌い!」

「嘘《うそ》だ」

ベリンダは腹立たしくため息をついた。「オーケー。猫は嫌いじゃない。でもペットの世話をする時間がないわ」

「日本製のなんとかいう電子ペットにしたらどうだ。餌《えさ》をやってあとは手入れしてやるだけだ」ルークは肩をすくめた。

「電子ペットなんてほしくもないわ」

「ぼくはコンピューターの中に一匹飼っているけれどね」ルークはのらりくらりと言った。「そいつは吠《ほ》えるし、うなるし、画面上を元気にぴょんぴょん走り回る。自然と成長する種類のもある」

「すてきだこと。まさにわたしが必要としているものだわ。わたしのパソコンの番犬」

「なかなかかわいいもんだ」

ベリンダはルークの長い脚やスリムな腰や広い胸に吸い寄せられてしまう自分の目が憎らしかった。彼はセクシーで、どんどん心を奪われていく。けれど、じきに彼と遠く離れてしまうのに、いまさら宗旨替えをしてどうなるの！

「そのうちに実物大の電子ペットが登場するわよ。餌をやって洗って手入れしてやらなくてはいけないのがね。本物のペットじゃどこがいけないの？」

「まいったな、ダーリン」ルークはそっと言った。ダーリンと言われてベリンダが頬を染めたのを見て、小さく笑う。「結婚したくないと主張しているのはきみのほうだ」

「結婚したくないと、どうして電子ペットが必要なのかしら？」ルークはゆっくりと微笑を広げた。「愛情を注ぐ対象がいるだろう。一緒にいてくれるもの、抱きしめたり頬ずりしたりする相手がほしいはずだ」

「あなたが電子のしみに頬ずりしているところを見たいものだわ！」

ルークはポーチの柱から離れ、ベリンダに歩み寄って間近に向かい合った。両手を腰に当て、紅潮した彼女の顔をじっと見た。「ベリンダ、ぼくはきみを抱きしめたい」彼は穏やかに言った。「一日の仕事を終えたあと、夜、ソファに並んで座ってテレビを見るなんていいじゃないか。物憂い夏の夕方には、こおろぎと犬の遠吠えのセレナーデを聞きながらハンモックに寝転んでキスする。どっちかが寝つけない時、午前二時にコーヒーとケーキを付き合ってくれる相手がいるのはいい。バーチャルのペットや法律用箋《ようせん》とじゃ、そうはいかないだろう？」

ベリンダは自分の胸の中で起こっていることが憎らしかった。彼女は大きい、悩ましげな目でルークを見あげた。「わたしは怖いのよ！」

「わかっているよ。その理由もわかっている」ルークは彼女のやわらかな頬に指を触れ、紅潮したところをそっと撫《な》でた。「ぼくも不安だ。友達からそれ以上の関係に踏み出すには大きな一歩がいる。だが、ぼくたちにはたくさん共通点がある。牛のことだけじゃない」彼はふっくらとした唇に指を置いた。「仕事を口実にして人生を棒に振るんじゃない」

ベリンダは彼の指が頬を焦がしでもしたようにあとずさった。大きく目を見開いたその顔には、不安と困惑がはりついていた。

「わたし……わたしは誰にも属したくないの。誰も頼らず、しっかり一人で生きていけば傷つくことはないわ」

「たぶん、そうだろう」ルークは言った。「だが、本当の愛を一生知らずに終わるってことだ。きみのハートにはやさしさがたっぷりある。きみは時間と労力とハートをキャンプの子供たちに注いでいる。同じことを一人の男と一緒にするのはそんなに難しいことかい？」

ベリンダは顔をしかめた。苦渋に満ちた声で言う。「愛は続かないわ」

「続く」ルークは言った。「折り合う気持があれば続く。この人生には保証書がついているものなんて一つもない。だが、思いやりと共通点がある者どうしなら、離婚裁判で終わるなんてことはふつうない。きみの周囲を見回してごらん。五十年、あるいはそれ以上連れ添っている年配のカップルがいるだろう。ぼくは愛は長続きすると信じる。もし本気でそれに賭《か》けるなら」

ベリンダはうんざりしたように吐息をついた。

「わたしは信じないわ。あいにくだけれど。わたしにとってそんなのはおとぎ話だわ。ハッピーエンドのないおとぎ話よ」

「きみはすねているな」ルークはやさしくたしなめた。「チャンスをつかめ。勇気を出してすべてを賭けてみるんだ」

「わたしはギャンブラーじゃないわ。わたしは冒険心なんてかけらもない古くさくて、保守的な女よ。危険を冒すようなことは決してしないわ」

ルークは悲しげに頭を振った。「もったいない話だな、ベリンダ。きみは与えるものをたくさん持っている。なのに、きみは自分で紡ぎ出す怯《おび》えにがんじがらめになっている」

「怖いものなんか何もないわ！」ベリンダはかっとした。

「愛以外にはね」

ベリンダは言い返そうとしたが、適当な言葉が出てこなかった。

ルークは人さし指で彼女の鼻の頭を軽くつつき、微笑した。「きみは意気地なしらしい。だが、ぼくはちがう。逃げつづけるといい、ダーリン。へとへとになるまでね。ぼくはここで待っている」

「なぜそんなにまで？」ベリンダは苦渋に満ちた声を絞り出した。

ルークは真顔になった。細く引きしまった顔の中で目が光を帯びている。「わからないのか？　きみは闘いとるだけの価値がある。それに、ぼくは本当にほしいと思った時にはあきらめない質《たち》なんだ」

「それはただの欲望よ！」

「ちがう」

「わたしはどこかちがうのよ。ふつうとはどこかちがっているんだわ」

「そのとおり」ルークはベリンダの顎をつまんで上に向け、やわらかな唇に短いけれど激しいキスをした。「オーケー、強行に売りこむのはよそう。だがぼくがすごすごと引きさがるなんて思わないほうがいい。ぼくはゴムボールのように、何度でも弾んで返ってくる」

「わたしの気持は変わらないわよ」ベリンダは歯ぎしりしながら言った。

ルークは笑っただけだった。彼はトラックに乗って走り去った。

「絶対に変わらないわよ！」ベリンダは彼に向かって叫んだ。

ベリンダは少年たちがそろってこっちを見ているのに気づくと、踵《きびす》を返してキャビンの中に入った。


次の二日はあまりにも早く過ぎ去った。ベリンダだけでなく、ケルズにとってもそうだった。はるばるヒューストンに帰るワゴン車に乗りこむ時、ケルズは泣きそうな顔をしていた。牧童用の宿舎で一緒だった男たちがそろって見送りに来て、ケルズと握手をして励ました。

「来年の夏また会おうぜ、若いの」年配のカウボーイが威勢よく声をかけた。「面倒を起こさないようによく気をつけろよ！」

「はい、気をつけます」ケルズはしょんぼりと微笑した。「先輩たちと別れるの、すごく寂しいよ」

「こっちもさ」べつの男が言った。「しっかり勉強するんだぞ。カウボーイ稼業も昔よりずっと頭がいるようになってるからな。ちゃんと教育を受けていないと牛の数を帳簿につけるのもたいへんだ」

「よく覚えておきます」ケルズは約束した。

ルークは運転席の横に立っていた。ベリンダは朗らかにふるまおうと努めていたものの、惨めにも失敗していた。こまどりの卵のように青い目を見あげると胸が締めつけられた。彼は気さくで愛想がよかったが、熱い思いなどかけらもないように、先日とは打って変わってよそよそしかった。

ベリンダは気づきもしないふりを装っていたが、彼の態度に戸惑い、傷つきさえした。

「いろいろとありがとう」彼女は握手の手を差し出しながら、無理やり微笑を浮かべた。

「あなたがいなかったらどんなことになっていたか」

ルークは車に乗りこむ少年たちに笑顔を向け、手を振った。「いい子たちだ。前にも言ったが、来年の夏も来るなら……」

「たぶん……来ないわ」ベリンダは昨日の晩に苦渋の決断を下したのだった。再びルークと会いたくなかった。「この土地は売りに出そうと思うの。早く手を打てば、あなたが買うこともできるわ。ミスター・パークスが先を越さなければね」

ルークはまじまじとベリンダを見た。「きみはこのキャンプのアイディアはよかったと思っていたんじゃないのか？」

ベリンダは首を振った。「思いがけない危険がたくさんあったわ。もしあなたがいなかったらケルズは刑務所送りになったかもしれないし。わたしは自分が何をしようとしているかわかっていなかったんだわ。結果は予想以上の成功だったけれど」彼女はルークの顔ではなくシャツの一番上のボタンを見つめた。「こういうキャンプはきちんとした予測を立てられる人に任せるべきだとわかったの。善意からしたことだったけれど、わたしはもう少しでとんでもない事態を引き起こすところだった」

「奇妙だな。ぼくはきみがとても立派にやったと思っているのに」ルークは言った。

ベリンダはおざなりの微笑を浮かべた。「それはどうだったか、しばらく経《た》ってみないとわからないでしょうね」

「すると、きみはここを引きあげて帰れるのがうれしいわけだな」彼は投げやりに言った。

ベリンダはためらった。うれしくない。とても寂しい。こんなに切ない気持になったのは生まれて初めて。もう少しでそう言ってしまいそうだった。けれど、その一瞬をやりすごした。「ええ」彼女はかすかに微笑《ほほえ》んだ。「仕事に戻れるのがうれしいわ」そして握手の手を差し出した。「いろいろお世話になりました」

ルークはその手をとってぎゅっと握りしめ、彼女が息をのむのを眺めた。彼女はぼくに何かを感じている。並大抵でないほど感じている。彼は確信した。だが怯えて一目散に逃げようとしている。それは彼女の指の冷たさから、目を合わせないようにそわそわとまばたきしている様子からわかった。

「怖がっていては何も手に入らない」ルークはささやいた。

ベリンダが目をあげると、その視線を穏やかな青い目がとらえた。

「わたしの両親は……」

「きみときみの両親はちがう。ぼくはぼくの両親とはちがう。人生は一つの賭《かけ》だ。絶対確かなものなんてどこにもない。自分は何も賭けず、いつも脇《わき》でプレーを眺めているだけだとしたら、人生になんの楽しみがある？　ただ退屈なだけじゃないか」

「わたしは危ない橋を渡るのは嫌いなの」ベリンダはそっけなく言った。

「渡れるように練習はできる。難しいだろうとは思うが」

「これはわたしの選択よ。どう生きようと、あなたにあれこれ言われる筋合いはないわ」

ベリンダは頑固に言った。

「そうかな？」

「ええ」ベリンダはにべもなく言った。「さあ、もう出発するわ。わたしは自分の仕事と

「きみの幸福の条件はそれでそろう。そういうことなのか？」

「そのとおりよ！」ベリンダは背筋をのばした。「ようやく理解していただけたようね」

　何か企《たくら》んででもいるかのように、ルークはにやっとした。「きみが思っている以上によく理解しているよ。ところで、きみが帰ることに決めたからには、その大事な仕事が待っているヒューストンへ、おみやげとしてこれを持っていってもらおう」

　ルークは一歩前へ出るとすくいあげるようにベリンダを抱き寄せ、ハリウッド映画でよくあるように、腕の中の彼女を押し倒すようにして、ひと声軽く笑い、息が止まるようなキスをした。ベリンダは体がとろけて、その場にくずおれてしまいそうな気がした。唇は彼のキスをむさぼり、密着した体がうずいている。いつの間にかベリンダは彼にしがみつき、うめきをもらしていた。ルークは絡みついているベリンダの腕を解いて、ようやく彼女を一人で立たせた。

　熱狂的な数秒が過ぎ、ベリンダはよろけながらワゴン車に乗り、後ろに座っている少年たちのはやし立てる声を浴びながら、震える手でイグニションにキーを差しこんだ。

「きっと彼はテレビでいつも昔の映画を見てるんだな」ケルズがはしゃいで言った。

「静かにしてちょうだい。さあ、出発するわよ。さようなら、ミスター・クレイグ！」ベリンダはぶっきらぼうに言った。

彼はさっと帽子を脱ぎ、おどけたしぐさでお辞儀した。「さようなら《オ・ルボワール》、ミス・ジェソップ！」

ベリンダがあまりに強くアクセルを踏みこんだのでエンジンが空回りしそうになった。ワゴン車は庭から飛び出すようにして門に向かった。

ルークはおかしくてたまらないというふうに笑っていた。彼は釣りが大好きで、これは一世一代の勝負だった。彼はあの生意気なかわいい魚を釣りあげるつもりだった。それには気の長さと忍耐が必要だったが、ルークにはどちらの長所も備わっていた。

彼は帽子を頭に戻し、口笛を吹きながら納屋に向かって歩きはじめた。

ヒューストンの仕事に戻ってから最初の二週間、ベリンダは心にぽっかり穴があいたような、前には知らなかった寂しさを経験した。少年たちをこれほどなつかしく思うとは考えてもみなかったが、キャンプのあいだ、彼らがいつもそばにいるのが当たり前になっていたのだ。まるで家族と別れ別れになったような気がした。それに、ばかみたいだが、ルークに会えないことも寂しかった。

ある日、いつにも増して多忙な午前中のあとで裁判所を出ようとした時、階段をおりたところでケルズと鉢合わせしそうになった。

「見てもらいたいものがあるんだ」ケルズはにやっとし、ひとつかみの紙をとり出した。

ベリンダはそれを受けとって目を通し、びっくりした。「すごいじゃないの、ケルズ！」

本当にすごいことだった。彼は国語と数学と科学の答案で全部Aをとっていた。

ケルズはにこにこしている。「うちじゃ、おれがおかしくなったと思ってる。勉強ばっかりしてるから。あの二人が飲みだしても、おれは無視して、自分の部屋にこもって本にかじりついているんだ。勉強ってそんなにいやなものじゃないってわかりましたよ、ミス・ジェソップ。目標がありさえすれば」

「ええ、そうですとも。わたし、あなたのことがとてもとても誇らしいわ！」

「ありがとう」ケルズはおずおずと言った。「もしかして、ミスター・クレイグに言ってもらえたらと思うんだけど」

ベリンダは言葉につまった。「彼からはなんの便りもないわ」

「だとしても、彼に手紙を書くのは無理なの？」

本心はいやだったが、承知するしかない。ベリンダはため息をついた。「そうね、この成績を知ったら、彼はびっくりしたり大喜びしたりするでしょうね。じゃ、手紙を書くわ」

「ありがとう、ミス・ジェソップ。手紙のことだけじゃなく、おれを信用してくれたことも」ケルズはとても神妙な顔で言った。「いままでおれに手間暇かけてくれる人なんて誰もいなかった」

「あなたのために時間を割くのはちっとも惜しくないわ。あなたはそれに値するのよ」ベリンダはにっこりした。「ミスター・クレイグもあなたを信じているわ」

「それが励みになるんだ」ケルズは言った。「来年の夏、またあの仕事ができるってことが。おれ、一生懸命勉強するよ、ミス・ジェソップ。来年までに学べることはなんでも学ぶつもりなんだ。ミスター・クレイグがおれのことを誇りに思ってくれるように」

「ええ、きっとそうなるわ」

「もう行かないと。ああ、それから、おれ、夜間コースでスペイン語を習ってます」ケルズはそう言ってベリンダを驚かせた。「牧場じゃみんながスペイン語をしゃべってたから。それにメキシコ人のカウボーイが二人いたし。じゃ、また、ミス・ジェソップ」

ベリンダは手を振りながら、ケルズの意欲にあっけにとられていた。つい二、三カ月前、少年院から刑務所というお定まりのコースをたどると思われていたあの子が……。励ましてくれる人も信じてくれる人もいないがために社会から落ちこぼれていく、かつてのケルズのような子供たちがどれほどいることだろう。胸が熱くなった。たとえたった一人の子供でも貧困のどん底からすくいあげることができたのなら、わたしの仕事は価値がある。ジェイコブズビルのあの頑固なカウボーイには、どうしてそれがわからないのかしら。むらむら腹が立った。

が、すぐに、ジェイコブズビルで仕事をするのはどうかとルークがたずねたのを思い出した。そして、自分がどう答えたかも。この仕事はヒューストン以外ではできないと言ったのだ。それは詭弁《きべん》だった。もちろん、できる。ただ、わたしは怖かったのだ。恋に落ちて結婚したくなかった。当てにできる人間は自分一人だけにしたかった。心を危険にさらすことなど考えられなかったのだ。

ベリンダは通りに出て、自分の車のところへ歩いていった。気持がしぼみ、妙に惨めだった。ああ、ルーク・クレイグなんかと出会わなければよかったのに！

ルークに知らせてほしいというケルズの願いを無視することはできなかった。結局、ベリンダは良心に背中を押されて負け、短い手紙を出した。友達の線を守り、親密にならないようにし、用件のみにとどめた。納得がいく文面になるまで二十回も書き直して投函《とうかん》し、返事を待った。

それは、ベリンダの予想とはちがう形でやってきた。依頼人との話し合いがことのほか長引いたある日、疲れきった体でアパートメントの階段をのぼっていくと、部屋のドアの横の壁に見覚えのある姿が寄りかかっていた。彼はネイビーブルーのスーツにネクタイを締め、ベリンダが知っている牧場主の誰よりも洗練されて見えた。

「ルーク！」彼女は叫んだ。

彼は笑い、ベリンダを両腕ですくいあげて、その廊下でむさぼるようなキスをした。キスを返しているあいだに、レインコートとアタッシェケースとクラッチバッグがとうもろこしの粒のようにこぼれ落ちる。ベリンダはその時ようやく、どれほど彼を恋しく思っていたかに気づいた。

「きみがぼくを恋しく思っていたかどうか、きくまでもないな」彼はささやき、またキスをした。「ところで夕食はどう？」

「おなかがぺこぺこよ」ベリンダは息をあえがせながら言った。「でも、料理の材料が何も……」

「通りの先にいいレストランがある。予約を入れておいたよ。荷物を中に入れて出かける支度をしたらどう？」

ベリンダは彼の肩に回した腕を離すのがいやだった。そんな自分の気持がおかしくて笑う。「会えてうれしいわ」努めてふつうを装いながら、廊下に散らばった物を拾いあげた。

「ぼくも会えてうれしい」ルークは微笑した。「きみ、疲れているみたいだね」

「長い一週間だったわ」ベリンダは彼と目を合わせてから部屋の鍵《かぎ》を鍵穴に差しこみ、ドアを開けた。「その前もその前も長い一週間だったの」正直に言う。

「だろうね」

ベリンダは持っていた物を椅子の上に置き、ルークを振り返った。彼は心が震えてきそうなくらい、むしゃぶりつきたくなるくらいすてきだ。彼女はその場に釘《くぎ》づけになったように立ちつくし、ルークを見つめた。

ルークのほうも同じだった。ベージュのスーツにハイヒール、黒みを帯びたブロンドの髪を襟元にやわらかに波打たせている彼女はとてもきれいだった。

「夕食を食べたいなら、そんなふうに見つめるのはあと十秒にしてくれ。さもないと、ぼくはなんとかしなきゃならなくなる」

ベリンダはその〝なんとか〟がほしかった。本当にそう思った。けれど、その前にきちんとすべきことがある。彼女ははにかんだ微笑を浮かべて視線を落とした。

ベリンダが化粧を直して香水をひと吹きするのを待ちながら、ルークはデスクの上のパソコンを眺めに行った。そばに新しいソフトウェアが置いてあり、その箱のカバーにはみすぼらしい犬のイラストが描かれていた。彼はにやっとした。

「犬を手に入れたんだな」彼はリビングルームに戻ってきたベリンダに言った。

ベリンダは彼が見ている物に目をやり、照れくさそうに笑った。「かわいらしいものかもしれないと思って。実際そうね」

「そう言っただろう。さて、もう行けるかい?」

彼女はうなずき、バッグを手にとった。

ドアを開ける寸前、ルークはベリンダを引きとめた。「その口紅は落ちやすいのかな?」

彼は低い声でささやくようにきいた。

ベリンダは息が止まりそうになった。「そんなことないと思うけれど……」

「試してみよう」

ルークはベリンダを腕に引き寄せ、じっと目を見つめた。甘い期待に彼女の全身がわなわなしはじめると、それを待っていたように頭を屈《かが》め、キスで彼女の唇を覆った。

離れていると思いが募るとよく言うけれど、こういうことだったのね。まだ脳が働いているあいだにベリンダは思った。バッグが床に落ちる。その日の午後、二度目の落下だった。そしてベリンダの腕は彼の肩に這《は》いのぼり、激しく熱い、長いキスのあいだしっかり絡みついていた。

彼が唇を離した。ベリンダは背のびして爪先で立っていた。彼の青い目は、ベリンダの記憶の中のどのまなざしよりも強い輝きを放っていた。その目がじっと見つめる。そこにはためらいも、からかいの影もまったくなかった。

怖いほど真面目《まじめ》な顔だったので、ベリンダは不安になった。

「いまぼくとこうしているよりも仕事のほうが大事だと言ってくれ」彼はざらざらした声で言った。「そうしたら、ぼくはさっさと帰る。これ以上事が進まないうちに」

ルークが行ってしまう。どきりとして、まばたきも凍りつく。ベリンダは震える息をついた。「あれから何週間も経ったわ」ようやく声を絞り出した。

「何年も経ったような気がする」

ルークは再び唇を合わせた。今度のキスは荒々しかった。何がほしいかはっきり主張していた。その情熱が一途《いちず》にベリンダを刺しつらぬき、ルークが頭を起こした時、彼女はわなわな震えていた。

絶体絶命の崖《がけ》っぷちだった。「あなたが行くならわたしも一緒に行くわ」ベリンダは我知らずそう言っていた。頬は燃え、思いがむき出しになった目はきらきらしていた。

「その言葉を聞きたくて、はるばるここへ来たんだ」ルークは苦みの混じった低い声で言った。「ずいぶんと待たされたよ」

ベリンダはルークの胸に顔を埋《うず》めた。彼の腕が背中を包む。「わたし、いまでも怖いのよ、ルーク」

「誰だって怖い。恋に落ちるだけじゃなく、その先には結婚や子供たちが続いている。大きな一歩だし、とても重要な一歩だ。それを怖いと思わない者たちこそ、結局は離婚という惨めな結果に終わるんだ。確かだと信じられなければ進めない。だが、確かだと信じていても、危険はある」

「わたし、賭けてみるわ」一分の後、ベリンダは言った。「あなたもそうするなら」

ルークは頭を屈め、自分の体でベリンダを包みこむようにしてしっかりと抱きしめた。

「きみをひと目見た時から、そのつもりだった。ぼくはずっと待っていて、生涯をともにできる女性をやっと見つけた。ところがきみははなもひっかけてくれなかった！」

ベリンダは笑った。「それは最初だけよ」

「へえ、そうかな！　きみはどの段階でもぼくをはねつけた」ルークは頭を起こしてベリンダと目を合わせた。「ジェイコブズビルは優秀な官選弁護人を常に必要としている。難しい状況に立たされている子供はどこにでもいる」

ベリンダは微苦笑を浮かべた。そして告白した。「わたし、予防線を張っていたの。あなたがそばにいる時、こう考えてしまうのが耐えられなかったから。もし……こんなふうに思っているのがわたしだけだったら……」

「こんなふうって？」ルークがやさしくきいた。

ベリンダは彼のネクタイを見つめた。ブルーの地にペイズリー模様——とてもおしゃれだ。ルークの親指が彼女の胸をそっとつついた。

「どんなふうなんだ？」ルークが促す。

ベリンダは彼の胸に額を押しつけた。「あなたを愛しているわ」

長い、不安に満ちた沈黙が続く。ベリンダはおそるおそるルークの目を見上げた。彼の目は輝いていた。まるで燃えているように。けれどそれは一瞬で、その目はすぐ閉じられ、それと同時に彼はベリンダの体を引きあげるようにして再びキスをした。キスとキスのあいだに彼が同じ言葉をささやくのが聞こえた。そしてじきに、ベリンダの耳には自分の心臓の轟《とどろ》き以外何も聞こえなくなった。聞こうとも思わない。

嵐《あらし》のような長い数分が過ぎ、ルークは自分の腕のくぼみに横たわっているベリンダを見おろした。二人はソファにいて、寄り添っている彼女の体はぐったりとやわらかい。ベリンダのドレスははだけ、彼女の髪は乱れていた。彼のシャツの前も開いていた。ネクタイはとっくにどこかに消え、彼女の手がブロンドの胸毛をまさぐっている。

「わたしたち、食事に出かけるところだったのよ」彼女が言った。

「食事なんていい。おなかはすいていないんだ」

「わたしは飢えてるわ」ベリンダは笑った。「とくに、いまは」

ルークは彼女のブラのレースの模様を指でなぞった。「しらけることを言うんだな。きみのすべてを知りかけたところなのに」

ベリンダはまた笑い、彼の手を脇に押しやってドレスのボタンをかけはじめた。「ここでおしまいよ」彼女はからかうように言った。

「おしまい？　始めたばかりなのに！」

「こういうことの時間は、この先たっぷりあるわ」ベリンダは言い聞かせるように言った。そして彼の青い目をのぞきこんだ。「わたしは純潔のままでホワイト・ウエディングにしたいの。それでいいかしら？」

「ぼくもホワイト・ウエディングがいい」ルークは微笑した。「いろいろ支度があるね。花婿の付き添いのベストマンに花嫁の付き添いのベストマン。フラワーガールは――もちろん、ぼくの姪《めい》だ」

「花嫁の介添えはわたしの義理の姉。花嫁の付き添いはベストマンとは言わないのよ」ベリンダはつんとしてから、スーツの蝶《ちょう》ネクタイをつけた美人のマリアンの姿を想像して吹き出した。

「大事な祝典だね」ルークは言った。「それからぼくたちは牛を飼い、子供たちを育《はぐく》み、そして一緒に歳をとる」

ベリンダはルークの胸に頬を寄せた。その中に自分がいるだけでとても幸福だった。

「好きだわ、いまの言葉」

「ぼくも好きだ。だが歳はゆっくりととることにしたいな。きみさえよければね。ぼくはまだ元気満々だからね」

「わかっていますとも」ベリンダはとりすまして言った。

ルークは彼女に覆いかぶさるようにして、じっと見つめた。「だろう?」熱っぽく彼女を眺め回す。

「あなたを愛しているわ」ベリンダはささやいた。

ルークはゆっくりと笑みを広げた。「ぼくもきみを愛している」

そのささやきのあと、長いこと言葉はいらなくなった。

結婚式はジェイコブズビルの町をあげての祝典になった。誰もかれもが来た。人間嫌いのサイ・パークスでさえ、スーツを着こんで、結婚プレゼントを持ってやってきた。ウォードド・ジェソップとおなかの大きいマリアンは、おばのリリアンを同伴で列席した。イリージア・クレイグ・ウォーカーと夫のトムは大歓迎でベリンダをファミリーに迎え入れ、娘のクリッシーはフラワーガールの役を務めた。ベリンダは裾《すそ》を長く引く純白のレースのウエディングドレスをまとい、それはそれは美しかった。白薔薇《ばら》の蕾《つぼみ》のブーケを手にした彼女は、すばらしくハンサムな新郎がベールを持ちあげ、夫として初めて彼女を見た時に泣いた。

教会の外では、クレイグ牧場のカウボーイたちが二列に並び、幸福なカップルが正面入口に姿を現すと盛大に紙吹雪をまいた。そのカウボーイたちの中に、ハイスクールを卒業したての新入りがいた。カウボーイハットに赤いバンダナ、ブーツにジーンズ、シャンブレーのシャツというでたちで歯を見せてにこにこしている若者――エドワード・ケルズだ。

幸福なカップルは列のあいだを抜けてリムジンに急ぎながら、若者に手を振った。新婚夫婦はその車でいったん牧場に行き、着替えをしてから、マット・コールドウェルがジェイコブズビル郊外の彼の豪邸で二人のために催す披露宴に向かうのだ。

二人が乗りこむと、リムジンは歩道の縁石を離れて走りだした。

ルークはありったけの思いを目にこめてベリンダを見た。「ぼくの人生の最良の日だ」彼はささやいた。「ミセス・クレイグ」

「そして、わたしにとっても人生最良の日よ、ミスター・クレイグ」ベリンダは言った。

二人の愛の誓いが、その言葉に要約されていた。ルークは彼女を引き寄せてキスをした。

彼らの後ろでは、人々が三々五々寄り集まり、いましがたの格式のある優雅な結婚式の様子を思い出してああだったこうだったと話し合っていた。けれどリムジンの中の二対の輝く目は、すでにまっすぐ、明るく美しい将来の方を見つめていた。

クリストファー・デヴラル

◆主要登場人物

デラ・ラースン……………新聞記者。
ハーバート・ラースン……デラの祖父。
クリストファー・デヴラル……投資家。愛称クリス。
タンジー・デヴラル………クリスの母。
セシル・ハーヴェイ卿………タンジーの旧友。
レディ・ハーヴェイ…………ハーヴェイ卿の妻。

1

タンジー・デヴラルが、またしても姿をくらました。じつのところ、行方がわからなくなってから一週間経《だ》っている。クリストファー・デヴラル――クリスは、七十歳を超えた母親が見つからないので気をもんでいた。テキサス州ヒューストンの、定評あるラシター探偵事務所に頼んでも見つからないとあって、いっそう気が気ではなかった。クリスはスペインに旅行していて、帰ってみると母親の失踪《しっそう》という騒ぎが持ちあがっていたのだった。タンジーは向こう見ずな行動や、行く先々でスキャンダルを引き起こすことで、よく知られていた。

クリスの兄ローガンはヒューストンに住んでおり、妻のキットと、生まれたばかりの息子ブライスがいた。ローガンが結婚してから、タンジーはいっそう始末に負えなくなった。彼女は糖尿病でインシュリンに頼っており、食べるものに細心の注意を払わなければならないのだが、旅行ばかりしている母はカロリー摂取をいい加減にしているにちがいない。クリスは心配だった。この前ふらりと飛び出した先は中東で、ハーレムに迷いこんで危うく出られなくなるところだった。七十歳を過ぎたというのにタンジーの冒険心は衰えを知らない。彼女の口癖はこれだ――年寄りは歳《とし》に追いつかれないようにびゅんびゅん走っていないとだめなのよ――冗談で言っているのではなかった。

ふと思いつき、クリスはテキサス州ジェイコブズビルにいるいとこのエメット・デヴラルを訪ねた。かつては、よほどの物好きでもない限りエメットを訪ねようと思う者はいなかったが、現在のエメットはメロディと結婚し、すっかり人間が丸くなって、先妻とのあいだにもうけた三人の子供と一緒によき家庭を築いていた。彼はテッド・リーガンの牧場の経営にたずさわってきて、いまでは共同経営者になっていた。万事が好調に運んでいるようだ。とすれば、ひょっとしてタンジーが寄り道したかもしれない。が、彼女は行っていなかった。がっかりだった。エメットは、もう何カ月もタンジーの顔も見ていなければ声も聞いていないと言う。

クリスは車で町に行き、昼食をとるために高級レストランに入った。彼は隅のテーブルにぽつりと座り、ステーキとサラダの皿を前に、暗い顔で母のことを考えていた。ローガンはさして心配していなかった。この数年のあいだの兄の変わりようはおかしいくらいだった。以前のローガンは堅物で心配性だった。近年、とくに結婚してから、ずいぶんやわらかくなった。のんきにもなった。一方クリスは、もっと若いころは母同様に無鉄砲で、花から花へと舞う蝶《ちょう》のように女性遍歴を重ねていた。彼はいま三十三歳だった。車で大事故を起こしてから世の中を見る目が変わった。かつてハンサムだった顔は、割れたガラスで切った深い傷跡が片方の頬に二筋走り、もはや見られたものではない。片目の視力も失った。形成外科のおかげで異形になるのは免れたが、傷跡を完全に消すのは無理のようだ。それに、彼は病院にも、これ以上皮膚の移植手術を受けることにもうんざりしていた。

だが、彼の容姿が嫌悪を催させるなどということは決してない。なめらかなオリーブ色の肌、肌の色を引き立てている潤んだ黒い目、濃いまつげ、黒い眉。そして輪郭のくっきりした形のいい唇。その唇は微笑を浮かべていることはめったになく、たいてい皮肉っぽく引き結ばれていた。彫りの深いほっそりとした顔、すらりと引きしまった体、スペイン沖を旧友とセーリングしてきたあとだけに、どちらにもいっそう魅力の磨きがかかっていた。彼は海に挑むのが好きだった。海では波と風を相手に思う存分力の勝負ができる。彼のように大きな財産を相続した人間は、なんでも好きなことをして暮らせるのだ。親が出資した農場で働くのが好きなローガンとはちがい、クリスは相続した金を多国籍企業に投資し、十年と経たないうちに資産を三倍に増やした。利子で快適に暮らせる身分だったから、定職につかねばならない理由はどこにもなかった。彼はスペインで一緒にセーリングした友達とヨットの設計にちょっと手を出した。彼のアイディアは革新的で、彼が設計した中の一隻のオーナーは、アメリカズ・カップの最終レースに残った。彼はそのアイディアで報酬をもらい、ほかの何隻かの売れ行きもよかった。

彼は自分の投資に油断なく目を配っていた。けれど、金が増えていくことに前のような満足を感じなくなった。二十代のころあれほど嬉々《きき》として謳歌《おうか》した気ままな独身生活も、いまでは味気ないだけだった。彼は女性たちを、チャンスがあれば征服すべきものという目では見なくなった。金目当てに寄ってくる美人たちもうるさかった。彼は疲労感に襲われた。人生がふいにむなしく感じられた。

彼はぼんやりとコーヒーカップをもてあそんだ。するとその動作を見たウエイトレスがコーヒーを注《つ》ぎに来た。

「ほかに何かお持ちいたしますか?」彼女は愛想よくたずねながら、職業的な目で彼の高価なスーツや靴を品定めした。

クリスはかぶりを振った。「いや、けっこうだ」

彼はウエイトレスにその場に突っ立っておしゃべりを始める隙《すき》を与えなかった。きれいな娘だったが、どこにでもざらにいるタイプだ。彼は家族持ちのローガンが羨《うらや》ましくなった。結婚もそう悪いものではないかもしれない。あの赤ちゃんはなんともいえず愛らしい。クリスはたいして子供好きではなかったが、今度生まれた甥《おい》はかわいくてたまらず、おみやげの教育玩具《がんぐ》を買う時にはショッピングに時間をかける。タンジーはそれをおもしろがってこう言った。〝あなたも結婚して自分の子供を持ったらどうなの?〟

クリスは微笑して肩をすくめた。彼は一度として真剣な恋をしたことがなかった。長続きしない、軽いお楽しみのロマンスを重ねてきた。いま彼は何かが欠けているようにうら寂しかった。ヨットを造る仲間以外に親しい友達もいない。昔のガールフレンドはたいてい結婚してしまった。彼は自分を過去の遺物ように感じ、とくに事故のあとはその思いが強くなっていた。

「失礼ですが、ミスター・クリストファー・デヴラルじゃありません？」

物静かな、せかせかしたところのない、耳に心地よいハスキーな声だ。クリスは振り返り、その声にマッチした顔をそこに見つけた。悪くない、と彼は思った。淡いグレーの目、ほんのりと薔薇《ばら》色を帯びた頬、弓形の口、髪はブロンドのショートで、ごく細い三日月眉の上でゆるくウェーブしている。

一九三〇年代から抜け出してきたような雰囲気だ。

「どうしてぼくがわかったんだ？」クリスはそっけなくきいた。

「職業柄よ」彼女は手帳とペンをとり出した。「ウェザビー・ニュース社の者です。うちはアソシエイテッド・プレスほど大きくありませんが、負けまいと頑張っています」彼女はかすかに微笑したが、その微笑はすぐに消えた。「じつはいま、あなたのお母様の居所を突きとめようとしておりまして」

クリスは熱いコーヒーを口へ運んだ。「こっちも同様だ」

「彼女は身を隠しているんでしょうね。この騒ぎですから、その気持はわかります。でも

「……」

「座ってくれ」彼はぶっきらぼうに言った。「そこは死角なんだ」

「は……？」

クリスは顔の向きを変え、事故の傷跡を彼女の目にさらした。頬に二筋の大きな傷、やや小さな傷の下の眼窩《がんか》の奥の黒い目はまっすぐ正面を見つめていたが、その目に視力はなかった。神経の損傷がひどかったのだ。

彼女は大きく息をのみ、椅子に腰をおろした。みるみる頬が染まる。「ごめんなさい。気づかなかったものですから……」

「たいていそうだ。しばらくして気づく」

彼は皮肉っぽい微笑を浮かべ、ゆったりと椅子の背にもたれた。スーツの上着の前が広がり、薄地の白いシャツの下に、荒い毛の密生した広い胸が透けて見えた。姿勢のせいで筋肉も見てとれる。彼女は見てはいけないものを見てしまったように、恥ずかしげに目をそらした。

「あなたのお母様のことですが」

「物事には順番がある。まず名乗ったらどうだ」

彼女はためらった。「デラ・ラースンです」

クリスはうなずいた。「ぼくの母がどこにいるのか、きみには見当でもついているのか?」

「ええ」デラは手帳のページをめくった。「最後に彼女の姿が目撃されたのは、ロンドン郊外の小さな町でした。バック・ワロップという町です」彼女はちらりとクリスを見た。「村と言ったほうがいいでしょうね」

「そんなところになんの用があるというんだ?」

「例の彼がそこに住んでいるんです」彼女は驚いたように言った。

「例の彼って誰だ?」クリスは不機嫌そうに眉をつりあげた。

「あら、いやだ。彼女はあなたのお母様よ。あなたが彼女と例の議員の関係をご存じないですって?」

「議員?」クリスは思わず声を大きくした。

「ええ。セシル・ハーヴェイ卿《きょう》です。彼は英国の元上院議員で、ウィンザー家とつながりのある人です」彼女はあきれたように頭を振った。「この話をあなたがご存じないなんて信じられないわ!」

「ぼくはしばらくスペインに遊びに行っていたんだ」

「どこのタブロイド紙もこぞってこの話題を満載していますよ」

クリスは顔をこわばらせ、きつい口調で言った。「ぼくはゴシップ新聞は読まない」

「そうでしょうね。わかります。あなたも何度となく書き立てられましたものね」彼女はにこやかに言った。「二週間にわたってその手の新聞のトップページを飾っていたことがありましたね。イタリアの伯爵夫人が、子供の父親はあなただと――」

「いま我々がしているのは母の話だ」クリスはぴしゃりとさえぎった。

デラは顔をしかめた。「ごめんなさい。お気に障ったでしょうね。話を戻しますと、ミセス・デヴラルは、ハーヴェイ卿と一緒にロンドンのあるホテルを出るところを写真に撮られたんです。噂《うわさ》では、卿は現在の夫人と離婚して彼女と結婚するつもりだとか」

クリスは音をたててカップを置いた。「ぼくの母と？」

「ええ、あなたのお母様と」デラはしげしげと彼を眺めた。「あなたはちっともお母様に似ていらっしゃらないのね。彼女は青い目に明るい色の金髪で、少女のようなかわいいぽっちゃり顔だわ」

「兄とぼくは父親のほうに似たんだ。父はスペイン人だった」

「スペイン人？」彼女は眉をひそめ、すばやく手帳のページをめくった。「わたしが聞いたのとちがうわ。あなたのお父様はフランス人で、貴族の家の出の方だと聞きましたけど」

「義理の父はフランス人だったな」その男とは久しく会っていないが、ちらりと思い出すのもいやだった。「実の父は、ぼくがまだ小さい時に死んだ。タンジーは再婚したんだ。一度ならずね」クリスは冗談でも言うような口調だった。

「なるほど」彼女はじっとクリスを見た。「そのお父様のことが話題にのぼらないのはなぜかしら？」

クリスは笑った。「父はこぢんまりと事業をやっていた。ある時、彼は安い株を少し買い、株券を貸し金庫の中に放《ほう》りこんでおいた。彼の死後だいぶ経ってから貸し金庫のことがわかり、開けてみた。で、兄とぼくはちょっとした財産を相続したわけさ」

「どこの株だったんですか？」彼女は信じられないという顔でたずねた。

クリスはコーヒーカップをとりあげ、くっきりと彫ったような形のいい唇に運んだ。

「スタンダード石油のだ」

彼女はにっこりした。「すばらしい先見の明ですね」

クリスは頭を振った。「ただの運さ。彼は投資について何も知らなかった」

「お兄様は投資家ですね。あなたも」

クリスは小さく笑った。「ぼくは道楽半分だ」彼はふいに目を険しく細めた。「きみがタンジーのあとを追いかける理由は？」

「お母様をタンジーと呼ぶのはなぜですか？」

「彼女は頭の中が子供なんだ。母親にはなれない」クリスは端的に言った。「ローガンとぼくは、彼女がばかなことをしないように始終気をつけていた。子供の時からずっと。彼女の五人の夫はほとんど頼みにならなかったからね」

「五人？」彼女は手帳に目を走らせた。「わたしは四人しか知らなかったわ」

「きみはまだぼくの質問に答えていない」

彼女は顔をあげず、手帳に目を落としてもてあそんだ。「わたし、ある特ダネを逃したんです。すごく大きいのを。何かで埋め合わせをしないとくびにされそうなんです。失業したらたいへんなんです。わたしにはいろいろと……」

彼女は淡い色の目をあげてまっすぐにクリスを見た。

「なんとしても、ほかのメディアより先にあなたのお母様を見つけたいんです。独占インタビューをとりたいんです」

「彼女に頼むんだな」

「居場所がわかりません。バック・ワロップを去ったあとの彼女の行方は誰も知らないんです」

クリスはコーヒーを飲みほした。「ぼくを見ても無駄だ。ぼくにもわからない。わが国でもっとも信頼できる探偵事務所でさえ彼女を見つけ出せずにいるんだ」

彼女は下唇を噛《か》んだ。「彼女が身を隠していたい気持はわかるわ」

「ありがとう。わかってもらえてよかった」彼は皮肉をしたたらせて言った。「人の結婚をぶちこわそうとしていると非難を浴びている女性が、あえてマスコミの前に飛び出していくわけがない」

彼女の眉が持ちあがった。ごく細く引いた眉は、髪はブロンドなのに黒で、それがなんともおかしかった。

「彼女が逃げ隠れしている理由は、もちろんそのことでじゃありません」

「ちがう？」

彼女は大きなため息をついた。「ミスター・デヴラル、わたしは本当のことを知っているんです。いくら知らないふりをなさっても無駄よ」

「ぼくはふりなんてしていない」

「そう。それならそれでけっこうよ」彼女は手帳をしまうと腰をあげ、大きなバッグを勢いよく肩にかけた。

「ずいぶんあきらめがいいんだな」

「誰かに先を越されないようにイギリスに行かなくてはなりませんから。もしスクープがとれたらキャリアがアップするわ」

彼は蔑《さげす》むような目を向けた。「あらゆる手段を尽くして一つの人生をぼろぼろにする。きみやきみの同業者たちは、自分の出世のためにずいぶんと大きな犠牲を強いるんだな。人の痛みや苦しみはどうでもいいというわけか」

彼女は真っ赤になった。「あなたはわたしたちのことをゆがんだ目で見ているわ」

「とんでもない」クリスの目が怒りを帯びた。「ゆがんでいるのはそっちだ。きみたち全部だ」

彼女は肩を怒らせた。「わたしたちがニュースを作っているわけじゃないわ」

「そう。きみたちはただ、それを広げるだけだ。編集長の意向そのままに、どぎつい表現で尾ひれをつけてね」

クリスも立ちあがった。デラを見おろす。彼女の頭は彼の顎に届くか届かないかの高さにある。彼女は身長の差に気づいて少しあとずさった。

「怖いのか？」彼は微笑を浮かべたが、黒い目は鋭く光っていた。「最近のぼくはたいして迫力がないはずなんだが」

「たとえ両方の脚がなかったとしても、あなたは迫力があるわ」彼女は居心地悪そうにつぶやいた。あまりにも接近して立っているので膝ががくがくした。また一歩あとずさる。

「ひと握りの邪道な記者がしていることまで責任は負えないわ」

「ぼくが知っているいくつかの家族、その中にはある王室も含まれるが、そんな言い訳には水をぶっかけるだろうな」

デラはショルダーバッグのストラップをきつく握りしめた。クリスは彼女の爪に気づいた。短く、丸く切ってある。マニキュアはしていない。彼女が着ているスーツはチェーンストアにぶらさがっている類《たぐ》いのものだ。新しくもなかった。靴は傷だらけで、革ではなくビニール製だ。バッグもしかり。彼は改めて彼女を眺めた。見かけから判断するところ、彼女は成功の道を歩んではいないらしい。

「フェアではないかもしれないが、人は属している集団で判断される」彼は静かに言った。

「きみの同業者には良識も良心も欠けているのが多い」

「わたしはちがうわ」

「いや」クリスは短く言った。「もしちがうなら、不謹慎なふるまい程度のことで、どうしてぼくの母を追い回すのかな？」

「不謹慎程度ですむことじゃないでしょう」彼女はぴしりと言った。

「どうして？　本当かどうかもわからない男女の問題じゃないか」

彼女はあんぐり口を開けた。「ミスター・デヴラル、今朝ハーヴェイ卿の全裸死体がテムズ川に浮かんでいるのが発見されたんです。あなたのお母様はスコットランドヤードの第一容疑者なのよ」

クリスは息をのんだ。彼が受けたショックと恐怖が、こわばった顔に、噛みしめた顎に表れていた。

「本当にご存じなかったんですね？」彼女はおどおどと言った。「ごめんなさい。どうしよう、わたし……」

クリスは彼女の腕をつかむと、勘定書きにちらりと目を走らせ、大まかに数枚の札をテーブルに置いて大急ぎで外に出た。

「あのお金、お勘定には多すぎですよ」引きずられながら彼女が言った。

「ウエイターやウエイトレスが薄給で働いているのを知っている。ぼくがいくら払おうと余計なお世話だ」クリスはぶっきらぼうに言った。

「その手を離していただけないかしら？」

「とんでもない。母のことをきみにトップ記事にされちゃ困る。ぼくはきみをつかまえておく。事の真相がわかるまでつかまえておく」

「そんな！　それじゃ誘拐だわ。犯罪よ！」

「かまうものか。さあ、来るんだ」

クリスは彼女を大きなリンカーンの運転席に押しこみ、すぐあとに続いて乗ると、彼女がドアを開けられないように、すばやくマスターロックを押した。彼女はかんかんになってドアを押したが、すでに囚《とら》われの身だった。

「シートベルトを締めるんだ」クリスは命じた。

彼女は従った。理由は一つ。車が走りだし、後ろの座席に飛ばされたくなかったからだ。

「そんな運転、気がおかしいんじゃないの！」

「昔からそう言われている」

「いいこと、わたしはあなたと一緒に行くつもりはないわ。どこであれね。おろしてちょうだい！」

「空港に着いたらおろす」

彼女の眉があがった。「空港？」

「我々はロンドンに行く。きみには情報と勘があるし、ぼくにはないつてもある」クリスは有無を言わさぬ目でちらりと彼女を見た。「タンジー探しに協力してもらう」

「あら、そう？」彼女はつんとして言い返した。「で、わたしは何が得られるわけ？」

「彼女の汚名が晴れた暁には、新聞の第一面を飾るスクープだ」

「あなたって頭がおかしいわ！」

クリスはうなずいた。「どうやらそうらしい」

「でも、わたしは海外に行けないわ。こんなふうにいきなりは無理よ。さっきも言ったけれど、わたしにはいろいろ責任があるの」

「ぼくだってそうだ。だが、それらは帰るまで待っていてもらおう」

「でも、わたしは行くわけにいかないのよ」

クリスはフロアボードから携帯電話をとって彼女に渡した。「電話してなんとかしろ」

彼女はためらった。一分くらい。このチャンスをふいにすることは絶対にできない。それははっきりしている。ネタがとれたら、彼がだめだと言おうがどうしようが記事にして送ろう。でも、一緒に行かなければ、彼はわたしが母親の居所を突きとめるのをきっと妨害する。それはまずい。

彼女は番号を押して通話ボタンを押した。呼び出し音が鳴る。一回、二回、三回。

「もしもし」

やさしい中にもぴりっとしたものがある老人の声に彼女は微笑《ほほえ》んだ。「あの、わたしよ。二、三日、旅に出ることになって、そのことを連絡したかったの。食事の支度はミセス・ハリスに来てもらって。お礼のこととかは帰ったらちゃんとするわ」

「例の、いささかおかしい老婦人を追いかけているんだな？」電話の向こうから、くぐもったくすくす笑いが伝わってきた。「わたしとそっくりだな。わたしの若いころと」

「全然ちがうわ」彼女は微笑しながら答えた。「おじいちゃんはラファイエット飛行機隊や空軍特殊部隊のヒーローたちと飲み歩いたんでしょう。わたしはおじいちゃんの足元にも及ばないわ」

「おべっかつかいめ！」

「夜はドアチェーンをかけるのを忘れないで」彼女は気をもみながら続けた。「それから、もしわたしに用がある時は……」

クリスは会話を小耳にはさんで状況を頭に描いていた。「この番号を教えておきたまえ」彼は目は道路に据えたまま言った。いま出ているスピードを思うと、それはよいことだった。彼は携帯電話の番号を言った。「直接ロンドンにかかるから、いつでも話ができる」

デラはそのとおりに伝えた。

「若そうだな」祖父は言った。「そこにいる彼は」

「まあ、そうね」彼女は用心深く言った。「温かくしてね。気にしないで暖房をつけて。いいわね？」

「オーケー。わたしの心配はいいから、いい仕事をしておいで。不品行はいかんぞ」

「まさかそんなこと！」彼女は笑った。「じゃ、いってまいります、おじいちゃん」

「おまえも気をつけるんだよ。おまえはわたしのたった一人の家族だからな」

「こちらも同じよ」彼女は微笑を浮かべて電話を切り、隣にいるむっつりした男を盗み見た。「ありがとう」

クリスは肩をすくめた。「気がかりがなければ追跡に身が入るだろう。きみのおじいさんはなかなかの人物らしいね」

「かつてはね。そしていまなお。彼は禁酒法時代、シカゴでギャングが抗争を繰り広げていたころ記者をしていたの。それから従軍記者になったわ」彼女は笑った。「すごい話がたくさんあるのよ。わたしは同じ道に入ったけれど、どうしてもだめ。事件記者には向いていないような気がするの」

「前は何をしていたんだ？」

「政治ニュースと特集記事よ」彼女は顔をしかめた。「そっちは得意だったけれど、祖父が、それじゃ蔓《つる》にぶらさがったまましおれてしまうぞって。彼はわたしに、若いうちにもっと刺激のある仕事をしてほしかったのね」

「ほかに身内はいないのか?」

彼女は首を振った。「両親は外国で死んだの。中東を旅行中に、乗っていた飛行機が誤って撃墜されて。祖父が十歳だったわたしを引きとって育ててくれたんです」

「不運だったね」クリスは言った。「きみにはきょうだいも、おじさんもおばさんもいない?」

「おばが一人いるわ。カリフォルニアにね。でも、まったく音沙汰《おとさた》なし」デラは彼をちらりと見た。「あなたには、少なくともお兄様がいるわね」

「兄と母がいる」

「お母様はどんな方?」

「疫病神ってところかな」クリスは冗談めかして言った。「厄介を起こしていないことがない。だが、彼女が人を殺すなんてありえない」

「そうだといいわね」彼女は言った。

「それは確かだ」が、クリスの声にはごく微《かす》かではあったが疑念があった。彼は車をジェイコブズビル空港に向かうハイウェイにのせた。心配そうな彼の顔には新しいしわが刻まれていた。

2

ヒースロー空港は、とくにこのシーズンは混雑していた。観光客はどっと夏に押し寄せる。クリスは人波を縫って税関の列に向かった。世界各国のさまざまな言葉が耳に入ってくる。デラの顔をちらりと見て、彼はおやと思った。感極まったようにあたりの様子や人々をきょろきょろ眺めている。ちらほら見える民族衣装を着た人たちが珍しいらしい。

彼は、ふいに思った。「きみはパスポートは持っているが、外国は初めてなんだな？」

彼女は恥ずかしそうにちらりと微笑した。「じつはそのとおりなの。祖父のように世界中を駆けめぐるのが夢でパスポートをとったんです。でも、今度の仕事につくまではどこにも行く余裕なんてなくて。いまは行けますけれど、祖父を一人で置いておくのが心配で。彼は糖尿病なのに甘いものに目がないんです。この三年間に二回も意識不明になったのに。とっても頑固で自分の病気を認めようとしないからなんです」

「わかるよ」クリスはつぶやいた。隣の列に目をやると、向こうのほうがずっと進み方が速い。彼はデラの腕をとり、彼女のスーツケースを押して短い列に並んだ。

「あなたはこういうところに慣れているのね」彼女は感心したように言った。

「始終海外に出てるから」彼は言った。「チケットを持っているね？」

「あるわ」彼女は目の前でひらひらさせた。

荷物検査と通関は簡単にすんだ。クリスはまっすぐレンタカーのカウンターに行って車を借り、数分後にはホテルに向かっていた。彼は左側通行を難なくこなしている。デラは少しのあいだ冷や冷やしたが、じきに慣れて景色に見とれた。

「荷物を置いたら、軽く何か食べてからバック・ワロップに行く」

「あなたが時差ぼけでひと休みしようなんて言わなくてよかった」

クリスは眉をあげて、にやっとした。「時差ぼけがどういうものか知っているのか？」

「旅行の本は山と読んでいるわ。それに祖父はその道の権威よ。言ったでしょう？　彼は従軍記者だったんですから」

「どの戦争の？」

「第二次世界大戦、朝鮮、ベトナム、そして中南米諸国の小競り合い」

「すごいな」

「祖父はそれはいろいろな話をしてくれるの」彼女は物思わしげに小首を傾《かし》げた。「話ができなくなったら生きているかいもなくなるでしょうね。祖父は七十三歳で、糖尿だけでなくリウマチもあるの。足がきかなくなって仕方なく現役をあきらめたのね」

「タンジーも同じだ」クリスは言った。「彼女は十六歳くらいの気分でいるが、体は心についていけない」

「おもしろそうな方ね」

「ぼくもそう思っていた。これまでのところはね。子供のころの母の記憶といえば、華やかでカラフルなイメージが浮かぶ。母は始終外出していた。家に客を招いてのパーティもしょっちゅうだった。ぼくと兄を引き連れてオペラや演劇やいろいろな文化的な催しに行った。いくら無分別だといっても、こんなことになるとは」彼は頭を振った。深刻な表情になる。「殺人事件に巻きこまれるなんて信じられない。タンジーと殺人なんて結びつかない」

「否応《いやおう》なく暴力沙汰《ざた》に巻きこまれてしまうってことは誰にでも起こりうるわ」彼女は窓の外のにぎやかな通りに目をやった。「ここはダウンタウン?」

「そう。そしてここがホテルだ」

クリスは道路を折れて品のいい中庭に車を乗り入れた。中世から抜け出してきたような服装の男が客の車のドアを開けたり閉めたりしている。「とてもエレガントなところね」

「旅行はファーストクラスですると決めている」彼はこともなげに言った。「贅沢《ぜいたく》というより、疲れが少なくてすむからだ。とくに仕事でいくつかの国を回る時にはね」

「あなたはお仕事なんて何もしていないと思っていました」彼女は言った。

クリスはとんでもないという目を向けた。「ぼくは遺産をもらったが、それを管理する仕事はしなくちゃならない。ぼくは世界各地の企業に投資している。いくつかの多国籍企業にね。ぼくは自分の金がどこにどう使われているか知っていたいんだ」

「なるほど、そういうものなのね」デラはつぶやいた。

彼は笑った。「ぼくにくっついていたまえ。じきにきみを実業家にしてみせるよ」

「まあ、うれしい。ひと財産築きたいところだわ」デラは肩をすくめた。「その……そんなチャンスがあればチャレンジをしてみてもいいってこと」そして思慮深く付け加えた。

「わたしにとって、お金はたいして重要なものじゃないの。ただ、おじいちゃんが生きているうちに少し贅沢をさせてあげられたらと思うだけ。彼はわたしを育てるために多くを犠牲にしてくれたんですもの」

お仕着せの男が車のドアを開けておりるデラに手を貸し、ポーターに合図を送ってトランクから荷物を出させた。クリスはその間に運転席側から外に出ていた。

クリスはデラの腕をとってフロントに行き、それぞれにダブルの部屋をとると、エレベーターの方に歩きながらカードキーを彼女に渡した。

「まごついているような顔だね」彼が言った。

そうだった。さっきフロント係は一つのお部屋になさいますかときいた。デラは居心地悪く感じていた。

「ごめんなさい。こういうしゃれたところに慣れていないんです。ここには結婚していないカップルがたくさん来るんでしょうね。そして誰もそれをなんとも思わない。わたしはそういう世の中の動きについていけなくて」

クリスはあっけにとられて彼女を見つめた。時代遅れもいいところだ。世代がまるでちがう男に育てられたからそうなったのだろう。

「男の一人もいないのか？」彼はからかった。

「ええ、いまは」彼女は澄まして言った。

クリスはしばらく口をつぐんでいた。五階に着くと、彼はカードキーの使い方を教えた。

「じきにベルボーイが荷物を運んでくる。そのあいだにぼくはざっとシャワーでも浴びようかな。それからきみを迎えに行って出かけよう。ところで、フィッシュ・アンド・チップスを食べたことは？」

「本物のイギリスのはないわ」

クリスはにっこりした。「じゃ、楽しみにしていたまえ」

二人は道端の屋台に立ち寄り、フィッシュ・アンド・チップスをかじりながら濃い紅茶を飲んだ。周囲で話されている本場の英語が外国語のように聞こえる。何もかもが物珍しく、デラは胸がわくわくした。

「あとできちんとした食事をするからね。ちゃんと腰をおろして」クリスは約束するように言った。「いまは時間がない。タンジーを見つけたいから」

「あら、わたしはこういうの好き」デラは言った。「とっても楽しいわ！」

クリスは笑った。「じつはぼくもさ」

デラはクリスの右側に立っていたので、彼は彼女が見えた。もちろん、デラは彼が見えた。とても心を痛めているのがわかる。もし警察とマスコミに追いかけられているのがおじいちゃんだったら、わたしはどんな気持かしら。

デラは眉を曇らせ、カップを置いた。

「どうした?」彼がきいた。

「わたしがあなたの立場だったらと考えていたの」デラはグレーの目を曇らせてクリスを見上げた。「祖父はわたしの命と同じように大事な人だから」

クリスは彼女をじっと見て、ゆっくりとうなずいた。「タンジーとローガンはぼくのたった二人の肉親だ。数年前まではそんなことをあえて考えてみもしなかったが、事故にあってからものの見方がすっかり変わってしまった」

「人生は短い。事故にあって命のはかなさに気づいたのね」

「そのとおり。頭を打って意識不明になり、体の内側にも外側にも傷を負った。左目もやられた。自分の足で立てるようになるまでに数カ月かかり、結局失明した。そして目が覚めた」

「覚えているわ。もう少し若いころのあなたはゴシップ紙をにぎわせていたわね。お母様に負けずに、次から次へとスキャンダルの話題を提供して」

「もうそんなことはない」クリスは言った。「あんな生き方にはなんの価値もない」

「じゃ、どんな生き方に価値があるの?」デラは真面目《まじめ》にきいた。

クリスは物思わしげな目でまっすぐに彼女を見下ろした。「いまよりよりよい世界をあとに続く命に残すこと」

デラは微笑《ほほえ》んだ。「その考え、気に入ったわ」

クリスはデラの小さな鼻の頭を指先で軽くつついた。「ぼくはきみが気に入った」彼は本心からそう言った。そして彼女が愛らしく頬を染めるのを見て笑った。

「ほんとかしら? わたしはあなたの敵のリストの一番上にのっていると思っていたわ」

クリスは首を振った。「きみは冷酷非情なトップ屋ってイメージじゃない」率直に言い、ちょっと眉をひそめた。「じつのところ、きみにはいまの仕事をこなす素質があるとも思えない。きみにはまともな心がありすぎる。いずれぼろぼろにされてしまうだろう」

「わたしは何年も記者をしているのよ。この仕事だってできます」デラは顔をこわばらせ、意地になって言った。「祖父はいつもこう言っているわ。余計な気遣いは脇《わき》に置いて、せっせと情報を集めろ」

「きみのおじいさんは、戦争の記録映画を見ながらでもランチが食べられる人なんだろう」クリスは言った。「彼は長いあいだに殻を年々固く厚くしていったんだな。そして何事にも動じなくなった」

そうなのだ。認めるのはいやだったが、デラは同意した。「駆け出しのころは、祖父もよくうろたえたり傷ついたりしたんですって」

「それはどうかな。彼は戦場に出たその日にそんな弱気は克服しただろう」彼は目を鋭くした。「きみは探り出したことを、世間体の仮面をはぎとった下の人間の生々しい姿を洗いざらい新聞に書き立てることができるのか？　夫や妻の不貞を暴露しておもしろおかしい話に仕立てたり、夫婦間の変態性欲を暴いて大見出しをつけ、家庭を崩壊に追いやることができるのか？　その種のゴシップでどれだけの人生がめちゃくちゃにされたと思うんだ、デラ。きみはそんな記事の大見出しのために、人を故意に傷つけるようなことができるほど冷血なのか？」

彼がきいているのは、デラが日ごろ自分に問いかけていることだった。彼の言葉は彼女の自負と自信をぐらつかせた。恥じ入らせた。彼女は返事をするかわりにナプキンで口を拭《ぬぐ》い、皿の上に置いた。

クリスは腕時計に目をやった。「もういいのか？　そろそろ出発しないと」

「ええ、ごちそうさま」

デラは残っていた紅茶を飲みほすと、顔をそむけるようにしてカウンターを離れ、勘定を払っている彼を残して、この国の歴史の厚みやこの地を統治した歴代の君主に思いをはせながら、にぎわっている商業街区の方へ歩きだした。大ブリテン島の歴史には昔から心を引かれていた。そしていま、そのロンドンにいる。なのに、胸に暗雲が立ちこめ、いつかこの目で見たいと夢見ていた風景がここにあるのにじっくり心を向けることができなかった。

クリスの手が肘をつかんだ。彼は車を置いたところに彼女を連れていき、アメリカでは運転席がある側のドアを開けて乗せた。ここではハンドルが右にある。

「変な気がするだろう?」彼は微笑して言った。

「ええ、すごく」

クリスは運転席に座り、エンジンをかけた。「殺人事件について知っていることを全部教えてくれないか」

「本当のところ、たいして知らないんです」デラは正直に言った。「元議員が川に浮いているのが発見され、右のこめかみに鈍器による傷があった。でも公式発表は溺死《できし》だった。それだけしか聞いていません」

「右のこめかみ?　たしかなのかい?」

「たしかです」

クリスはなぜだかわずかに安堵《あんど》の色を浮かべたが、そのまま車を道路の流れに乗せた。質問の時間は終わった。

デラはイギリスの田舎の風景に夢中になった。そして山ほど質問したが、クリスはたいていの答えを知っていた。彼がチューダー家の歴史に精通していたのには驚かされた。

「あなたはきっと、テレビでいま放映されている『ヘンリー八世』を欠かさずに見ているのね」デラは笑った。

「ああ、見てる。そして、たいていの回にあらを見つける。歴史はそのままでは映像表現としておもしろくない。長い時間の話だからね。それで大衆受けするように短縮して話に色をつける。が、フィクションはフィクションでいい。それはそれとして、娯楽ものとして楽しんでいるよ」

「わたしはアメリカ先住民の歴史に心を打たれるわ。彼らは悲惨な仕打ちを受けたのね」

「悲惨な歴史は世界中どこにでもある」彼は言い返した。「アイルランド人はどうだった？　じゃがいもの大飢饉《ききん》で何千人もの餓死者が出たのにどこからも援助の手は差しのべられなかった。ナチの強制収容所で死んだ反ナチ分子は？　スターリンに粛清されたロシア人は？　虐殺を逃れてヨーロッパから出なければならなかった十六、七世紀のフランスの新教徒は？」

「なんてことでしょうね」

「それはほんの一例さ」クリスは続けた。「人間の歴史は迫害と抑圧の歴史だ。きみやぼくの先祖もたぶん虐げられた人々の一人だったのだろう。そうでないなら、そもそもなぜアメリカに渡ったんだ？　彼らは故国では手に入らなかったものを探していたんだ」

デラは彼の方に顔を向けて微笑んだ。「あなたはとても話じょうずね」

クリスははじけるように笑った。「そんなことを言われたのは初めてだ」彼はデラの方を見なかった。彼女はクリスには見えない側にいた。顔が見えるように大きく首をめぐらすのは危ない。だが、彼女の横顔は、クリスの頭の中にすでに生き生きと焼きついていた。

「そんなことってあるかしら」

クリスは曲がる合図を出して幹線道路に出た。

「若いころのぼくは、いわゆるプレイボーイだった。付き合うのは、洗練された、時代の先端を行く女性たちと決まっていた。意味はわかると思うが」

デラはわかった。彼女は咳払《せきばら》いした。「ええ」

彼は苦みばしった微笑を浮かべた。「いまはすっかり変わったよ」

彼女は皮肉っぽい口調にひっかかった。「なぜ変わったの？」

「たぶん、前のように自信がないからだろう」クリスは物思わしげに言った。「鏡をのぞいた時に傷跡を見ると、時々気が滅入《めい》る。おそらく傷は消せるだろうが、医者や病院はもううんざりなんだ」

デラはこっそり彼を観察し、すぐに前方の道路に目を戻した。「その傷、プレイボーイに似合っているわ」

「これが？」

クリスはおもしろくもなさそうに言った。

「とても辛《つら》いことでしょうね。それはよくわかります」デラは急いで言葉を継いだ。

「べつに気を悪くしたわけじゃない。慣れたってことかな。だが、片目の視力を失ったのは辛い」

「お気の毒だわ。わたしが言いたかったのは、傷があってもあなたは醜くないってこと」

「いつもそう言われる」クリスはバック・ワロップへの分かれ道を示す標識の側で車を止めた。「今日は物事がうまくいきそうな気がするな」彼は道標を指さして言った。「地図によると、あと十分くらいで着く。タンジーの手がかりをつかめるといいんだが。イギリスは大きな国だから」

「これまでは、いつも見つけることができたんでしょう？」

「ああ。こういう時には私立探偵に頼んでいた」クリスは言った。「だが、今度のケースはそうできない。プライベートなことはデイン・ラシターに調査を頼んでいるんだが、彼はテキサス州騎馬警官だった。思いやり深い人間だが、法には厳格だ。遠慮なく法を行使する」

「べつの言葉で言えば、あなたのお母様を警察に突き出すということね。本当にそんなに堅物なの？」

「結婚して子持ちになってからは、少しやわらかくなったかな。しかし、彼が法と秩序の人間であることに変わりはない。彼を困った立場に立たせたくないんだ」クリスは苦笑いした。「大学で刑法の講義をもっとちゃんと聞いておけばよかった」

「あなたは大卒なの？」

クリスはかぶりを振った。「酒とどんちゃん騒ぎに忙しくて、しじゅう講義をすっぽかしていた。二年で落第したが、べつに痛手じゃなかった。大卒のほとんどの人間が一生に稼ぐよりたくさんの金を相続したからね」

「そして、ただ遊んで暮らした」

クリスは肩をすくめた。「事故にあうまではね。ぼくはほかの生き方を知らなかった」彼はデラの顔が見えるように首をめぐらした。「いまでは物事をそんなに単純には考えない。くだらないことで人生の時間をたくさん無駄にしたことを残念に思っている」デラのやさしい目をじっとのぞきこんで微笑した。「きみはとてもかわいい人だ」顔を赤らめる彼女の様子が好きだった。「数年前にきみと朝食をともにしたかった。だが、きみはぼくの良心の上に鉛のように重くのしかかっただろうな」

「そうならなくてよかったわね」デラはつんとして言った。「わたしはお手軽な情事や、そういうことをする人たちに関心がないの」

「わかっている」

彼女はもじもじした。「そろそろ行ったほうがいいんじゃない?」

「そうだな」

クリスは道を折れて車をバック・ワロップに向けた。無理にでもデラをひっぱってきたのがうれしかった。なぜだろう? よくわからない。が、彼女には彼が日ごろ気楽に遊んでいる相手にはないものがあり、そこに惹《ひ》かれたのだ。苦労知らずで勝手気ままに生きている自分には、彼女の地味さや日常的なところが珍しいのかもしれない。おまえ、どうかしたんじゃないかとローガンに言われそうだが、クリスは自分がいまやっと少しまともになってきたような気がした。いままで人生の先のことを本当に考えてみたことなどなかったなと、狭い道に車を走らせながらクリスは思った。デラと一緒にいると、緑に囲まれた家や花でいっぱいの花壇が頭に浮かぶ。彼は顔をしかめた。あまりにも自分らしくなかった。ほかの女性といる時にこんな気持になったことは一度もなかった。彼女たちは花を育てるなんてくだらないと言うに決まっている。彼はふと想像した。青い絹のガウンをゆるくまとい、黒い絹のシーツの上にしどけなく横たわったデラは……。

何を考えているんだ? クリスは頭をがつんとやられたように現実に引き戻された。そんな想像はめぐらすだけ無駄だ――こと彼女に関しては。デラは結婚指輪を望むタイプだ。

そのことをよく覚えておいたほうがいい。

二人は十五分後に小さな村バック・ワロップに着き、新聞販売店の前で車を止めた。

「何かたずねるならここが一番だ。あまりあからさまな質問はよくないが」小型車のドアを開けておりるデラに手を貸しながらクリスは言った。

「わたしたちのアクセントは、どのみち目立つわよ」デラはからかって言った。

「心配するな。ぼくに任せてついてこい」クリスは軽く笑ってデラの手をとり、彼女が手をひっこめようとするのをぎゅっと握って店内に入った。

「いらっしゃい」店主が物珍しそうな目を向けた。「何か？」

「ちょっと道をたずねたいんだ」クリスは微笑して言った。「妻とぼくは、いとこを訪ねる途中なんです。モールバラ公爵とレディ・ゲイルを。ところがハーヴェイ卿《きょう》のことを耳にはさんだので、回り道だがバック・ワロップを通ってレディ・ハーヴェイに挨拶《あいさつ》をしていこうと思ったんです……。行き方を教えてもらえますか？」

「モールバラ公爵がおいとこさんで？」店主はいたく感心して言った。

「ああ。ジョージーを知っているのかい？」

店主は咳払いした。彼は知らなかったし、たとえ顔見知りだったとしても、公爵を〝ジョージー〟などと軽々しく呼ぶなどとんでもないことだった。

「レディ・ハーヴェイのお住まいは、ここから少し行ったところのカーステアズ館ですよ。カーブを曲がった先の橋を渡った左側で、すぐにわかります。ハーヴェイ卿は本当にお痛ましいことで」

「ああ、まったく。ありがとう」クリスは言った。「行こう、ダーリン」

彼はデラを脇に引き寄せ、デラの膝がわなわなしそうな表情を浮かべてじっと目を見た。デラは頬を染め、声が出そうもなかったのでうなずいた。

「ご新婚で？」店主はにやっとした。「誰が見てもわかりますよ。だんなは運がいい方だ。そんなべっぴんさんと」

「ぼくもそう思っている」クリスはデラにウィンクした。「では行こう、奥さん」そして肩越しに言った。「助かったよ、ありがとう」

「お安いご用ですよ」

店主は出ていく二人を見送りながら、くすりと笑った。彼女はだんなの脇の下にすっぽりおさまっている。まったくお似合いの夫婦だ。黒い髪の背の高い男と小柄でかわいいブロンド。彼は自分の若かりし日を、結婚したころを思い出したため息をついた。あの二人を見ていると、妻を亡くした寂しさがひしひしと胸に迫った。

店主の思いなどつゆ知らず、車のそばで足を止めたクリスはデラをさらに引き寄せた。彼はデラのふっくらした顎を指先で持ち上げ、困惑を浮かべている目をのぞきこんだ。

その目は夏の雨のようにやさしいグレーだった。彼の頭から周囲の何もかもが遠のいていく。デラのやさしさが世界全体を包みこみ、そして彼女はクリスの腕の中にとてもしっくりとおさまっている。彼はデラの愛らしく結んだリボンのような唇を見おろした。きれいな薔薇《ばら》色で、ほんの少し開いていた。いま思っていることを実行するのは愚かだ。そうわかっていたが、彼の頭は自然と下がり、口は彼女のピンク色の唇をそっとふさいだ。想像にたがわずとてもやわらかだった。そして彼の口の下で微《かす》かに震えていた。彼はほんの少し顔をあげて彼女の気持をうかがった。彼女の指先が彼のシャツに触れた。ごくわずかに。その手が開いて胸に置かれた。ほんの小さなその動きが彼を大胆にした。彼は再び頭を屈《かが》めた。今度のキスは遠慮なかった。そして短くもなかった。

クリスの腕に締めつけられ、彼の長身に体がぴったり押しつけられ、デラの胸の中で心臓が止まった。彼の口は熱く、すばらしく巧みなキスだった。彼はデラの唇に、これまで誰もしなかった何かをした。デラの中で眠っていたものが目覚め、彼女はうめきをもらした。

その声にクリスは陶酔から引き戻された。彼は頭を起こし、少し息をはずませながら、ひどくとり乱している彼女の目をじっと見た。

「きみはそんな歳《とし》をして、キスの仕方もよく知らないんだな」そう言うクリスのハンサムな顔には表情といえるものがまるでなかった。

デラは喉をごくりとさせ、乱れた呼吸を整えようとした。「言ったでしょう。わたしは……」

「キスをしても妊娠しない」クリスは容赦なく続けた。「たとえ口を開き、舌を絡ませたって、その心配はない。きみはキスがきらいなのか？」

デラはたじろいだ。おそろしく不器用で、おそろしく青くさく感じた。彼女はショックの覚めやらぬ目をあげて彼をにらみ、神経質な笑い声をたてた。「ここは人目のある通りなのよ！」

「ああ、わかっている。人目がないところなら、きみは抵抗した」

クリスはにべもなく言い、少しずつ腕をゆるめてデラを放した。彼の眉がしだいに曇り、怖いような顔になった。彼女の目の中の何かが、表情の中の何かが、彼を穏やかならざる気持にした。

「あの……もう行きましょう」デラはあえぐように言った。

「そうだな」クリスはドアを開けてデラを座らせ、ボンネットを回って彼女の隣に乗った。エンジンをかけようとして彼の手が止まる。「きみは」彼は言い、じっとデラを見た。彼女のまぶたがひくひくとした。「レイプされたのか？」

彼女は身を震わせた。「お願い……」

「レイプされたのか？」

彼女は膝に視線を落とした。「いいえ……そこまでは」

「相手は知っている人間だったのか？」

「フィアンセよ」デラは重い口を開いた。「わたし、結婚式の二日前に婚約を破棄したんです。なぜかというと、わたし、式のリハーサルを兼ねてみんなで夕食をした晩、彼がブライズメイドの一人と一緒にいるところを見てしまったの。乾杯をしているあいだに彼がいなくなったので外に探しに出ると、彼は彼女と車のバックシートで……」

デラはため息をついた。誰かに本当のことを話してしまうと、なんとなくほっとした。こんなことは祖父には言えなかった。

「彼はわたしを家に送ってきて、その晩は祖父が留守だったので、わたしはブルースにあなたとは結婚しないと言ったの。彼はかんかんになって、力ずくでわたしをどうにかしようと……。さいわい、彼はあきらめたわ。彼は、わたしが体を許そうとしないから、ほかの女を見つけたんだと言ったわ。婚約を破棄してくれて助かった、この先一生きみのやる気をかき立てようと奮闘しなきゃならないのはごめんだからとも言ったわ」

辛そうなデラの声を聞くうちに、クリスの胸はやわらいだ。彼は静かにデラを見つめた。それから彼女の短い髪をそっと撫《な》でた。「人間は時に寂しさや不安から他人を求める。結婚は心の結びつきはむろんだが、当然、肉体関係をともなう。きみは彼をほしいと思わなかったのか？」

デラはいたたまれないようにもじもじした。「そういうふうには……」

「だとすれば、彼と結婚していたらきみはとんでもなく不幸になっていた。いまならはっきりそれがわかるだろう？」

デラは首をめぐらして彼を見た。いつになく自分が無防備に感じられた。「でも……あれはいけないことよ」彼女は言った。「結婚してからならともかく、結婚していないのに……」

クリスの手が止まった。「そこまででいい。きみは宣教師に育てられたんだな」

彼は冗談で言った。真実を言いあてたとは知らなかった。

デラは目を丸くした。「ええ、わたしの両親は宣教師だったわ。どうしてわかったの？」

3

「なるほどね」驚きが去ると、クリスはぽつりと言った。

「あなたはきっと、愛について、わたしがこれから一生かかって学ぶよりたくさんのことを、もうとうに経験して、忘却のかなたへ追いやってしまっているんでしょうね」デラは感慨をこめて言い、肩をすぼめた。「わたしは命のない胸像みたいなものだったわ。現代の女としては」

「そんなことはない。きみにはその芽があるよ」クリスは彼女の心をくすぐるように低い声で言った。「必要なのはその芽を育てることだ」

「あなたが進んでその役を買って出ようというのかしら?」デラは皮肉っぽく微笑した。

「そそのかすんじゃない」クリスは彼女の髪をひと房つまんでひっぱった。「それじゃなくてもややこしいことを抱えているんだから。タンジーだ。忘れていないだろうね」

　デラは眉をひそめた。「ごめんなさい」

「謝ることはないよ」クリスは笑い、つまんでいた髪を放して車のエンジンをかけた。

「まずタンジーを見つけて彼女の問題を解決する。それからこっちの問題にとりかかろう」

「わたしには問題なんてないわ」

クリスは彼女にあきれた顔を向けた。「きみはフレンチキスが好きじゃない。それを問題だと思わないのか？」

デラは彼をにらんだ。「思わないわ！」

クリスはにやっとした。「そのうちわかるよ」

デラは無視するのが一番だと決め、領主館に着くまでの五分間そう努めた。

館《やかた》の門は閉じられていて、その前に貨車三両分くらいの人数の報道関係者が陣どっていた。

「これはちょっと厄介だな」

「あそこにある電話で、道に迷ったのでどう行ったらいいか教えてほしいときいてみたら？」

「その手はきかないよ。ここにつめかけている連中がすでにあれこれ試してみたはずだ。思うに、何においても率直に出るのが最善策だ」

クリスは車をおり、愛想のよい笑顔を振りまきながら記者たちをかき分けて進み、門についている電話をとりあげた。彼は記者たちに聞かれないように声をひそめて一分ほど話し、うなずいて電話を切るとデラがいる車に戻った。

「迎えを差し向けてくれるそうだ。この車の特徴を言っておいた」

デラは驚いた。「どう言ってレディ・ハーヴェイに門を開けることを承知させたの？」

「モールバラ公爵の親戚《しんせき》の者だ。亡くなったご主人のことで緊急に話したいことがあると言ったんだ」

「彼女がそれを信じたの？」

「なんと彼女とぼくは知り合いだったんだ」彼は笑った。「彼女が結婚しているとは知らなかったし、彼女がレディ・ハーヴェイだとは思わなかった。ぼくは公爵夫人ではなくクロウチルド・エルモーとして彼女を知っていたんだ」

デラはふいに嫉妬《しっと》を覚え、落ち着かなくなった。彼はその人を昔の恋人だとは言わなかったが、きっとそうなのだ。そういう女性たちのことを考えたくなかったし、考えるのは危険だった。仕事で来ているということを忘れないようにしよう。そして、この改心した放蕩者《ほうとう》に――本当に改心したのかどうか疑わしいわ――変な目をつけられないようにしなくては。

「中に入ったら、どんなふうに言うつもり？」

クリスはおかしそうな顔をした。「きみは新聞記者だろう。どう切りこんでいくか手順を準備していないのか？」

「してあるわ」デラは手帳をとり出した。

クリスはほかの記者たちに見られないようにそれを手で隠した。「ここではだめだ。我々が入れてもらうことを連中に知られてはまずい」

「そうね」デラは手帳をしまった。「じゃ、頭の中で整理しておくわ」

クリスは危ぶむような目で彼女を見たが、何も言わなかった。二、三分すると二人乗りの小型車が私道をやってきた。一人の男がクリスの車に来て後ろの席に乗りこんだ。もう一人が門を開ける。クリスはその隙間《すきま》を抜け、記者たちが殺到しないうちにすばやく邸内に入った。とり残されて腹を立てた連中のやじやあざけりの声を尻目に門は閉じられた。

「うまくいった」クリスは長い私道を、屋敷の車のあとについていった。

「いまいましい禿鷲《はげわし》どもめ」後ろの席の男が強いロンドン訛《なま》りで言った。「気の毒なハーヴェイ様がまだ埋葬もされていないうちに。本当においたわしい。だんな様はあれほどマスコミを嫌っておいでだったのに」

「ぼくは亡くなった卿《きょう》と一つ分かち合っているものがある」クリスがぼそりと言った。

後部シートの男は、バックミラーの中の運転席の男をじっと見た。「あなたには見覚えがある」男は突然言った。「あのデヴラル……アメリカ人の。あの時ベッドにいるところを……」

「よせ」クリスは氷のように冷たい声で制した。「過ぎた話だ」

「たしかにそうですな。あなたには奥様がいまどんな気持かよくおわかりでしょう」

「ああ、よくわかる」クリスは答えた。

「奥様はお友達の訪問をお喜びでしょう。この二日間、世捨て人のようにお暮らしでしたから。おまけにスコットランドヤードの取り調べや何やらのせいで」男は頭を振り、悲しそうに言った。「だんな様がお気の毒だ。本当においたわしい。裸で川に浮いている姿をあの禿鷲どもにぱちぱち写真に撮られるとは。あんなに威厳のある紳士だった方が……デヴラル？」男は再び唐突に声をあげ、クリスに鋭い目を向けた。「あなたはあの女の……。気の毒なだんな様を殺したのはあなたの母上ですぞ！」

「ぼくの母はサラダにたかった蝿《はえ》一匹殺せない」クリスはうんざりしたように言った。

「彼女は札付きの変人かもしれないが、断じて人殺しじゃない」

男はいくらか気勢をそがれたようだ。「そう断言する自信でも？」

「命を賭《か》けてもいい。ハーヴェイ卿が殺害されたのだとしても、母がやったんじゃない」

「殺害されたのに間違いありません」男は重苦しく言った。「額の横にこぶし大のあざがあり、死因は溺死《できし》ですが、溺《おぼ》れた時には意識がなかったと警察は言っています」

「彼は頭の右側を打っていた。そうだろう？」クリスはさりげなくきいた。

「そのとおりです。右のこめかみを。非常に強く殴られたのでしょう、頭蓋骨《ずがいこつ》が割れて……。申し訳ありません、お嬢さん」男はデラの顔から血の気が引くのを見てわびた。

「言っただろう。きみは気持がやさしすぎる。そういう仕事には向いていない」クリスが言った。

「そのお仕事とはどんな?」後ろの男がきいた。

「彼女は犯罪小説家を目指しているんだ」クリスは涼しい顔ででたらめを言った。「ところが、実際の犯罪について書いたものを読むだけで気分が悪くなる始末だ。ぼくは、彼女は推理小説なら政治物を書いたらいいと思う」

「わたしは好んでそちらのほうのものを読みます」男は気どって言った。「政治が一番おもしろいですな。新聞に書いてあることはたいてい真実ではない。そうなんですよ」

「その意見には賛成だ。ぼく自身、いかがわしい新聞の被害者だったからね」

「すべての新聞がいかがわしいわけではないわ」デラはそう言わずにはいられなかった。

「そのとおり。すぐれたジャーナリストもいる」クリスは同意した。「だが彼らはゴシップ新聞には書かない!」

デラはそれ以上返す言葉がなかった。彼女は灰色の石造りの建物に目をみはった。心を奪われた。まるでお城だ。周囲には芝生の庭園が広がり、花園がある。私道が館をめぐっていくと噴水さえあった。優雅なポーチには、いたるところに花の鉢が置かれている。屋敷の裏手にはとても大きなガレージとプールがあった。

「見事な花園でしょう?」後ろの席から男が言った。「亡くなられたハーヴェイ様はガーデニングに情熱を注いでおいででした。よく長い時間ここで過ごされていました」

「ぼくの母も同じ趣味を持っている」クリスは言った。「もっとも、彼女は庭仕事に打ちこむほどゆっくり家にいたためしはないが。母はこっちに来てしばらく暮らしていたことがある。ぼくが寄宿学校にいたころだが」

「イギリスにご親戚でも？」

「モールバラ公爵はぼくのいとこだ」

「それはそれは！」

「王室と縁続きのいとこもいる」クリスは笑った。「というわけで、ぼくは大英帝国と案外深いつながりがあるんだよ」

「たしかに、そうでございます！」

クリスは正面玄関に車をつけた。後ろの席の男はすばやくおりて、小さな車からおりるデラに手を差しのべ、はにかんで礼を言う彼女に微笑《ほほえ》んだ。

「車はわたしが裏へお回ししておきましょう」男は丁重に言い、キーを受けとった。「お帰りの時には、ベルを鳴らしてお知らせください。すぐにご用意いたします」

玄関では執事が出迎え、クリスとデラを古風で優雅な家具で飾られた居間に通した。そこには喪中のレディ・ハーヴェイが虹《にじ》色のラウンジドレスをまとい、長椅子にしどけなく横たわっていた。そのドレスの値段は、おそらく第三世界の年間軍事予算に匹敵するのではないだろうか。

クリスはデラを紹介し、一緒に連れてきた理由を述べたが、そのまことしやかな嘘《うそ》にデラは顔を赤らめた。レディ・ハーヴェイは白い腕をクリスの方に差し出し、手の甲に接吻《せっぷん》の挨拶《あいさつ》を受けた。

「お目にかかれてうれしいわ」かつてのクロウチルド・エルモーは洗練された口調で言った。「喪中ですけれど、わたしは黒を着ると見られたものではないのよ。おかけになって」

「このたびはお気の毒でした」クリスは言った。

レディ・ハーヴェイは片手をゆるく振って物憂げに言った。「彼は七十過ぎで、健康は衰える一方だったわ。もちろん、彼の死を悼んでいますけれど。でも、彼とははるかに歳《とし》が離れていましたからね」

それには論争の余地がありそうだわと、デラは思った。レディ・ハーヴェイは顔のたるみをとる手術を何度か受けているにちがいない。だが、喉や手は実際の年齢をさらけ出しており、もはやどこにもういういしさはなかった。

「ぼくは母を探しているんです。彼女はどうも殺人事件に巻きこまれているらしい」クリスは言った。

「殺人事件ってなんなの?」レディ・ハーヴェイは驚き、体を起こして喉に手を当てた。

「タブロイド紙によると……」デラは言いかけた。

レディ・ハーヴェイは大きな声で笑いだしたが、頬に奇妙な赤みが広がった。「まさかそんなとんでもない話が広がっているとは知らなかったわ。ハーヴェイはおととい湖で水上スキーをしていて、手が外れて、ボートの後ろに頭をぶつけたのよ。ボートを操縦していたのが、あなたのお母様。ただそれだけの話よ」

クリスは安堵《あんど》のあまり脚の力が抜けた。「よかった！」

「信じられないわ。単なる事故からどうやったらそんなでたらめをひっぱり出せるのかしらね」レディ・ハーヴェイはそっけなく続けた。「そもそも、あなたのお母様に彼を殺すどんな動機があるというの？　セシルと彼女は古い友達だったわ。彼女の亡くなったご主人との縁でね。三人はとても親しかったんですけれど、わたしがセシルと結婚してからはあまりお付き合いがなくなって……。正直なところ、わたしはあのようなどんちゃん騒ぎについていけないわ。あなたのお母様ときたら、始終何かしらとんでもないことに巻きこまれているのですから」

「彼女はそれ以外の生き方を知らないんです」クリスは顔をしかめた。「だが、殺人事件ではないとすると、母はなぜ行方を追われているんだろう？」

レディ・ハーヴェイは手を振った。「さあ、さっぱりわからない。警察は彼女に――わたしにもいくつか質問をして引きあげたわ。わたしの弁護士は、殺人の疑いは皆無だし、これ以上の捜査はないと言っていますけれど」

「では、ぼくは無駄な旅をしたわけだ」クリスは微笑して腰をあげた。「お話をうかがえてよかった。助かりました。が、あなたもぼくの母がどこにいるかまったくご存じないわけですね？」

「ええ、まったく。警察の聴取を受けたあとで国を出たとか、そんなことを聞きましたけれど。彼女はわたしには何も」レディ・ハーヴェイはちょっと首を傾《かし》げた。「ベインブリッジならひょっとして何か知っているかもしれないわね。あなたのお母様とセシルは彼とも親しかったの。そう、ベインブリッジ卿にあたってごらんなさい。彼はこの少し先にお住まいよ。道は誰にきいてもわかるわ」

「感謝します。こんな時なのに、いろいろとご親切に」クリスは身を屈《かが》め、レディ・ハーヴェイの手に再び接吻した。

「どういたしまして。わたしもお話ができてよかったわ。忌まわしい記者たちはあそこを動こうとしないのよ。まったくどういうことかしら」

「じきに疲れて、ほかの誰かに気が移りますよ」クリスは言った。「お邪魔しました。ごきげんよう」

車が玄関に回された。さっきの男が門のところまで同乗し、門扉を開けて手を振った。クリスは報道陣のあいだを抜けて車を進めた。

「あ、ちょっと待って」

村の道に出る手前でデラはクリスに言い、窓をおろして近くにいた女性記者を手招いた。

「殺人事件はなかったわ。スコットランドヤードは事故死と認めたそうよ」デラは黒い髪のその記者に言った。「だとしたら、あなた方はなぜまだここで頑張っているの？」

「レディ・ハーヴェイがそう言ったの？　それはニュースね。今朝入った話では、事故死の可能性は撤回され現在も殺人容疑でなんとかいう女性を……」彼女は手帳をとり出して読みあげた。「タンジー・デヴラル。アメリカ人」

「ハーヴェイ卿は水上スキーをしている時に水に落ち、ボートの後ろで頭を打って溺れたのよ」デラは反論した。

「彼は鈍器で頭を殴られて意識を失ったのよ。銀の杖《つえ》の柄らしいわ」女性記者は言った。

「ミセス・デヴラルがそういう杖を持っていたことはわかっているし、その杖は現在警察が押収しているの。それにハーヴェイ卿は湖じゃなく川で発見されたのよ。一糸まとわぬ姿で」

「どういうことなのかしら。わからないわ」デラは暗い声で言った。

「わたしたちも同様よ。でも、あそこにいる奥方は途方もない財産を相続することになるわね。相続税だけでも相当な額にのぼるはずよ。それに、まだあるの。彼女は過激派グループの活動家とあやしい――」彼女はいきなり口をつぐんだ。「あなたは何者？」

「わたし、アメリカの新聞社の者よ」デラは正直に言った。「事件の取材に来たの。ミセス・デヴラルはアメリカ人ですから」

相手は納得した。

「ああ、そうね。彼女について何か知ってること、ありませんか?」女性記者は抜け目なくきいた。

「彼女はエイリアンに誘拐されたと言い張っていたことがあったわ。それから、あるアラブの王様が彼女をハーレムに迎え入れようとしたと自慢したり」

女性記者はうれしそうに笑った。「ありがとう! 彼女は殺人を犯すような人じゃないみたいね。陽気なかわいいおばあちゃんってところ。わたしのママだったらいいのにと思うくらいよ」

「わたしも同意見よ」デラは言った。「ありがとう」

「こっちこそ!」

デラが窓を閉めるとクリスは車を出した。

「進んで話す必要はなかっただろう!」

「あったわ。彼女はわたしに情報をくれて、わたしは彼女にあげた。貸し借りなしよ」デラはちらりとクリスを見た。彼の顔はこわばり、しわが刻まれている。「あなたのお母様がそんなことをしたとは思わないわ。証拠がどうであれ。彼女が言っていた過激派グループの活動家という男についてもっと知りたいわね」

少しのあいだ黙っていたデラは、また口を開いてきいた。

「ハーヴェイ卿が右のこめかみを殴られたと聞いた時、あなたはほっとしたみたいだったわ。それはどうして？」

クリスはにやっとした。「タンジーは左利きだからさ。ベインブリッジに会いに行こう。何か話してくれるかもしれない」

ベインブリッジ卿は喜んで話してくれた。彼はレディ・ハーヴェイとは付き合いがなかったが、彼女についてよく知っていたのだ。

卿は暖炉の側の大きな肘かけ椅子に巨体を沈め、そっくり返るようにして豊かな白い口髭《ひげ》を後ろにはねあげた。「娼婦《しょうふ》だよ、あの女は。失礼、お嬢さん」彼はデラにわびた。「そのひとことにつきる。わしはセシルに警告したんだが、彼は彼女の美貌《びぼう》に惑わされて結婚するまで気もそぞろだった。だが実際のあの女は、整形手術で顔のしわをのばし、腹の脂肪をとり、ごてごて厚化粧を施し、ふくらんでいるところはパッドで、目は欲でぎらぎらしている。周囲の目にはそれが見えていた。そしてついに彼女はセシルを始末し、タンジーに罪をなすりつけて我が身は逃れようというんだろう」

「タンジーは殺していない」クリスは吐き捨てるように言った。

「わかっているとも。みんなそれはわかっている。だが、タンジーは第一容疑者だ。あの奥方には鉄のように固いアリバイがあるというんだな。セシルが死んだ時刻、彼女は子供のためのある催しでスピーチをしていた」

「死亡時刻を正確に断定できるはずありません」デラは言った。「とくに彼の遺体は長時間水の中にあったんですから。水温で死亡時刻を二、三時間程度はごまかせます」

ベインブリッジ卿はかぶりを振った。「セシルは腕時計をしていた。殴られた時、腕をあげて身をかばおうとしたのだろう。腕時計のガラスが割れ、止まった針が正確な死亡時刻を示していたというわけだ」

「まったく好都合にも」クリスがつぶやいた。

「好都合にじゃないわ。トリックよ」デラは反論した。「巧妙な悪だくみよ」

「タンジーが逃げ隠れさえしなければ」クリスは沈んだ声で言った。「殺《や》っていなくても、逃げれば怪しまれる」

「わしの考えでは」ベインブリッジ卿は確信ありげに言った。「タンジーは逃げているんじゃない。誰かに拘束されているんだ。彼女に本当のことをしゃべられないように。彼女は犯人の姿を見たのかもしれない」

二対の目が丸くなった。「誰に？」

「奥方のボーイフレンドに」ベインブリッジは言った。「トニー・カートライト——徒党を組んで大きい口を叩《たた》いている与太者だ。ある過激グループの頭で政界にのしあがりたがっているのさ。最近はコーンフレークでもまくように金をばらまいている。後ろに誰がいるのか不明だ。わしの推測では、レディ・ハーヴェイが資金を出しているな。それをセシルが知って真っ向からぶつかるという間違いを犯した。あるいは、汚らわしい場面を目撃したか。セシルは昔から口を閉じておけない質《たち》だった。思慮分別もなく食ってかかったということはありえるな」

「そして死ぬはめになった」クリスはつぶやき、目を鋭くした。「我々にできることは?」

「私立探偵を雇ってトニーと奥方の行動を見張らせるというのはどうだ」即座に返事が返ってきた。「じつは、うってつけの男がいる。しばらくインターポール――国際刑事警察機構にいた。その前は、これは噂《うわさ》だが、特殊空挺《くうてい》部隊にいたらしい。料金は安くないが、払う値打ちはある。きみが望むなら紹介してもいい」

「彼の名前は?」

ベインブリッジ卿は微笑した。「人呼んで、セスだ」

「事務所を構えているんですか?」

卿は首を振った。「彼は主に政府の極秘の仕事をしている。フリーの工作員としてね。が、プライベートな事件も時々引き受ける。興味が持てればだが。彼は金のためにやっているわけではないんだ」

「彼はこの事件に興味を持つでしょうか?」クリスはたずねた。

卿はうなずいた。「そう思う。きみが泊まっているホテルを教えてくれ。今夜中にコンタクトするように話してみよう」

クリスは長いため息をついた。「おかげでずいぶんと心の荷がおりました。母はめちゃくちゃな人間ですが、ぼくは母を愛しているんです」

「彼女を得た者もいれば、失った者もいる」ベインブリッジはなつかしそうな目をして言った。「わしも彼女に惚《ほ》れた一人だ。五十年前の彼女がどれほど美しかったか、きみには想像もつかんだろう。わしはある夏マドリードで彼女と出会った。一生忘れられん思い出だよ。彼女を救うためならなんでもする」

「レディ・ハーヴェイはそのことを知っているんですか?」

ベインブリッジはかぶりを振り、笑った。「知っていたら、きみをわしのところにはよこさないだろう。彼女はセシルと親友だったわしが恨みのかたまりになっていると思った。きみの鼻先でドアを叩きつけると計算したんだろう。彼女にはあいにくだったな」

クリスとデラは古つわものに感謝し、ロンドンのホテルに戻った。

デラの部屋の前で別れる時、クリスはひどく気が沈んでいた。「セスから連絡がきたら知らせる。しばらく休むことにしよう。これからどうなるのかわからないが、タンジーがとらえられているという卿の推理は間違っていてほしいよ。常軌を逸している!」

「犯罪者はたいてい常軌を逸している。だから、とんでもないことを考えたりやってのけたりするのよ」デラはやわらかな手をクリスの頰にそっと当てた。「そんなに心配しないで。きっとだいじょうぶ」

　クリスは奥歯を噛《か》みしめた。彼女の腕をつかんで引き寄せる。「きみがいなかったら、ぼくは今日一日とてももたなかった」かすれた声で言い、頭を屈めて唇を重ねた。

　その言葉と、開いた唇へのゆっくりとやさしい口づけがデラの心をとろかした。彼女があえぐと、クリスも口を開いてもっと深いキスをした。彼は小さく声をもらし、デラの両腕を握っていた手を離し、彼女のヒップをとらえて自分の体に押しつけた。

　デラは彼を押しのけ、息を乱しながらやっと言った。「ここは……廊下よ」

　クリスも息を整えるのに苦労した。彼女はきれいで、やさしくて、知性的で、一緒にいるのが楽しい。事故にあう前の彼は女性を獲物として見ていた。いま彼は、これまでの自分の人生に欠けていたものがなんだったのかわかった。それは心を持った女性だ。この歳になってようやく、人間の外側ではなく内側を見る目ができたのかもしれない。

　彼はデラの両手をとって唇を押しあてた。そして静かに言った。「きみはめったにいないすばらしい人だ。一緒に来てくれてありがとう」

「まあ……あの……わたしにはたいして選択の余地がなかったわ」キスに心をかき乱されていたデラはしどろもどろに言った。

　クリスは笑った。「そうだったたっけね」彼の微笑がかき消えた。「まだいてくれるかい？きみがもし帰りたいなら、ちゃんと送り届ける」

「あら、まだ帰らないわ」デラは急いで言った。「あなたのお母様の疑いを晴らさなくては！」

クリスは彼女の右手の中指にはめられている、銀にトルコ石をあしらった質素な指輪に指を這《は》わせた。「きみはさっき、タンジーのような母親が好きみたいなことを言ったね。あれは本心かい？」

デラはうなずいた。「わたしにはママの記憶がほとんどないの。ママはパパと一緒に始終どこかへ行っていたわ。互いに本当に打ち解けたことがなかった。祖父はちがうわ。おじいちゃんはわたしの腹心の友なの」

「アメリカに帰ったら、ぜひきみのおじいさんに会ってみたいな」クリスは心からそう思った。「彼はとてもいい人にちがいない」

「ええ、そうよ」デラは穏やかなグレーの目でクリスの目をのぞきこんだ。「あなたもそうよ」彼女はやさしく言った。

いまクリスの目は微笑んでいた。口も微笑んでいた。彼は廊下の端から端に目を走らせ、もう一度彼女にキスをした。そっと、短く。「レストランが開いたら食事に行こう。おしゃれをしてね」

デラはちょっと寂しげに笑い、ベージュのパンツスーツを指さした。「これを着ていくしかないわ。ドレスは一枚も持ってきていないの」

クリスは眉をあげた。「サイズは十号？」

デラはどきりとした。「あなたって、本当に女たらしね！」

クリスは肩をすくめた。「弁解の余地なしだな。たしかにぼくには長いプレイボーイの人生があった。サイズを当てるのは、ぼくの膨大な知識の一端にすぎない」彼はいたずらっぽく笑った。「ともかく何か手配しよう」

「待って。あなたに服を買ってもらうなんてとんでもない」デラはただちにはねつけた。「あなたの愛人だと思われてしまうわ！」

「誰もきみをそうは見ないし、そうは思わない」彼はそっけなく言った。「きみにはそれらしい磨きがかかっていない」

「それらしい磨きって？」

「ある種の洗練だ。だが、洗練された美人なんて、きれいなグラビア雑誌がうたいあげているほど魅力的なものじゃない。わざとらしくて寒々しい」彼はデラの目をのぞきこんだ。「きみは、寒い雨の日に恋しくなる炉端のように温かい」

デラの細い眉がはねあがった。

「古くさすぎるかな？」クリスは白い歯をちらりと見せた。「とにかく何か手を打とう。舞台の小道具から衣装を借りるというのはどうかな。我々が殺人犯を追っていると見られてはまずいだろう。捜査に干渉する資格はないんだし、許可ももらっていないんだから」

「彼女はあなたのお母様よ」デラは静かに言った。「あなたには当然の権利があるわ」

クリスは小さくて形のいい彼女の鼻をやさしくつついた。「やっぱり彼女の中傷記事を書くつもりなのかな?」

「まさか。わたしはただ真実を告げたいだけよ」

「きみの編集長は、それじゃ気に入らないだろう」

「どこかに気に入ってくれる編集長がいるはずよ。正直であること——それはすべてのジャーナリストの必須《ひっす》条件だわ。わたしは売る記事を書くために人を傷つけたりしません」

「だからきみが好きなんだ」

クリスは彼女の鼻の頭にキスをし、ゆっくりと廊下を歩み去った。

デラは複雑な気持でクリスの後ろ姿を見送った。彼はかつてプレイボーイだった。彼は女性について知りつくしている。でも、彼には心を引きつけるものがある。やさしくてユーモアのセンスがある。お母様のことが気がかりなこんな時にもユーモアを忘れない。母親を思いやるその気持が、微笑や数々の魅力に劣らずとてもいい。彼は心からタンジーのことを心配し、なんとしても彼女を救おうとしている。女性たちが彼に熱をあげるのは無理もない。わたしもいまにも夢中になりそうだもの。

デラはカードキーでドアを開けて中に入った。開けたドアを閉めたその時、スイートルームの居間のソファから黒い人影がぬっと立ちあがり、歩み寄ってきた。

4

「誰なの？」デラの片手はまだドアの把手《とって》にかかっていた。

男はそばにやってきた。髪も目も黒く、どことなく異国風な感じだ。

彼は首を傾け、ショートカットのブロンドの巻き毛の頭から小さな足までデラを眺め回した。「いくつか質問がある。きみはなぜタンジー・デヴラルの行方を追っているんだ？」

デラは口をぎゅっと結んだ。「あなたはなぜそれを知っているの？」

「きみは今朝クリストファー・デヴラルと一緒にこの国に来た。彼のことはわかっている。彼の立場はわかる。タンジーは彼の母親だ。しかし、きみの立場は不明だ」

「わたしは新聞記者です」デラは言った。「彼女を見つけ出して独占インタビューをしたいんです」

男は目を険しく細め、数秒デラを見つめた。

「ここに来る前に、きみとデヴラルについて少し調べた。タンジー・デヴラルのご主人――彼女の二人の息子の父親は、第二次大戦中モロッコにいた」男は言った。「彼はフランスの地下抵抗運動のスパイだった若い人間の命を救った」

「とても興味深いお話だわ。でも、それがどうタンジーの事件と結びつくのかしら？」

男は二、三歩動いて明かりの下に立った。彼の顔がはっきり見えた。

「その若い人間がわたしの父だった」男は言った。「通常わたしはいわゆる事件には関《かか》わらない。デヴラルにわたしを雇うだけの金がないわけではないがね。だが、今回は手を貸すことにした。彼の父親のことがある。わたしはデヴラル家に恩があるからだ」

「あなたはいったい誰？」

「そうだな。セスと呼んでくれ」男は投げやりに答えた。

デラは目を丸くした。「ベインブリッジ卿《きょう》があなたのことを話してくれたわ」

「ちらりとだろう」彼は電話のところへ行き、無駄のないなめらかな動きで受話器をとりあげ、クリスにかけた。「デラの部屋にいる」そう言って電話を切った。

クリスは二分とかからずに飛んできた。ノックもそこそこに踏みこんだ彼は、デラの小さな手を握りながら鋭い目をセスに向けた。

セスは相手の警戒心を見て微笑した。「彼女は百パーセント無事だ。女性を痛めつけるようなことはしない」

「なぜ、ぼくではなく彼女のところに？」クリスは問いただした。

「わたしはあなたを個人的には知らないが、あなたについて知っている」セスは微《かす》かに微笑《ほほえ》んだ。「あなたのお父さんについても知っている。彼は第二次大戦中に、わたしの父の命を救ってくれた。世界は狭い」

「非常に」クリスは応じた。

セスは部屋の奥に戻り、窓際のテーブルのところへ行った。その上にはトレイがのっている。「ハイティーを注文しておいた。自由にどうぞ」

クリスとデラは男とともにテーブルについた。気は許さなかった。

セスは片手にスコーンを、もう一方の手にティーカップを持って椅子の背にもたれ、二人がお茶に砂糖を入れるのを見ていた。

「よくない習慣だ」彼は言った。「砂糖は現代の元凶だ。カロリーだけで栄養はゼロ」

「お砂糖のない人生なんて人生とはいえません」デラはにっこりした。「ごめんなさい」

セスはお茶を飲みながらクリスをちらりと見た。「お母さんはトニー・カートライトの仲間にとらえられている」彼は唐突に言った。「マンチェスター通りのあるガレージに監禁されているが、彼らはいまや自暴自棄の集団になった。二十分前にレディ・ハーヴェイが屋敷の門前に陣どっていたマスコミに対して記者会見を行い、殺人犯はトニーだと発言をした。彼女によれば、トニーは彼女の夫を殺し、彼女を犯人に仕立てる計画だった。ハーヴェイ卿は離婚するつもりだったので、そうなれば彼女は相続権を失う、だから彼女が殺したのだと言って。トニーは抜け目なくタンジーを誘拐した。タンジーが英国の上流階級と親しいことを知って、人質として使うためにだ。いま一味は国外脱出のための飛行機と彼女の身柄の交換を計画している」

クリスは小さい声で悪態をついた。「警察はそのことを知っているんですか?」

「いまはまだ知らない。だが警察もわたしと同じ情報源を使っている。じきにトニーの魂胆を知るだろう。一方レディ・ハーヴェイは夫から解放され、欲の深い愛人も追い払えるわけだ。トニーは彼女が相続する金を押さえられる前にスイスの銀行の秘密口座に隠そうと忙しく工作していた」

「相続税はどうなんです? 彼女は銀行を使うわけでしょう?」クリスは言った。

「ああ。バハマの銀行をね。抜け目のないレディだ。まったく。タンジーのことをのぞけばどこにもほころびがない。だが、その処理も、先手を打ってトニーの手にゆだねたわけだ」スコーンを食べおえたセスは、ティーカップを手にしていきなり身を乗り出した。

「わかっていると思うが、彼らは要求したものを手に入れた暁にはタンジーを始末するだろう。やつらは危ない橋は渡らない」

クリスはすでにそれを考えていた。彼は顔をこわばらせた。「なんて汚いやつらだ」低い声でつぶやいた。「ぼくはいまの財を築くのに一度として人をだましたことも、脅したこともない。さほど莫大《ばくだい》な遺産をもらったわけでもなかった」

セスはうなずいた。「知っている」彼は口を引き結び、年下の男を静かに観察した。意志も体も堅固そうだ。目は黒く燃えている。「いまの話を警察に告げることもできる。タンジーの居所も含めて。もし、きみがそう望むなら」

クリスはまっすぐに相手を見返した。「そうしないこともできる」

セスはうなずいた。「わたしと部下二人、そしてきみとデラ」

クリスはデラを見た。「ぼくは行く。彼女はだめだ。これは彼女には関係がない」

デラは目をむいてクリスをにらみつけ、きっぱりと言った。「行きます。きっと最高の記事が書けるわ！」

「最後の記事になるかもしれないぞ」クリスはデラを危険にさらしたくなかった。

「わたしも交ぜるように彼に言ってください」デラはセスに訴えた。

セスは肩をすくめた。「わたしは賛成だ。きみたち二人には歩き回る仕事を頼みたい」

「銃を使ったりはしないんでしょうね？」デラはきいた。

「相手の出方による。向こうが撃ってくればこっちも撃つ」セスははっきりと言った。

「味方の命を守らねばならない」

「イギリスでは拳銃《けんじゆう》を持ち歩くのは違法だと思っていたわ」

「一般人は持ち歩かない。警官や特殊な職業の人間はべつだが」セスはクリスの真剣な目を見た。「行動を開始する前に、その筋にきちんと話を通しておこう。念のために言っておくが、わたしはアウトローじゃない。わたしはそれができる時には法の範囲内で動く。

とくにこの国では」彼は微笑した。

「わかりました。ぼくとデラはなんでもします」クリスは言った。「料金を言ってください。タンジーを救うためなら全財産を投げ出してもいい」

セスは珍奇なものでも見るようにクリスをじっと眺めた。「そういうのはいまの世の中では珍しい。多くの場合は金のほうを大事にする」

「タンジーは金には代えられない」クリスはあっさり言った。「彼女が次々にとんでもないことをしでかすとしてもです」彼は小さく笑った。「少なくとも、彼女に退屈させられることはありませんよ」

セスは笑った。彼はカップを置いて腰をあげた。「楽しいひとときだった。段取りがついたら連絡します。明日はホテルを離れないでほしい。わたしは部下と連絡をとって二、三、手を打っておく」

「わかりました。で、支払いの件は？」クリスはたずねた。

「身の代金ということかな？」

クリスは顔を曇らせた。「それもですが、ぼくが言ったのはあなたへの報酬のことです」

「ああ、それなら、そちらの都合のいい時に、リッツ・ホテルでハイティーをごちそうにでもなろうか」セスは言った。「クリームとバターをけちらないやつを」彼は指を一本立てた。「とびきりのを」

「ハイティー？」クリスは頭がおかしいんじゃないかという顔で相手を見た。

セスは肩をすくめた。「わたしはハイティーが大好きなんだ。金なら、もういやというほど持っているのでね」彼はデラに目をやって微笑した。「最近は気が向く仕事だけをする。きみはとてもかわいい人だ」

デラは頬を染めた。「ありがとう」

セスはため息をついた。「わたしはブロンドがとても好きだ」彼は顔をしかめてクリスを見た。「彼女が先にわたしと出会わなかったのが残念だよ」

セスは小さく会釈し、そよ風のように静かに部屋を出ていった。

「とても変わった人ね」デラは言った。

「信頼できる男だといいが」クリスはつぶやいた。「いずれにしろ、我々には選択の余地はない。ぼくにとってはタンジーの無事が一番大事だ」

「わたしたちは何をすることになるのかしら？　あなたはどう思う？」

クリスは立ちあがって窓辺に寄り、にぎやかな通りを見おろした。「たぶん、その隠れ家を訪ねさせるんだろう。道に迷った観光客のカップルのようなふりで。大事な役だ。ぼくらが玄関口で一味の気をそらしているあいだに、彼と彼の部下が裏から侵入する」

デラは膝の上で腕を交差させて身を乗り出した。「お金のために人間がそんな卑劣なことをするなんて信じられない」

「ふつうの人間はそうじゃない。レディ・ハーヴェイは漁夫の利を占めようというわけだ。盗人のあいだにも仁義があるというが、やつらには仁義などあるものか」クリスはデラに背中を向けた。「タンジーがそんなやつらの手に落ちていると思うと、いても立ってもいられない」

「わかるわ」デラはクリスのそばに行き、やさしいグレーの目に同情をこめて彼を見あげた。「でも、彼女は昔からさまざまな事件に巻きこまれているわ。もし順位をつけるとしたら、あなたのお母様は抜きんでてトップね。トラブルメーカーとして彼女はプロで、相手はアマチュアよ」

クリスは無理に微笑した。「たしかに。だが、さしもの彼女もこんな状況は初めてだろう。それに糖尿がある。インシュリンの錠剤を持っているのかどうかもわからない」

「インシュリン注射はしていないの？」

クリスは首を振った。「彼女はしばらく薬さえのまなかった。しかも甘い物をやめようとしない。精神的に動揺すると血糖値がはねあがる。監禁されていてはきちんと食事もとれないだろうし」彼は片方の掌《てのひら》にこぶしを打ちつけた。「やつらをいますぐにひっつかまえてやりたい」

「わたしたちでかならず救い出しましょう」デラはきっぱりと言った。「悪いことばかり考えてはだめ」

クリスの黒い目に笑みが浮かんだ。「きみは元気のもとだね。とても力づけられる」

デラはにっこりした。「ありがとう」

彼は手をのばし、彼女のブロンドの巻き毛にそっと触れた。「ぼくこそ感謝しなくては。きみをとんでもないことに巻きこんでしまった」クリスはたちまちひどく真剣な顔になった。「いいかい、もし危険な状況になったら、きみはすぐに抜けてほしい。たとえタンジーを救うためでも、きみの命を絶対危険にさらしたくない」

デラはびっくりした。彼がそんなふうに心配してくれるとは思っていなかったのだ。彼女は静かにクリスの目を見あげた。「信じてもらえないかもしれないけれど、わたしは自分の身はちゃんと守れるわ」

「弾が飛び交ったらそうはいかない」

デラは眉をあげた。「あなた、銃撃戦を経験したことがあるの？」

「何度か」

「兵役についていた時？」

クリスは首を横に振った。

「じゃあ、どうして？」

「ごく短いあいだ外国人傭兵《ようへい》部隊に入っていたことがあるんだ」クリスは打ち明けた。

「無鉄砲な若いころに。兵役を終えた直後だ。ぼくが入隊していたのは砂漠の嵐《あらし》作戦以前で、送られたのはドイツだ。ナイトクラブを片っ端からあさるのが仕事のようなものだった。除隊したあと、偶然、戦争を職業にしている男たちに出会った。彼らはアフリカでちょっとした仕事をするというので、ぼくもついていった」彼は頭を振った。「そんな生き方をちょっとなめて、いくら金を積まれても金輪際ごめんだと思い知った。無惨な光景をたくさん見た。一生忘れられないだろうな。アメリカに帰ったあと、しばらく荒れていたよ。命のはかなさを痛感したぼくは、人生の日々からありったけの快楽を搾りとろうと心に決めたんだ」

デラは、彼がかつて有名なプレイボーイだったことを思い出した。「人生が急にとても愛《いと》しいものになったんでしょうね」

クリスは肩をすくめた。「そういうことかな。それまでぼくは人生の先のことなど考えなかった」彼は物思わしげな目を窓の外に向けた。「だが振り返ってみると、アフリカの経験のあとですら、ぼくは大事なことを理解していなかったようだ。毎日を刹那《せつな》的に生きていた。事故にあわなかったら、いまも同じ道で迷っていたかもしれない」

「事故で悟ることになったのはお気の毒ね」

クリスはため息をついた。「同感だ」彼は両手をポケットに入れて小銭を鳴らした。「ところで、明日はホテルに釘《くぎ》づけになりそうだ。どうやって時間をつぶそう」

「ジムの施設を試してみるのはどう。エレベーターでおりる途中、ビジターのためのヘルスクラブがあるのに気づいたわ」

「事故のあと、いやというくらいリハビリをやらされたんだ。ぼくは遠慮しておくよ」

「プールがあるわ」

クリスはおもしろくなさそうな顔をした。「ぼくは泳がないんだ」

デラは彼をにらんだ。「あなたはだだをこねているだけ。あいにく、あなたが魚も顔負けに泳げることを知ってるわ。あなたはローマの別荘で例のイタリアの女優さんとひと月を過ごし、毎日一緒に泳いでいたんでしょう」

クリスの黒い目がきらりとした。「ああ。だが、事故の前の話だ」

「じゃ、事故のけがが原因で泳げなくなったという意味？」デラはきいた。

「泳げないのは傷跡のせいさ」クリスはいまいましそうに言った。「ひどい事故で、ぼくをひっぱり出すのに車を切断しなくてはならなかった。前にも言ったが、ぼくは内側も外側もやられた。で、腹部に傷がある。腿にも。人には見せたくない」

デラは不思議そうに彼を見た。「わたしにも？」

クリスはデラに傷を見せることを考えてもみなかった。顔をそむけたり目をそらしたりする女性がいるが、デラはちがう。彼女は傷跡の二つや三つに怖《お》じ気《け》づいたりはしないだろう。こちらを見る時、彼女は傷に目をやりもしない。

「事故からこっち、水着のトランクスをはいたことがないんだ」彼はつぶやいた。

「そろそろその時じゃないかしら。プールを何往復かすれば気分がほぐれるわ」デラはにっこりした。「そうだわ。わたしに泳ぎを教えて」

「泳げないのか?」クリスはびっくりした。

デラはうなずいた。「誰も教えてくれる人がいなかったんですもの。祖父もかなづちなの」

「学校でいろんなクラスがあっただろう?」

「ええ、いろいろ。でも水泳はなかったわ」

「泳ぎは、ぜひとも知っていたほうがいい」クリスは真面目《まじめ》な顔で言った。「いつかきみの命を救うことがあるかもしれない」

「それなら教えて」

「人がまわりにいるところで泳ぎたくない」クリスは頑固に言った。

「オーケー。じゃ、今夜はどうかしら。みんなが眠っている時間に」

クリスはデラを見つめた。黙っている。

「そのこと、考えてみてね」デラは言い、その話は終わりになった。

二人はダイニングルームでゆっくりと時間をかけて夕食をとった。クリスはデラのためにきれいなドレスを買った。デラは大盛りの小えびのカクテルを食べ、続いて、おいしく料理された温野菜を添えたビーフ・ウェリントン——フォアグラをのせたヒレ肉のパイ包み焼きと、ホームメイドのパンもきれいに平らげた。デザートになると、彼女はいまにも堕落しそうだった。長いことじっとトレイを眺め、やっと何にするか決めた。

クリスはうれしさを隠さずに笑顔でデラを見ていた。いかにも彼女らしい食べっぷりだった。ほかのすべてにおいてもそうだが、デラは自分に正直で飾らない。コーヒーが出ると、彼女は長いため息をついて椅子の背にもたれた。

「ただひたすらおいしかったわ」デラは熱っぽく言った。「こんなにおいしいものを食べたのは生まれて初めてじゃないかしら」

「ぼくは、女性が食べるのを楽しく眺めたのはこれが初めてだ」クリスは言った。「これまでぼくがデートした女性たちは、兎《うさぎ》の餌《えさ》みたいなのを好んでいたからね」

デラは顔をしかめた。「わたしはもやしやお豆腐はごめんだわ。はかりが壊れるほどの体重になったらべつだけれど。食欲は欲でも許される欲だわ」

「とくにきみの年齢ならね」クリスはくすくす笑った。

「あなただって、わたしよりそれほど年上ではないでしょう」

「時間的にはそうだ。だが、ほかの面では、きみはぼくよりはるかに若い」クリスはシニカルな微笑を浮かべた。「きみはまだこの世界に夢を抱いている。ぼくはとっくに失った」

「わたしは死ぬまで夢を失いたくないわ」デラはナプキンをもてあそびながら静かに言っ

た。「わたしは、一人の人間でも世界を変えることができると思うの」

「一方ぼくは、あまたの人々がそう思って挑戦し、あえなく失敗したことを知っている」

デラは彼の目をのぞきこんだ。「あなたはどうしてそんなにシニカルなの？」

「ぼくはでたらめに生きてきた」クリスは見たこともないほど硬い表情で言った。「放蕩《ほうとう》は人を早く老けさせる」

デラはクリスの黒い目をのぞきこんだ。「タンジーは五回結婚したんだったわね」

クリスはちょっとうなずいた。「ぼくたちきょうだいの父は、彼女よりずっと年上だった。タンジーは四十歳でぼくを産んだんだ。その歳《とし》で彼女が身ごもるとは誰も――タンジー自身も、むろん思ってもいなかった」

「彼女はいい母親だったの？」

クリスは肩をすくめた。「彼女はめったにうちにいなかった。父が生きていたころのことを微かに覚えているけれど、父は仕事であちこち旅をする時、どこへでも母をともなっていった。彼らはスペインの父方の裕福な親戚《しんせき》のところとか、イギリスの母方の身内のところへ行っていた。ローガンとぼくは、入れ替わり立ち替わりする家政婦と家庭教師に育てられたようなものなんだ」

「お兄様もあなたみたいな生き方を？」

「いや、全然」クリスは微笑した。「ローガンは真面目一方さ。彼は小さい時から責任感が強くて大人だった。ぼくはやんちゃ坊主だった。そのせいだろう、タンジーとぼくはうまが合うんだ。彼女はぼくの中に自分の姿を見るんだろうね」

クリスの目がふと曇った。

「父が亡くなったあと、タンジーはめちゃくちゃになった。外向的で陽気なところは変わらなかったが、男をとっかえひっかえして、紙屑《かみくず》のように捨てた。最後の一人と離婚してからは、スキャンダルを起こすのを楽しみにしていたみたいだ。ぼくは彼女を非難できない。ぼくも始終つまらない見出しを飾っていたからね」

「お母様は、あなたのお父様をそれはそれは愛していらっしゃったにちがいないわ」デラは感じたままを言った。

クリスは顔をしかめ、それからうつろな笑い声をたてた。「たちまちそれがわかるとはすごい。ぼくはわかるまでに何年もかかった」

彼の義理の父親たちは、すでにできあがっている家庭がうとましかったのではないだろうか。デラは遅まきながら、ふと思った。「義理のお父様たちを受け入れるのはとても難しかったでしょうね」

クリスはうなずいた。「ぼくにとっては難しかったし、ローガンにとってはさらにそうだった。タンジーが再婚した時、ローガンはすでに家を出ていた。ぼくはまだだった。やがてタンジーはぼくを軍の学校に入れた。ぼくは学校は気に入ったが、タンジーが始終やってくるのがいやだった。一年が終わるとすぐ船に乗りこみ、スペインに行って父のきょうだいのところに身を寄せた。しばらくそこにいたあと、あちこちをふらふらしてから、ぼくはまた合衆国に戻った。ちょうど徴兵年齢だった。そのころには、軍隊に入るのもいい選択かもしれないと思うようになっていた。で、入隊したんだ」

「あなたの人生を平々凡々だと言う人は誰もいないわね」

クリスは笑った。「無益な人生だった。その大部分がね。つい最近になって自分の歳のことを考えるようになった。金儲《かねもう》けも悪くないが、何かほかのこともしたくなった」

彼は遠くを見る目になった。

「ヨットを造りたい。レース用のヨットだ。ずいぶん前からその夢はあったんだが、やってみようとしなかった。この夏スペインでしばらく過ごして、一つ決心をしようかって気になった。アメリカズ・カップのレースに参加している友達がパートナーを組まないかと言うんだ。いま大いに気持をそそられている」

「あなたは自分の夢を追いかけなくちゃいけないわ」デラは真剣な顔で言った。

クリスは彼女の顔をじっと見た。「じつは、ぼくにも、二つか三つ、まだ夢が残っていることに気づきはじめたんだ」

デラはにっこりした。「よかったわね」

深夜のプールは、デラが思ったとおり人けがなかった。クリスは水着を持ってきていなかったので、一枚買った。黒と白のストライプで、ボクサーショーツくらいの長さの古めかしいデザインだった。クリスは傷跡をひどく気にしていたが、水着姿の彼はすてきだった。生まれつきのオリーブ色の肌が、黒い髪と目の色をいっそう引き立て、体は誇張でなく筋骨隆々としている。胸がどきどきするほどすてきなので、デラは彼を見つめないように自分を戒めた。

デラはカナリア色のワンピースの水着で、ウエストが細くくびれた彼女の体にとてもよく似合っていた。

「すてきだよ、ミス・ラースン。本当にすてきだ」

クリスがいかにもほれぼれとしたように褒めるので、デラは膝が震えそうだった。

「あなたもよ」デラは恥ずかしそうに微笑み、小さい声で言った。

近寄ると腹部に十字形の細く白い傷跡が見えた。両方の腿にも傷跡がある。

「わかっただろう?」クリスは皮肉っぽく言った。

「一つ二つ傷があるから女性があなたを避けると思っているなら、あなたはおばかさんよ」デラはそっけなく言った。「あなたはもうくらくらするほどすてきなんですもの」

クリスは笑った。「はっきり言うね。きみは慎み深いと思っていたんだが」

「ええ、たいていの時は。でも、あなたは存在しない問題を勝手にこしらえているんですもの。傷跡は消えかかっているわ。よく見なければわからないくらいよ。それに、片方の目が見えないことも、はたからは全然わからないわ」デラは言った。「事故のことはお気の毒だったわ。でも、あなたはかつてのあなたと同じよ」

クリスはデラに歩み寄った。「同じだって？　じゃあ、試してみよう」

本気なのかしら、冗談なのかしら。デラがそう思っているうちに、クリスは彼女をタイルの床からひょいと持ちあげ、温かな自分の体に押しつけた。

彼はプールの縁の方に寄っていく。デラは不安になり、彼の肩にしがみついた。

「放《ほう》りこむつもりじゃないでしょうね」

「そのつもりだった」

「深いところは怖いの」

「わかった」クリスは彼女を、プールの浅いほうについているステップの上におろした。

「きみのスピードに合わせよう」

「ありがとう」デラはにっこりした。

デラはひんやりした水の中にゆっくりと体を沈めた。水が濡《ぬ》れたシルクのように肌を包む。ため息をつき、水の感触を楽しみながら、両腕を広げた。足はまだ底につけていた。

クリスが入ってきて、デラの両腕を持ちあげ、自分の肩に回した。「溺《おぼ》れさせたりはしないよ」彼は約束し、どんどん深い方へ行った。「きみはどこもかしこも女らしい。それにセクシーだ」

デラは神経質な声をあげて笑った。「そんなこと言われたのは生まれて初めてよ！」

彼は微笑しなかった。視線をデラに絡めたまま、肩の深さで足を止め、彼女が沈まないように軽くウエストを支える。「きみはそれを発見するチャンスを自分に与えなかった。感覚を解放するというのは自制心をかなぐり捨てることだからね」彼はデラを引き寄せた。「きみはそろそろ、その甘さを知ってもいいころだ」

「わたし……」

彼の口が唇を覆い、出かかる言葉を喉の奥に閉じこめた。デラにもキスの経験くらいあったが、クリスのキスはまったく新しい体験だった。彼はデラの唇をそっと噛《か》み、舌でくすぐり、むさぼった。ついにデラは唇を開き、ゆっくりと動く熱い口の求めにおずおずと応《こた》えはじめた。

デラは自分を救おうとはかない努力をした。クリスの広い肩を両手で押したが、彼は止めなかった。それどころかキスはいっそう濃密になった。彼は小さくかすれたうめきをもらし、手をデラの腰からヒップの下に動かし、彼女の体を自分の固くなった下腹部に押しつけた。そしてキスは、怖いくらいに激しくなった。

彼の指が水着の脚のゴムの下にすべりこみ、やわらかなところを探った。デラは小さく悲鳴をあげた。

クリスは口を離した。その目は黒く燃え、呼吸を乱している。彼は両手を上にすべらせた。その手は固く盛り上がった胸のふくらみのところで止まり、そっと愛撫《あいぶ》した。

「クリス……」デラは息をつまらせた。

彼は親指と人さし指で固くなった小さな頂をくすぐりながら、驚きに見開かれた彼女の目をのぞきこんだ。彼は頭を屈《かが》めてキスをすると、片方の手を水着の深いV字の中に入れ、もう一方の手で彼女の体をさらに強く引き寄せて、胸のふくらみをまさぐった。

デラは天に舞いあがった。たとえもし、あと百回生きたとしても、こんな瞬間は二度とないだろう。彼みたいな人とめぐり合うことはないだろう。彼は経験豊かだが、女性たちが彼に惹《ひ》かれるのはそのためではない。彼のすべてが魅力的なのだ。

人の声がしたので、二人はしぶしぶ唇を離した。クリスは両手をそれとなく彼女のウエストに戻し、乱れた息を整えた。数人がプールサイドにやってきて、タオルやドリンクをテーブルに置いた。

「きみはどう返事するかな?」クリスは小声できいた。「ぼくの部屋に戻って、始めたことを終わりまでするのはどうって提案したら」

デラは微笑した。「わたし、あなたはわたしに水泳を教えるべきだって提案するわ」

クリスは笑った。「思ったとおりだ。きみはぼくの夢を粉々にしてくれた。これじゃ眠れない」

「くたくたになれば眠れるわ」デラは請け合い、体を引いた。「さあ、教えて」

「ぼくはこれじゃないことを、きみに教えたいんだけどな。かわいいブロンドちゃん」

彼女はにこっと笑った。「いいえ、これを教えるのよ！　考えてごらんなさい。ひょっとしてわたし、オリンピックに出るくらいうまくなるかもしれないわ。そうしたらあなたは、ぼくが彼女を仕込んだんだってみんなに自慢できるのよ」

クリスは長いため息をもらした。やれやれ。「オーケー、きみの勝ちだ」彼はデラを見てかぶりを振った。「やっぱりちがう可能性のほうがいいんだが」

デラは彼に向かって顔をしかめた。「水泳よ。泳ぎを教えてちょうだい」

「信じられるかい？　きみはぼくに肘鉄を食らわせた最初の女性だ」

「何事にも最初はあるものよ」

クリスは仕方なさそうに頭を振り、デラを仰向けの姿勢にした。「まずは浮くことから入ろう。それができれば水に自信がつく」

初めはうまくいかなかった。けれど何度もやってみるうちに、デラは足がつかない深さにもあまり怯《おび》えを感じなくなった。プールは周囲の高い柱についている明かりで照らされていた。クリスはリラックスし、デラと一緒にいるのが楽しそうだった。先ほど入ってきた人たちの中にブルネットの美人がいて、彼が魅力的なのに気づくと、火遊びでもしようというのか、寄ってきて甘ったるい声をかけた。それをクリスがはねつけたので、デラはびっくりした。ひどく冷ややかな態度だったので、その美女は二度とそばに来なかった。エレベーターで上の部屋に戻る時、デラはビーチローブにくるまりながら、不思議な気持で彼を観察した。「彼女はとてもゴージャスだったのに」

クリスはデラの目をのぞきこんだ。「ゴージャスなのはきみだ」からかっているのではなかった。「外側も内側も。きみを知ったあとでは、ほかの女性になど目がいかない」

デラはあっけにとられた。「ずいぶん突然ね」

クリスはうなずいた。「落雷みたいだな。落ちてくるのがわからない。いきなりどかんとくる。そして人生が変わるんだ」

「変わるって」デラはためらいがちにきいた。「どんなふうに?」

「まだはっきりとはわからない」クリスはデラの卵形の顔を静かに眺めた。「もしきみが言い張らなかったら、ぼくはプールには入らなかった。言ってくれてよかった。どうやらぼくは、それほど醜くないらしい」

「ええ、あなたはちっとも醜くないわ」デラは叱《しか》りつけるように言った。「あなたはいまも女性をくらくらさせる。傷なんて関係ないわ」

「そうらしい」クリスは何か言いたげな目をデラの体に走らせた。

デラはもじもじした。「怒っているの?」

クリスは眉をあげた。「怒るって何を?」

「わたしのことを。あなたの部屋に行きたがらなかったから」

　クリスは微笑した。「がっかりしたよ。だが、怒ってはいない」

　エレベーターが止まるとクリスはデラの手をとり、彼女の部屋に着くまで握っていた。彼女がカードキーを差しこんでドアを開けるのを待って、彼はまっすぐにデラを見た。

「いまのままのきみが好きだ」彼は言った。「始末に負えない昔気質《かたぎ》のところも全部」

「うれしいわ」

　クリスは頭を屈めてやさしくキスをした。「少し眠っておかないとね。明日の朝一番で飛び出していくことになるような予感がする」

「あなたもね」デラは背のびをして、彼の額に乱れているひと房の黒い髪をそっと後ろへ払った。やさしい気持が目にこめられていた。「あなたには世話をやく人が必要ね」彼女は静かに言った。「あなたは自分の世話がやけないんですもの」

　クリスは彼女の頬に指を触れた。「その仕事はきみじゃどうかな?」彼はささやいた。

「一つ空きがあるんだ」

　デラは微笑んだ。「考えてみるわ。おやすみなさい。よく眠ってね」

「きみも」クリスはデラをじっと見つめてから、ゆっくりと廊下を遠ざかっていった。

　ビーチローブ姿の彼は、スーツを着ている時と変わらずエレガントだ。デラは彼の姿が見えなくなるまで見守っていた。そして突然気づいた。彼に恋していることに。

5

朝が明けると、雨降りで気が滅入《めい》るような天気だった。デラはルームサービスで朝食を注文し、一人で食べた。昨夜の出来事でまだ胸がどきどきしている。クリスと顔を合わせるのが不安だった。あんなことになったのを、彼は後悔しているかもしれない。

二杯目のコーヒーを飲んでいる時に、彼がノックした。デラは彼を中に入れた。クリスの黒い目が、淡い黄色のスーツとレースをあしらった白いブラウスに白いハイヒールといういでたちのデラを満足げに見おろした。

「とてもエレガントだ」彼は言った。

デラは、ロールネックのセーターにネイビーブルーのジャケットとスラックスの彼が気に入った。「あなたもよ」

クリスは後ろ手にドアを閉めてデラを抱き寄せ、やさしいキスをしてささやいた。「おはよう」

「おはよう」デラはクリスの頭を引き寄せてキスを返した。とてもうれしそうな様子で、長身のたくましい体にとけこませるように身を預ける。

「朝はいつでも最高の時だ」クリスは彼女の唇にささやいた。

「本当？」

クリスはデラを両腕で包みこんだ。彼女の小ささが気に入った。彼女がしがみついてくる感触が気に入った。「ぼくはこれまでずっと、抜き差しならないようなことになるのを避けてきた」彼はデラの耳にささやいた。「ところが、ゴージャスな小さいブロンドがぼくの隙《すき》をついた」

「わたしはゴージャスじゃないわ」

「きみはゴージャスだ」クリスは彼女をさらに引き寄せた。「これが終わったらぼくを追い払えるなんて思うんじゃないぞ」デラの心臓が飛びあがるのがわかった。「ぼくはしっかりくっついて離れない」

「まあ、すてきな考えね」デラは口をすぼめた。

クリスは大きく息を吸いこんだ。「ぼくは思うんだが、これはどうしたってオレンジの花と白いレースに行き着くね。白い衣装を着たきみは夢のようにきれいだろうな」

「それはプロポーズかしら？」デラの声がかすれた。

「もちろん」

デラはあとずさった。「わたしたち、お互いについてまだ何も知らないのよ！」

「結婚して、そこから一歩ずついこう」クリスは彼女の穏やかな目を見つめた。「ぼくらは互いが好きだし、惹《ひ》かれ合っている。それに、どっちにも面倒をみるのがたいへんな年寄りがいる」彼は肩をすくめた。「たいていのカップルよりいいスタートじゃないかな。きみの冒険心はどこへいった？　思いきって何かに賭《か》けてみる気はないのかい？」

デラはどぎまぎした。彼に結婚を申しこまれるとは夢にも思っていなかったのだ。「あなたには、それはたくさんの女性が……」

「いまぼくが求めているのはたった一人――きみだ」クリスは恐ろしく真剣だった。「きみのペースでいこう。だが、その道の行き着く先はオレンジの花とレースだ。いいね？」

デラはゆっくりと微笑を広げた。胸の奥から喜びが泉のようにわきあがるのを感じた。

「こんなこと、信じられないわ」

「ぼくもさ」クリスは笑った。「けれど、こうなった。だが、まずはタンジーを救い出さなくては。それが急務だ」

デラの表情がしぼんだ。急に怖くなった。「これから義理のお母様になる人にスクープのインタビューなんて、そんなことをしていいのかしら？」

「きみならあこぎに扱ったりしない。彼女にインタビューするならきみが一番いい」クリスはそう言ってため息をついた。「無事だといいが。心配でほとんど眠れなかった」

彼がそう言い終わるか終わらないかのうちに電話が鳴った。彼はデラの横を抜けて電話をとった。彼は注意深く耳を傾け、小声で答え、受話器を置いた。

「セスだ」クリスは目で問いかけるデラに言った。「住所をもらった。ぼくときみはハネムーン中で、ある家を探しているが見つからず道をたずねるという設定だ」彼は微笑したが、それはすぐにかき消えた。「ぼくには傭兵《ようへい》の経験があることを話したね。きみはぼくの言ったとおりに動くんだ。きみを危険な目にはあわせない。たとえタンジーのためでも」

デラは彼の胸に顔を埋《うず》め、ほんの少しのあいだ甘い思いを噛《か》みしめた。そしてやさしく言った。「わたしもあなたを危険な目にはあわせないわ。セスがうまくやってくれることを祈りましょう」

その住所はロンドンの外れの、みすぼらしいアパートメントだった。クリスはデラの手をしっかりと握って玄関のドアに向かった。呼び鈴がついている。彼はそれを鳴らした。返事がない。彼は不安な面持ちでデラを見ると、もう一度鳴らした。

いきなりドアが開いた。革のジャケットを着た若い男がドアの陰から顔をのぞかせた。

「何か用か？」

クリスはデラをそばに引き寄せた。「ぼくたちはアメリカから来たんです」アメリカ訛《なま》りを強調してゆっくりと言う。「空港からまっすぐここへ。ところが迷ってしまって。いとこの家を探しているんですが、ええと……ちょっと待ってください」彼はポケットから紙をとり出して読みあげた。「ロンドン、トルーブリッジ・レーン四十四番地」彼はあたりを見回した。「ここはトルーブリッジですよね。でも四十四番地が見つからないんです」

男は苛立《いらだ》っていた。「そんな番地はねえよ！」

クリスはしょげた顔をした。「はるばる来たというのにそんな！　本当に心当たりはありませんか？」

アパートメントの裏でがしゃんという音がした。若い男は顔をしかめ、ジャケットの内側に手を入れながら、暗い室内の方に向き直った。

クリスの動きは目にも留まらなかった。デラが気づいた時、若い男は床に倒れ、クリスが自動小銃を手に男のそばに立っていた。彼は慣れた手つきで銃の撃鉄を起こし、のびている男に狙《ねら》いをつけた。

「セス！」クリスは大きな声で呼んだ。

再び、がしゃんという音がして、どたばたと格闘する音が聞こえると、見覚えのある顔が廊下に現れた。

「ほう！」セスは床に伏している男を見て驚きの声をあげた。「これは見事な仕事ぶりだ」

彼はにやっと笑い、身を屈《かが》めて床の男を引き起こした。「タンジーはこっちだ」

「無事ですか？」クリスは空いているほうの手でデラの冷たい手をとった。

「少々まいっているが、わたしがぶどう糖のパックを渡しておいた。元気をとり戻しつつある」

タンジーはげっそりやつれ、みすぼらしい寝台の端に座ってぶどう糖のパックを吸っていた。彼女はクリスの姿を見ると、わっと涙にくれた。

クリスは銃の安全装置をかけてセスの部下の一人に投げ渡し、しゃがんでタンジーを抱き寄せた。

「しようがない人だ！」クリスは彼女の耳元でやさしく言い、しっかりと抱きしめた。

「人を死ぬほど心配させて！」

「死ぬほど怖かったのはわたしのほうよ」タンジーはため息をつき、息子の肩にしがみついた。「わたしの世界漫遊の旅はこれで終わりだわ。これで本当に終わり」彼女は顔をあげた。「セシルは見つかったの？」

「ああ。あなたが消えた直後に。あれからずっとここに？」クリスはきいた。

タンジーはうなずいた。「彼らはわたしをさらって、レディ・ハーヴェイから分け前をもらうまでとらえておくつもりだったの。レディ・ハーヴェイがそう命じたのよ。わたしは重要な目撃者だから、財産を手にするまで担保物件として逃がさないようにと」タンジーは弱々しく笑った。「あの間抜けたちが話しているのを聞いて思ったわ。レディ・ハーヴェイは仲間を裏切って、彼らにわたしの始末をさせるつもりなんだわって。彼らがわたしを生かしておくことにしたのは、わたしが彼女の罪を知っているから。これは彼女が知らないことだけれど、彼女がトニー・カートライトと組んでセシルの殺害を企《たくら》んだと告白した時、わたしはテープレコーダーを回していたの」

「そのテープは？」セスがいきなり職務的な口調できいた。

「彼が持っているわ」タンジーは床の上の男を指さした。

セスは恐ろしげなナイフをとり出すとクリスに言った。「二人を部屋の外へ」

クリスは女性たちを先に立てて歩きながら、床に伏せて怯《おび》えている男を振り返った。おそらくこれがトニーだろう。「彼はたいていの場合、指を一本だけとる。そしてコレクションに加えるんだ」彼は冷ややかに微笑して続けた。「おまえの場合は、はらわたの一つかもしれないな。生のやつだ。ぼくがおまえなら、きかれたことに素直に答えるな。いずれにしろ、おまえが悲鳴をあげはじめないうちにレディたちを避難させよう」

隣の部屋に入ってドアを閉めるやいなやタンジーが言った。「あなたはおもしろがっているの？」

クリスは冷たく微笑した。「ええ。あなたをひどい目にあわせたあいつをこの手でいたぶってやりたいくらいだ。だが、我々の友人セスが必要なことをしてくれるでしょう」

「あの人のことなら、彼はベインブリッジ卿《きょう》よ」タンジーが言った。

「ベインブリッジ卿には会いました。彼は七十歳にはなっていましたよ」

「彼は六十五歳よ」タンジーはきっぱり言い、ドアの方へ首を傾《かし》げた。「あの人はベインブリッジ卿の息子さんよ。一人息子で、一昨年まで特殊空挺《くうてい》部隊の大佐だったの。いまは、いわゆる秘密諜報《ちょうほう》部員。彼が来てくれて助かった。あと一日持ちこたえられるかどうかわからなかったわ。とても弱ってしまって」

「病院へ行って診てもらいましょう。念のために」

タンジーは息子の肩越しにかわいい顔をした小柄なブロンドの女性を見つめた。「あの人は誰？」

「デラ・ラースンです」クリスは紹介した。「彼女はいずれあなたの義理の娘になるはずです。ぼくが真剣に結婚を考えていることを彼女がわかって心を決めてくれれば。が、いまのところは記者です。あなたを探しに一緒に来てくれたら、独占インタビューをとっていいと約束したんですよ」

「ここへも一緒に？」タンジーは感心したように唇をすぼめた。「勇敢なお嬢さんね」

デラはにっこりした。「勇敢なのはほかのみんなも同じです。はじめまして、ミセス・デヴラル。ご無事で本当によかったわ！」

「ええ、本当に」タンジーは差し出された手をとって微笑を広げた。「で、あなたはわたしの息子と結婚するつもり？」

「そうしようと思っています」デラは小さくため息をついて小首を傾げた。「でも、危険も心配もなくなったいま、彼は気持が変わったかもしれません」

「彼の気持は変わらない」クリスが言った。

「彼はわたしの息子です。わたしはいつも彼に、こうすると言ったことは守りなさいって教えてきたわ」タンジーは言った。肩から力が抜けたようだった。「ステーキが食べたいわ。フレンチフライにチェリー・コブラーに……」

「チェリー・コブラーはだめです」クリスがきっぱり告げた。

タンジーは顔をしかめた。「どんな厳しいダイエットでも時には甘い物が許されるわ」

「あなたの場合はだめです」

「そんな……」

クリスは片方の腕をタンジーに回して引き寄せた。「マンゴー、バナナ、ココナッツは食べてもかまわない」

タンジーはため息をついた。「おやまあ、よく覚えているのね！」

「忘れろと言うほうが無理だ。キッチンにはいつもマンゴーがごろごろしていたんだ」クリスはデラに言った。「彼女は甘い物好きだが、昔からフルーツが一番好きだった」彼はタンジーをぎゅっとにらんだ。「今度からは、見つけられるところに行ってくださいよ。冒険はもうだめです」

「つまらないことを言う人ね！」

「死にたいんですか？」クリスは言い返した。

「誰でもみんな、いずれ死ぬわ」タンジーは頭を振った。「かわいそうなセシル。彼とは長いお付き合いだった。彼から招待の手紙をもらったのよ。彼の新しい奥さんにはまだ会ったことがなかったから、それでお受けしたの。行って二、三日すると、奥さんがセシルを愛していないばかりか、虎視眈々《こしたんたん》と財産を狙っていることに気づいたの。ある晩セシルの姿が見えなくなったわ。あの怪しい男が――」彼女は閉まっているドアの方に頭を振った。「レディ・ハーヴェイを訪ねてきたすぐあとに。次の朝、彼女がわたしを起こしに来て、セシルは死んだ、そしてあなたが第一容疑者だと言うの。理由は、彼の遺言によればわたしが指定遺言執行人で、もっとも大きな遺産をもらえることになっているからですって。もちろん嘘《うそ》よ。でも、わたしはあまりにびっくりしてしまって返す言葉もなかったわ。トニー・カートライトが、わたしをかくまうと言って外に連れ出して車に乗せたの。でも、かくまってくれたんじゃないわ。彼と仲間はわたしにクロロホルムを嗅《か》がせて、気がつくとあの部屋に閉じこめられていたのよ」タンジーは弱々しく微笑《ほほえ》んで続けた。「生きてここを出られるとは思わなかったわ。トニーがハーヴェイ卿《や》を殺ったことを奥方が世間にばらした時はわたしをどう始末するか、あいつらが話し合っているのを聞いていたんですもの」

「録音テープがあれば彼も終わりだ」クリスは厳しい顔で言った。「テープといえば……」

彼がドアの方を振り返るのと同時にセスが入ってきた。黒ずくめの服装で、研いだように鋭い目をしている。彼は手に何かを――超小型のテープレコーダーを持っていた。

「証拠よ！」タンジーが声をあげた。

セスはうなずいた。「これで逃れようがない。トニーは進んで証言台に立つと決めた。いま部下が警察に電話をしている。警察が到着する前にわたしと部下は裏口からそっと姿を消すことにする」セスはがっしりとした手をクリスの肩に置いた。「これはきみの手柄だ。よくやった」

「ぼくは一人の武器を奪っただけですよ」

「いいか、言っておくが、わたしはここでは何一つしなかった」セスは居丈高に言った。「わたしはこのような仕事で手を汚さない」

タンジーはセスに歩み寄り、背のびをして肉のそげた頬にキスをした。「ありがとう」

セスはキスを返してにっこりした。「また館《やかた》を訪ねてください。だが、今度は穏当な訪問にしてください。いいですね？」

「言葉を慎みなさい」タンジーは叱《しか》った。

「わたしは自分の自由意思を重んじる人間なので」セスは言った。

セスはデラに微笑し、クリスをちらりと見やった。そして、いきなりデラの腰に腕を回すと彼女を押し倒すようにして、大げさで情熱的なキスをした。

彼はデラを放し、息をはずませ真っ赤になっている彼女にいたずらっぽくにやっとした。「きみはわたしと最初に出会うべきだった」再びそう言った。彼はあとの二人に手を振り、部屋を出て部下を呼び、裏口から人目を忍んで退去した。

「まったく不作法だな」クリスはぶつぶつ言いながらデラを見つめた。

「心配しないで」デラは乱れた髪を撫《な》でつけながら言った。「彼のキスはとてもよかったわ。でも、あなたのキスのほうがずっとすてきよ」

クリスの顔が晴れた。「ぼくのほうが?」

タンジーが大きな声で笑った。「それでさっきの答えが出たんじゃない、坊や?」

「ああそうなんだ」クリスはにっこりした。「そう思います」

警察が到着すると、彼らはテープレコーダーと男たちを引き渡して事情を説明した。タンジーは検査のために病院に運ばれ、ひと晩入院することになった。デラが部屋に付き添い、その間にクリスはレンタカーを返したり、タンジーのためにテキサス行きの飛行機の席をとったりして、帰る準備をした。

「とても刺激的な旅でした」デラはタンジーに言った。「あなたがひどい目にあったのはお気の毒でしたけれど」

「あれも一つの冒険だったわ。それにこういうことって、人に話すたびにどんどん楽しくなっていくものなのよ」タンジーはいたずらっぽく笑った。「あなたとわたし、うまくやっていけそうね。わたしたちはきっと同類よ」

「さあ、どうでしょう。でも、ぜひわたしの祖父に会っていただきたいわ。彼は従軍記者だったんです」

「従軍記者?」タンジーは額にしわを寄せた。「あなたの姓はラースンね? ひょっとして、あなたのおじい様は、UPIのハーバート・ラースン?」

デラは目をしばたたいた。「ええ、そうですけれど」

「まあ、そんなことって!」

「まさか……祖父をご存じなんですか?」

「知っているどころじゃないわ!」タンジーは息をつめ、枕《まくら》の中に倒れこんだ。「彼がまだ生きているなんて驚きだわ。始終命すれすれの危険の中に身を置いていた人なのに」

「じゃあ、本当に祖父を知っていらっしゃるんですね!」

「四十年くらい前のことだわ」タンジーは言った。「わたしは南アメリカにいたの。最初の夫が亡くなってまだ間もないころだったわ。わたしとハーバート・ラースンはラテン・アメリカの革命主義者たちに拘束されてしまったのよ。その時、彼はうまく渡りをつけてわたしを空港に連れていき、アメリカ行きの飛行機に乗せてくれたの。それまでにもそれからも、あんなに度胸があって、あんなに燃えている男性に会ったことがないわ。とびきりすてきな人だったわ……彼は」

デラは微笑した。「いまでもすてきですよ。もう飛び回れませんし、視力も衰えましたけれど、でもぴりっとした気性はそのままです」彼女は少しためらってから、言葉を継いだ。「祖父は糖尿病なんですが、甘い物を断とうとしません。これって、どこかで聞いたことがある話ですね？」

タンジーは赤くなった。「ええ、そうね」

「わたしは祖父と一緒に暮らして――」デラははっと眉を曇らせた。「ああ、どうしよう」

「どうしたの？」

「わたし、祖父を一人にできません」デラは正直に言い、大きなグレーの目を陰らせてタンジーを見つめた。「わたしがそばにいてちゃんと薬をのませ、甘い物に手を出さないように気をつけていないと彼は死んでしまいます」

タンジーはベッドカバーの上のデラの手をそっと叩《たた》いた。そしてきっぱり言った。「あなたはクリスと結婚するのよ。ハーバートの心配はわたしに任せてちょうだい。わたしがあなたの問題を解決してあげるわ」

デラはタンジーの言葉をはかりかねた。だが、アメリカに着き、ヒューストン空港のコンコースのベンチに祖父が座っているのを見つけた時、デラはタンジーが言ったことがわかりかけてきた。

豊かな銀髪の、品のある老人は、飛行機をおりた乗客が通路からぞろぞろと出てくるのを見て立ちあがった。彼は両腕を広げ、走って胸に飛びこんできた孫娘をしっかりと抱きしめ、キスをした。

遅れて通路から出てきたタンジーは足を止めた。孫娘を抱擁していた銀髪の紳士は腕を解き、その場に釘《くぎ》づけになったように、まじまじとタンジーを見つめた。タンジーはクリスの腕にすがっていたが、その手を離し、ゆっくりと老紳士の方に歩み寄った。

二人はしばらくじっと見つめ合っていた。

「しわができたな」いきなりハーバートが言った。

「あなたは脚がぐらぐらね」タンジーはすかさず反撃した。

「わたしの孫娘はきみの息子と結婚すると言ってるが」

「気に食わないの？　だったらお気の毒ね」タンジーは鼻息も荒く言った。

ハーバートは肩をすくめた。「なかなかいい子のようだな」彼はちらりとクリスに目をやり、ほんの少し微笑した。「わたしは賛成だ。デラには面倒をみてくれる人間が必要だ。この子は記者で身を立てるには気がやさしすぎる」

「デラは政治関係の特集記事を立派に書けるわ」タンジーは断言した。「彼女が一番やりたいことはそれですしね」

「デラは子供を産んで育てるほうが楽しいだろう」ハーバート・ラースンは言った。「彼女は家庭的にできている。わたしの亡くなった家内もそうだった。世界中をほっつき歩いて面倒に巻きこまれるなんて、マーシャに言わせればとんでもない！」

「聖女マーシャのお話なんてまっぴらよ！」タンジーはいまいましげに言った。

ハーバートは片方の眉をぴくりとあげ、穴があくほどタンジーを見た。「四十年経《た》ってもまだ妬《や》いているのか？」

「デラから聞いたわ。あなたは甘い物がどうしてもやめられないんですってね」タンジーは彼の問いかけを無視して言った。

「デラはきみについても同じことを言っているぞ。ためしに死んでみるつもりなのか？」

タンジーは真っ赤になった。「そう言うあなたはどうなの！」

ハーバートは細い肩をすくめた。「そう考えたこともあった。だが、もうちがう」彼は目をきらりとさせた。「どうやら新しい人生が開けてきたようだ。きみはナイトクラブは好きか？」

タンジーはそっけなくうなずいた。

「ダンスは？」

タンジーはまたうなずいた。

ハーバートは唇をすぼめた。「では、ひと踊りするのもいいな。ただし、きみがきちんとステップを踏めればだ。きみはタンゴがからきしだめだった」

「あなたは得意なわけ？」

「バレンチノに踊り方を教えてやったくらいさ」

「バレンチノが死んだ時、あなたはまだ半ズボンをはいていたはずよ」タンジーはやりこめた。

「もう少し大きかったら教えてやっていたよ」ハーバートはにやっとし、タンジーに歩み寄って腕をとった。「さて、行こう、おばあちゃん。車まで腕を貸すよ」

「運転できるの？」タンジーはからかった。

「いや。だが運転できる男を雇った。孫娘のためならそれくらいする」

彼らは先に立って歩きはじめた。なおも丁々発止と舌を闘わせながら。クリスはスーツケースを引いてそのあとに続きながら、空いた手でデラを引き寄せた。

「ぼくらの問題のいくつかは解決しそうだね。あの二人はいい勝負だ」

デラはうなずいた。「ええ、見たところ互角の戦いぶりね。奇跡は常に起こるということだわ」

「ぼくらが結婚する前に殺し合いにならなければいいが」

デラはくすくす笑った。「あら、そんなに危ない喧嘩《けんか》じゃないわ」彼女はクリスの手の中に自分の手をすべりこませ、思いをこめたやさしいグレーの目で彼を見あげた。そしてささやく。「あなたと結婚するのが待ち遠しいわ」

　クリスはデラの手をぎゅっと握った。彼女の顔に注ぐ彼の視線は熱くなっていた。「ぼくも待ち遠しくてたまらないよ」彼はちょっと口をつぐみ、そして言った。「傷跡はいやじゃないかい？」

　デラは微笑し、彼にぴったりと身を寄せた。「ばかなことを言わないで」

　クリスはちょっと目をつむり、それから片腕をデラに回し、痛いくらい抱きしめた。願った幸福がいますべて叶《かな》った。彼はそう思った。彼女に愛されているという確信が胸にあふれ返る。

「デラ、きみを愛している」クリスは張りつめた声で言った。

　デラは深い愛をたたえているクリスの目を見つめた。「わたしもあなたを愛しているわ」そして、いたずらな妖精《ようせい》のように微笑んだ。「わたしたち、いつ結婚するのかしら？」

　クリスはデラの女らしくやさしい姿に熱い目を投げかけた。「結婚許可証をとりしだいだ。その前に逃げ出そうとしてもだめだぞ！」

　二人はきっかり三日後に結婚した。治安判事の前で、タンジーとハーバートを証人として。

　老年のカップルは手をつないでいた。角突き合わせているより魅力を追求し合うほうがずっと楽しいことに気づいたということだろう。かつて二人のあいだにあった感情があっという間に蘇《よみがえ》り、離れがたい仲になっていた。

クリスとデラは彼らをハーバートのアパートメントに送ってから、スペイン行きの飛行機に乗るために空港へ車を走らせた。コスタ・デル・ソル沿いのマラガでのんびりとハネムーンを過ごすのだ。ほとんど旅行をしたことがないデラは、見知らぬ国への期待に胸を弾ませていた。着くのが待ち遠しい。


飛行機をおりた二人は税関を抜け、タクシーでホテルへ向かった。ホテルは、まばゆい白砂のビーチと紺碧《こんぺき》の海を見晴らす場所にあった。建物は白い漆喰《しっくい》塗りで、庭には花が咲き乱れている。優雅な鍛鉄のバルコニーがあり、さわやかな風が海のにおいを運んでくる。夢のようなところだ。

「ジブラルタルの岩山はすぐそこだ」スイートルームに落ち着くとクリスが言った。「モロッコも目と鼻の先だよ。そのうちに日帰り旅行をしてスーク――市場を探険しよう」

バルコニーに向かって開け放たれた窓辺に立っていたデラは振り返り、白いズボンに赤のデザイナーニットを着た長身の彼をむさぼるように見つめた。彼女は肩のところで小さな蝶《ちょう》形リボンを結んだ、サッカー地のゆったりとしたラインのワンピースを着ていた。

「やっと二人きりになれたわね」

彼女はそっと微笑み、両手で肩のリボンをゆっくりと解いてドレスを床に落とした。下に着ている白いレースのテディが、若い体のきれいな曲線をいっそう引き立てている。

クリスは息をのんだ。彼は歩み寄り、デラの肩にゆっくりとやさしく手をすべらせた。

「夕食はいいのかい?」彼は静かにきいた。

デラはかぶりを振って、両腕を彼の肩に投げかけた。「あなたが先にほしいの」そうささやき、彼の唇を引き寄せた。

情熱を抑えるものはもう何もなかった。デラは素肌でクリスの腕に抱かれることを夢に描いていた。その夢が叶ういま、羞恥心《しゅうち》はどこにもない。彼は肌をキスでついばみながら、彼女が着ているものを急がずに脱がせていった。体を這《は》うキスは一つごとにより官能的に、より刺激的になっていく。

デラはクリスが経験豊富であることは知っていたが、それが本当はどういうことなのか、その時まで何もわからなかった。彼は巧みに、ゆっくりと、時間をかけてデラを燃え立たせ、彼女の心の隅にひそんでいたかすかな怯えも消し去った。デラはうっとりと我を忘れ、彼が与えてくれる歓《よろこ》びに震えた。

やがてクリスは注意深い動きでデラを自分の体の下に留めつけた。デラはもう待ちきれなくなっていた。不安もためらいもなかった。彼女は体を反らして彼を迎え入れ、小さな苦痛を覚えるとうれしさに笑い声をあげた。陶酔がさざ波のように全身を駆け抜ける。

クリスの大きな手は彼女を動かし、愛撫《あいぶ》し、教えた。そうしながら彼の口はキスをむさぼった。部屋は静かで涼しい。そこにはデラがいままで知らなかった動きとリズムがあった。そのリズムは新しい刺激を積みあげていく。突然、快感が体を貫き、激しい痙攣《けいれん》が急流のようにデラをのみこんだ。

デラはクリスの熱い喉に顔を埋め、彼の動きに応《こた》えて彼をもっと深く受け入れようと身をくねらせた。そしてついに、絶頂のえもいわれぬ歓喜の泉のひとしずくを味わった。

クリスはデラの体がこわばるのを感じると、すぐに自分を駆り立てた。デラの胸のふくらみに口を押し当てながら、彼女と一緒に高く飛翔《ひしょう》した。

彼がデラのかたわらにくずおれた時、彼女はまだ体を震わせ、エクスタシーの名残に身《み》悶《もだ》えながら笑い声をたてた。

「こういうことだったのね」デラは一抹の畏敬《いけい》の念をこめてささやいた。

「こういうことなんだ」クリスはささやき返した。彼は微笑し、寝返りを打った。顔が汗に濡《ぬ》れ、目は愛に輝いていた。「ぼくを待った価値があったかい？　ぼくはむろんそうだった！」

デラはくすくす笑うと彼を引き寄せ、けだるげに熱っぽくキスをした。「ええ、あなたを待った価値があったわ」そっと言った。「わたし、とっても眠い」

「ぼくもだ。ひと眠りしてから、どこか近くのシーフードバーに行こう」

「シーフードは大好き」デラは眠たそうな声でつぶやいた。

「ぼくもさ」

クリスはデラを脇《わき》に引き寄せ、体にシーツを引きあげた。部屋がひんやりしていたからだ。眠りに落ちていきながら、意識の最後のところで彼はこう思った。デラとは一生連れ添っても足りないくらいだ……。


翌朝、二人はタンジーとハーバートに電話をし、スペインのすばらしさを熱く報告した。

「二人とも楽しそうで何よりだわ」タンジーは笑い声で言った。「ところで、あなたたちが帰ってきたらもう一つ結婚式があるわよ」

「なんですって?」クリスは思わず大声を出した。

「ハーバートがプロポーズしたのよ」タンジーは言った。「で、わたしはお受けしたの。今度はね」

クリスはデラに受話器を渡した。「こんな話、信じられない」

「なんですって?」祖父からニュースを知らされてデラは叫んだ。

「誰でも一度ならず結婚できるんだぞ。おまえはそんなことも知らなかったのか?」ハーバートはうんざりしたように言った。「彼女はまったくかわいい女性だ。今度はもう彼女を逃がすものか!」

「そうなの。おめでとう、おじいちゃん」デラは愛をこめて言った。「わたしも本当にうれしいわ」

「ぼくもです」横からクリスが大きな声で言葉をはさんだ。

「おまえたちもたくさん楽しんでおいで。タンジーがダウンタウンにある小さい日本料理店を知っているんだ。変わった魚を食べさせるところだよ。なんて店だったかな。とにかく、わたしたちはこれからそこに食べに行くところなんだ。おまえたちにもお楽しみがあるだろう。じゃ、また！」

祖父は電話を切った。デラは夫を見て顔をしかめた。「二人はこれから日本料理店に変わった魚を食べに行くんですって」

クリスは青くなった。「まさかふぐじゃないだろうな。頼むからふぐじゃないと言ってくれ」

「ふぐって何？」

クリスは受話器をつかみ、タンジーのアパートメントの番号を押した。ハーバートが出た。

「もしふぐを食べるのなら、ぼくは誰か雇って二十四時間二人のあとをつけさせますよ。これは本気ですからね！」

「ふぐ？　きみの頭はおかしくなったのか？」ハーバートはため息をついた。「タンジー、あの魚料理はなんと言ったかな？」

「刺身よ」タンジーが離れたところから返事をした。

クリスは赤くなった。「なんだ……」

「ふぐだとさ。彼はわたしたちがふぐを食べに行くと思ったらしい」ハーバートがタンジーに言う。

「あの子はハネムーンの最中なのよ、ハーブ。頭がどうなっているかわかるでしょう？そんな電話なんかさっさと切って、ドレスを着るのを手伝ってちょうだい。予約した時間に遅れるわ！」

クリスは笑いだした。あまりいつまでも笑っているのでデラは心配になった。彼は向こうのアパートメントでいま何が行われているかを話した。

デラはにこっとしただけだった。「二人はともに幸せに、ということね」

「彼らは一人ずつでも手にあまる。結託したらどんなことになるか想像できるかい？」

デラは鼻にしわを寄せた。「そこまで考えていなかったわ」

「いや、考えなくていい。とにかく、いまはね」クリスはデラを抱きあげ、やさしくキスをした。「ぼくらのハネムーンは、あと六日残っている。あの二人のことを心配して一分でも無駄にするのはいやだ」

「じゃ、わたしたちはこれから何をするの？」デラはいたずらっぽくささやいた。

クリスは小さく笑い、彼女をベッドに運んでいった。「きみがそうきいてくれてよかった」

デラもそう思った。彼がきいてくれてよかった。

●本書は、2001年10月に小社より刊行された作品を文庫化したものです。

テキサスの恋 22・23・24
忘れかけた想い
2016年8月15日発行　第1刷

著　　者／ダイアナ・パーマー
訳　　者／松村和紀子（まつむら　わきこ）
発 行 人／立山昭彦
発 行 所／株式会社ハーパーコリンズ・ジャパン
東京都千代田区外神田3-16-8
電話／03-5295-8091（営業）
0570-008091（読者サービス係）
印刷・製本／大日本印刷株式会社
装 幀 者／湯村彩子

ISBN978-4-596-99322-9

超人気作家ダイアナ・パーマーの金字塔

〈テキサスの恋〉

好評発売中

第16話『最愛の人』

弁護士のサイモンにずっと思いを寄せていたティラ。サイモンとは友人でいられるだけでいいと願って生きてきたのに、彼から憎しみの言葉を浴びせられる。

好評発売中

第17話『結婚の代償』

を亡くして寄る辺のないテスはハート兄弟の屋敷で家政婦をすることになった。
男キャグに惹かれていたが、彼に嫌われていると知り、出ていこうとする。

好評発売中

2話収録

第18・19話『あの夏のロマンス』

憧れの上司の子供を密かに産み育てているイリージアと、雇い主のドクターに切ない思いを募らせるキティ。夏のジェイコブズビルで花咲いたロマンスを2話収録。

好評発売中

2話収録

第20・21話『すれ違う心』

敵の男性と傷つけ合いを続けるサンディ。父の遺言で牧場主ハンクとの結婚を
られたダナ。真夏のジェイコブズビルで燃える情熱物語を2話収録。

8月15日刊

3話収録

第22・23・24話『忘れかけた想い』

体が弱いのに意地を張るキャンディ、気が強いのに結婚が怖いベリンダ、古風で純真無垢なデラ。ジェイコブズビルに現れた麗しきヒロインたちの物語を3話収録。

＊文庫コーナーでお求めください。